西海固的长河

新时代女性文丛　主编　张莉

马金莲　著

中原出版传媒集团
中原传媒股份公司

大象出版社
·郑州·

图书在版编目(CIP)数据

西海固的长河／马金莲著. — 郑州：大象出版社，
2024.5
(新时代女性文丛／张莉主编)
ISBN 978-7-5711-1889-1

Ⅰ.①西… Ⅱ.①马… Ⅲ.①中篇小说-小说集-中国-当代 Ⅳ.①I247.5

中国国家版本馆CIP数据核字(2023)第197334号

新时代女性文丛
西海固的长河
XIHAIGU DE CHANGHE

主　编　张　莉
本书主编　杨　毅
马金莲　著

出 版 人　汪林中
策划编辑　张桂枝　孟建华
项目统筹　陈　灼
责任编辑　陈　灼
责任校对　陶媛媛
装帧设计　王莉娟
责任印制　张　庆

出版发行　大象出版社(郑州市郑东新区祥盛街27号　邮政编码450016)
　　　　　　发行科　0371-63863551　总编室　0371-65597936
网　　址　www.daxiang.cn
印　　刷　北京汇林印务有限公司
经　　销　各地新华书店经销
开　　本　787 mm×1092 mm　1/32
印　　张　9.5
字　　数　160千字
版　　次　2024年5月第1版　2024年5月第1次印刷
定　　价　46.00元
若发现印、装质量问题，影响阅读，请与承印厂联系调换。
印厂地址　北京市大兴区黄村镇南六环磁各庄立交桥南200米(中轴路东侧)
邮政编码　102600　　　　电话　010-61264834

杂花生树，气象万千
——"新时代女性文丛"序言

"新时代女性文丛"旨在展现十年来中国女性文学创作的样貌和实绩，由五部小说集构成：乔叶《亲爱的她们》、滕肖澜《沪上心居》、鲁敏《隐居图》、黄咏梅《睡莲失眠》、马金莲《西海固的长河》。乔叶、滕肖澜、鲁敏、黄咏梅、马金莲是鲁迅文学奖中短篇小说奖得主，也是十年来成长最为迅速、深受大众瞩目的中青年女作家，她们来自北京、上海、南京、杭州、西海固，她们的作品真实记录了幅员辽阔的中国大地上女性生活的重大变迁，完整而全面地呈现了十年来中国女性文学创作所取得的成就。

"新时代女性文丛"有着统一的编排体例，每部小说集都收录了作家关于女性生活的代表作，同时也收录了作品的创作谈和同行评论、作家创作年表，这样编排的宗旨在于通过作品展现新一代女作家的创作全貌及其文学史评价。一书在手，读者可以基本了解作家的主要特色——既可以直观而真切地了解这位作家的创作特点、熟悉她最具代表性的作品，也可以了解这些新锐女作家十年来的成长轨迹，了解中国女性文学发展的风貌。

一

乔叶的《亲爱的她们》中，收录了《轮椅》《家常话——献给汶川大地震遇难同胞及其家属》《语文课》《鲈鱼的理由》《最慢的是活着》等多部代表作。她对于女性生活的记录质朴、深情，令人心怀感慨。《最慢的是活着》是她获得鲁迅文学奖中篇小说奖的作品，也是当代文学史上深具影响力的作品。奶奶的形象具有普遍性——她年轻时守寡，活着的目的只是使孩子们活下去。她织布，忙碌，深爱自己的儿子，但儿子还是死在她的前面，儿媳也死在她的前面。奶奶一天一天老去，慢慢和孙女达成了和解……乔叶点点滴滴地记述着一个女人的身体从年轻到苍老的琐屑，正是这些琐屑构成中国普通女人的民间史。"我的祖母已经远去。可我越来越清楚地知道：我和她的真正间距从来就不是太宽。无论年龄，还是生死。如一条河，我在此，她在彼。我们构成了河的两岸。当她堤石坍塌顺流而下的时候，我也已经泅到对岸，自觉地站在了她的旧址上。我的新貌，在某种意义上，就是她的陈颜。我必须在她的根里成长，她必须在我的身体里复现，如同我和我的孩子，我的孩子和我孩子的孩子，所有人的孩子和所有人孩子的孩子。"小说有缓慢的美，这使女人的历史和人的历史成了一条生生不息的河，也使整部小说具有了气象。一如鲁迅文学奖颁奖词所言："《最慢的是活着》透过奶奶漫长坚韧的一生，深情而饱满地展现了中华文化的家族伦理形态和潜在的人性之美。祖母和孙女之间的心理对峙和化芥蒂为爱，构成了小说奇特的张力；如怨如慕的绵绵叙述，让人沉浸于对民族精神承传的无尽回味中。"

滕肖澜是新一代上海作家。《沪上心居》收录了《梦里的老鼠》《姹紫嫣红开遍》《美丽的日子》《上海底片》四篇小说。滕肖澜写上海，使用的是本地人视角，在她那里，上海是褪尽铅华的所在，上海是过日子的地方，柴米油盐，讲的是实实在在。

因此，上海人眼里的上海，并不是直升机航拍下的那个不夜城。《美丽的日子》讲述了两个女人的故事。一个上海人，一个外地人；一老，一少。"上海人的那一点点小心眼，自尊又自卑；上饶人的那股子不屈不挠的心劲，可敬又可怜。怕人欺的人，未必不是欺人的人。为了生活，谁都不见得能做到完全问心无愧。"但无论怎样过日子，都要过美丽的日子，即使这日子没有那么美丽，也要过成美丽的样子。鲁迅文学奖颁奖词说："《美丽的日子》，叙述沉着，结构精巧，细致刻画两代女性的情感和生活，展现了普通女性追求婚姻幸福的执著梦想，她们的苦涩酸楚、她们的缜密机心、她们的笨拙和坚韧。这是对日常生活中的美与善、同情与爱的珍重表达。名实、显隐、城乡、进出等细节的对照描写，从独特的角度生动表现了中国式的家庭观念和婚姻伦理。"滕肖澜的小说元气充沛，有一种来自实在生活所给予的写作能量，读来可亲。

二

鲁敏的《隐居图》，收录了她的小说《白围脖》《镜中姐妹》《细细红线》《隐居图》，这里面的大多数人物是"越界者"与"脱轨者",他们渴望着一个脱离"常规"的世界,携带着都市人身上微小的疾患与怪癖。鲁敏热衷于对暗疾"显微"的书写,很多人物都出现了某种"暗疾":窥视欲、皮肤病、莫名其妙的眩晕、呕吐、说谎。她的人物于"暗疾"处脱轨,也于"暗疾"处渴望重生。"忆宁像孩子一样放声大哭起来:爸爸,我想你。"这是《白围脖》的结尾,其中含有对父亲深情的向往与想念,但又不仅仅是单向度的。鲁敏小说中的"父女情感"要复杂得多,也许这不是情谊,而是由父亲引发的焦虑——她对父亲是有距离的疏离,一种犹疑和一种情感上的不确定性,父亲在她的作品中既强大地"在场",又虚弱地"远去"。鲁敏的小说常让人感觉有暧昧的光晕存在,是那种"可能"与"不可能"并置——小说某个场景的逼真令人感到结结实实的撞击,可是,当你意识到,她漫不经心地对诸多生活琐屑的搜集使小说的许多场景充满诱惑力时,沉浸其中的你又分明听到了叙述人那兴致盎然和并不缺少幽默的解说,这使鲁敏小说多了很多分岔,有了许多风景……一切就成了景中之景,画外之画,分外迷人。

黄咏梅的作品中，有一种令人亲近的时代感和现实感，你几乎一下子就能感觉到，这是一位能切实书写我们时代生活的写作者。《睡莲失眠》中，收录了她关于女性生活的多部作品，如《睡莲失眠》《多宝路的风》《勾肩搭背》《草暖》《开发区》《瓜子》等。在小说集同名小说《睡莲失眠》中，黄咏梅书写了一位婚姻生活并不如意的女性，尽管婚姻生活令人失望，但她并没有成为弃妇，正如批评家梁又一所评价的，这篇小说之好，"好在作家不只停留在描写女性对男性的依附关系上，而是把更多的笔墨放到了女性主体意识的觉醒。得知丈夫出轨的许戈，没有像众人所想象的那样选择谅解，只是缓慢而坚决地同这段表面光鲜、实则内里早已破败的婚姻告别，销毁掉一切不必存在的联系，重新开始自己的人生。昼开夜合的睡莲本是世间常态的显现，唯独那朵白天绽放、夜晚照旧盛开的睡莲，隐喻了她们——这群重获主体意识的女性的卓尔不凡与温柔凛冽"。黄咏梅的小说切肤而令人心有所感，她笔下的人物总能引起读者深深的共情。

很难把马金莲和我们同时代其他"80后"作家联系在一起，因为她的所写、所思、所感与其他同龄人有极大不同。《西海固的长河》收录了她的《碎媳妇》《山歌儿》《淡妆》《1988年风流韵事》《母亲和她的第一个连手》。马金莲笔下的生活与我们所感知到的生活有一些时间的距离，那似乎是一种更为缓慢的节奏。当然，即使是慢节奏也依然是迷人的。她的文字透过时光的褶皱，凸显出另一种生活的本真，那是远离北上广、远离聚光灯的生活。她持续写下那些被人遗忘的或只是被人一笔带过的人与事，并且重新赋予这些人与事以光泽。她写下固原小城的百姓，扇子湾、花儿岔等地人们的风俗世界；画下中国西部乡民的面容；刻下他们的悲喜哀乐、烟火人生——我们的时代还没有哪位青年作家比马金莲更了解那些远在西海固女人的生活。她讲述她们热气腾腾、辛苦劳作的日常，讲述她们的情感、悲伤、痛楚和内心的纠葛。她写得动容、动情、动意。马金莲写出了回族人民尤其是回族女人生命中的温顺、真挚、纯朴，也写出了她们内在里的坚韧和强大。马金莲的写作有如那西北大地上茂盛的庄稼和疯长的植物，因为全然是野生的与自在的，所以是动人的。

三

　　无论是《亲爱的她们》《沪上心居》，还是《隐居图》《睡莲失眠》《西海固的长河》，"新时代女性文丛"致力于为广大读者呈现我们新时代女性的生活，同时也展现了我们新时代女性身上的坚韧和强大。通读这五部小说集时，我的内心时时涌起一种感动，我以为，它们完整呈现了中国女作家越来越蓬勃的创作实力，作为读者，我们能从中感受到热气腾腾的时代脉搏，感受到我们时代的气息和调性。真诚希望更多的读者喜欢这些作品，也希望读者们经由这些作品去更深入了解这些作家笔下的文学世界。

张莉

2022 年 5 月 3 日

目 录 Contents

003 **碎媳妇**
看着尘土飞起,在半空浮一会儿,慢悠悠落回原地,心里一个念头也浮起来,开始隐隐约约的,慢慢就明晰起来……

037 **山歌儿**
一阵接一阵天旋地转的震颤从身下传来。天地就要颠倒,星星在头顶上眨巴着寒咻咻的眼。

091 **淡妆**
你长大了,母亲说。
我长大了,冯笑说,还是在笑,笑声朗朗的,有种被阳光过滤了的爽洁。

159 **1988 年的风流韵事**
雨丝像被谁的手柔柔地拉扯着,拉长面一样,扯头发丝一样,变得很细很细,凉凉的,冷冷的,落下来,黏黏的……

215 母亲和她的第一个连手
母亲哆嗦了一下,接着她一把揪住了金女的辫子,
疼得金女也一哆嗦。母女俩眼对眼瞪着。

271 创作年表

创作谈 /

写作,究竟该如何进行?很多人说,摆脱苦难,不要再重复苦难,因为西海固作者的作品,让人一眼就看到西海固贫穷的影子,有千篇一律的印痕,尤其我们这样的末流作者,更难以摆脱石舒清、郭文斌等人的影响。甚至有人说,宁夏作家都是一个路子,鲜有新路。我知道,千篇一律的苦难故事,势必给人造成审美疲劳。可是,生长在这样的土地上,并将生命里将近三十年的时光留在这里,不写苦难,那我写什么?还能写什么?我们的生活本身,就是一段苦难的历程。我开始尝试所谓的武侠小说、玄幻小说、青春小说,但是,我发现那样的文字营造出的世界,是虚假的,投入的感情也是矫揉造作的。徘徊中,我始终舍不得丢开手中的笔,舍不下这片土地上人们的淳朴和善良,舍不得生我养我的西海固。我一直沿着苦难的路前行。何去?何从?

一段时间之后,我释然了。不是写苦难有什么过错,问题在于我的笔触不够深入,远远没有挖掘出苦难背后的东西,仅仅浮于讲故事的层面,情节深处那些人性中闪光的鳞片,或者需要批判反思的病垢,都是需要往更深处开拓挖掘的。《绿化树》也写苦难,《心灵史》同样在写苦难。今天,我们距离大师还有多远?跟在大师后面赶路,不是战战兢兢地去防备,避免踩上前面的脚印,刻意回避重复,而是大着胆子,迈开步子走路,说不定,在这过程中,我们就会不经意间超越了简单的重复,深化了自己,露出我们自己该有的面目。怀着这样的想法,我写了《父亲的雪》《坚硬的月光》《尕师兄》《山歌儿》《夜空》《鲜花与蛇》《梨花雪》《瓦罐里的星斗》《老人与窑》《暗伤》《难肠》《碎媳妇》等中短篇小说,还有在修改中的长篇小说《马兰花开》。

马金莲《涂抹小说的缘由》
《六盘山》2012 年第 6 期

碎媳妇

算算日子,雪花知道该拾掇房里了。

吃过早饭,她开始着手忙活。不大的房屋,里头的摆设也不多,但拾掇起来还是很费力的。要在以前她只要花上半天时间就能清理得整整洁洁、清清爽爽。现在不行,拖着这样的身子,干啥都不麻利,就是心里想利索点,行动上却是力不从心。她想好了,今天拆洗几个被褥,包括床单、枕头,把窗帘、门帘顺便摘下来,苫电视的套子也洗洗。把能洗的都拆洗一下,一个月不动手,肯定脏得不行。收拾下来竟有好大一堆。看来得洗整整一天。

第二天扫炕,把炕上所有的铺盖、席子都揭了,直到显出泥坯来。用笤帚把炕细细扫一遍。尘土居然积了厚厚一层,浮起来呛得人直咳嗽。她记得上次扫炕,是不久前的事,这过去没多长时间呀,尘土还是积下来了,仔细想来真叫人吃惊,这些尘土都是从哪儿来的,什么时候钻到席子底下,还积了这么厚一层。尘土是以"润物细无声"的工夫渗透到她的生活里来的。怪不得她总在扫屋子,总是感觉扫不净,扫不彻底,扫不出神清气爽的感觉来。扫到炕角的时候,雪花的动作慢下来,双眼看着炕角,不由得记起刚来时节的情景。

初到这儿的时节,是成亲的那天,男人在众人的追逐嬉闹下,把她背进大门,一口气跑进新房,跳上炕把新媳妇放在炕角。她一眼看见炕角贴着一个大女子的像。女子咧着红嘴冲她笑。她想也没想就伸手撕了女子像。听早嫁出的姐妹们讲,今天的炕角会贴一个大红的喜字,新媳妇一进门就要伸手撕了喜字。同时,还有新女婿,会和媳妇争抢撕喜字。有个说法,新婚的夫妇,谁撕到的喜字多,今后的生活里谁会占上风。雪花对这事留了心,可没想到这炕角没有喜字,贴字的地方贴的是女子像。婆家人真是粗心,连这事也忘。她就不客气地撕了那个妖艳的女子。接下来的时间,她一直坐在炕角。以前有新媳妇守炕圪崂的习俗,现在人们不讲求这个了,尤其是那些大姑娘,念几天书,到外头打上几天工,见了世面,人变得时新不少,结婚时就不愿守炕角,说哪个女人愿意守着土炕圪崂过一辈子,不等于把人一辈子拴在男人、娃娃身上了吗。为了显示与以往不一样,好多女子成亲时不去炕角,偏偏坐在边上,有的甚至连炕也不上,羞答答地坐在沙发上。

雪花很老实地守在炕圪崂里。雪花念过几天书,三年级没毕业便回家务了农,到现在她还会写人、口、手、上、中、下、大、小、多、少这些字。雪花也到外头打过工,跟上姨娘的一个女子在新疆的一家饭馆里刷盘子。刷了几个月,回来就再没出去过。在她的印象里,外头的世界不大,没什么吸引人的地方。留在记忆里的,是盘子上那股永远刷不净的油腻味。打工并不像大家吆喝得那样好。雪花想不明白,村里打过工的女子为啥总喜欢把自己打扮得妖里妖气，说话走路都与在家时不一样了，年纪不大，就跟一些男人乱混。雪花是个老实人，也不喜欢那种总睡不醒、头重脚轻、整天晕乎乎的打工生活。去了趟新疆，再看老家的景象，觉得山水居然清秀得喜人，自己以前怎么就没注意到呢？夏天，山沟被庄稼和绿草覆盖得一片葱绿，人们喝的是一眼永远清澈的泉水。担水时，踏一排溜滑泛光的土台阶，悠悠到了沟底，一泉水里扑晃扑晃映出蓝得晕人的天，白得清凉的云。投在水面上的人面同样清凉而动人。雪花禁不住美美喝下一大瓢水，一股透彻心肺的凉把整个人也凉透了。城里哪有这么清甜的水，城里的水总隐隐带着股意义不明的味道。

　　一担水担回家，媒人已经在炕头上坐着了。正是现在的婆家托来的人。母亲把雪花叫到一边，悄声说了情况，问闺女愿不愿意。马守园家，你爷爷早听说过的，家底好，光阴盛，听说小伙子人长得细致，去了不会受罪的。母亲的欣喜已经写在脸上，一览无余了。这门亲事已经成了一样。雪花握着扁担，心头一阵恍惚。脸烧得厉害。这件事这么快就来了。从懂事起，她就开始了一个人暗暗的胡思乱想，尽想那些没头没脑的事情，其实每个女子的成长中都会碰到这样的事。常禁不住去想，想长大了会是什么模样，会遇到什么样的女婿，婆家在哪儿，等等。想得人迷迷糊糊，她就挥挥手，一剪子剪断了思绪，知道这事还早得很，自己还远没到出嫁的年纪。谁想到这事说来就来了，自己不知不觉就长大了，好像是一转眼间长大的。雪花摸摸扁担，肩膀挨过的地方还热着，肩头的压痕还疼着。刚学习担水时她还是个不到大人肩头的娃娃，谁想到一下子就长这么大了，母亲一样大，甚至有超过母亲的迹象。雪花的心头就有些犯晕。总感到自己早上出门担这担水时，还小小的，十一二岁的模样，小心扶着台阶下到了沟底，一担水担进门就长大了。忽然就长大了。就该有女婿有婆家，就到当女人的时候了。

母亲脸上的欣喜好像感染了她，她也跟着高兴起来，莫名地兴奋着，同时，又有点儿伤心，隐隐的不多的一点伤心，撕扯住了心里的某个地方，伤心什么，说不上来。母亲见女子半天不吭声，就笑了，带着自以为是的聪明，说你要是没意见，事情就成。她凑到上房门口，隔了门帘向里头的男人挤挤眼。父亲出来了，两个人叽咕了一阵子，父亲又进去，咳嗽一声，说娃娃没意见，定日子让他们见见面，瞅上一眼。上房和厨房隔的墙不厚，那边的声音雪花听得一清二楚。

日子不长，两个人见了面，互相瞅了一眼，男方个子不大，脸圆墩墩的，带着股子憨厚劲儿。雪花没敢仔细打量人家，只是感觉到这股憨厚，不再犹豫便点了头。日子忽忽过去，冬天一到，落过一场薄雪，雪花就嫁过去了。成了马家庄的女人。

　　雪花心里胡思乱想，手头其实一直没有停。她慢慢扫着。一心一意地扫。明白这打扫不能太张扬，太过显眼。她扫前将房门紧紧关上，然后一小部分一小部分地进行清扫。炕上的麻烦多一点。她把新一些的铺盖卷起，准备放到柜顶上去，炕上只铺几个旧毯子。等一月过后再铺回来。她把炕的四个角落都扫过，扫得不留一丝尘土。看着尘土飞起，在半空浮一会儿，慢悠悠落回原地，心里一个念头也浮起来，开始隐隐约约的，慢慢就明晰起来，揣着这样的念头，她心里有些悲壮，悲壮中掺着点儿伤心。嫂子在院里唤娃娃，声音忽高忽低，喊几声，转到窗前来，爬到窗口向里望。雪花低头忙自己的，装作不知道。扫炕是嫂子说的。当然不是直接告诉她的。平时和嫂子闲谈，她留了心，暗暗揣摩出的。嫂子喜欢数说自己生两个娃娃的详细经过。怎样害口了，害得吐黄水，一吐几个月，差点连命也搭牵上了，怎样生了，怎样连屎带尿拉扯了。总之，她这个女人当得辛苦，当得不容易啊。她在感叹自己的辛苦时，明里暗里影射出婆婆的不是来。当媳妇的遭那么多罪，婆婆能没份儿吗？当然有，从某些地方讲婆婆该担大份儿的。雪花听着嫂子一时感叹，一时诉说，耳里听着，该往心上放的就留意装进去。嫂子远比自己早当媳妇，和婆婆相处的时间长，好多事情上看得明白，也知道如何应对，而雪花缺少的正是这些。

　　雪花刚来时候就被婆家的规矩吓住了。婆家人多，哥嫂没分开过，老少算起一共十口子人。与娘家时大不相同。雪花娘只雪花一个女儿，干啥都由着女儿的性子，一旦进了婆家门，雪花觉得自己就像一个平日野惯了的牲口，忽然被套上了笼头。干啥都不自由，都得思前想后，怕人笑话，怕公婆不高兴。雪花后悔婚结得早了，这种后悔只能一个人装在心里，不能流露出来，更不能说给婆家人。嫂子的精明不但写在脸上，还装在心里，流露在一言一行里。这个瘦高个儿女人的精明简直到了奸诈的地步。雪花不止一次领教到她的厉害。现在想起刚来那会儿，她显得傻乎乎的，什么也不往心里放，还以为和在娘家时没什么两样。把娘出门时千叮万嘱的那些话全当成多余的啰唆。是嫂子给她上了人生的第一课。接着，第二课，第三课，无数堂课。嫂子将一切进行得波澜不惊，风平浪静，但信步走过，才发现这风平浪静的表象掩盖了无数风浪。

　　心机首先表现在和嫂子的关系上。婚前雪花思考过这事。想来想去，她想就当和自己是一个娘生的一样待吧，人心都是肉长的，自己做到了尊敬听话，嫂子也会当亲姊妹一样待自己吧。

　　雪花第二天就栽了跟头。新婚第二天，她老早就起来了，当新媳妇就该早早起来，到处洒洒扫扫，向无数的眼睛显示自己是一个勤快能干的媳妇。家里家外无数双眼睛盯着看呢。雪花首先到上房去向亲戚们问了好，问人家睡得好不好，冻着没有，然后就梳洗了一番，把自己的房屋打扫干净，又去扫婆婆的房。看看收拾干净了，便系上娘家陪嫁的围裙，走进厨房。一个女人已经在忙了。雪花进去，人家不说话，却拿眼把她从头看到脚，又从脚看到头。雪花觉得别扭，浑身爬满毛毛虫一样。有这么看人的吗？她有些生气，对方似乎比她更胀气。一大早谁胀了她一肚子气似的。但她盯住雪花看的眼睛是笑眯眯的，笑眯眯地盯住刚来的雪花看。过一阵儿，拧过身子。雪花隐隐听见她从鼻子里哼出一声。雪花感到惶然，想不出自己刚来就哪儿得罪了这个瘦脸女人。后来才弄清这就是嫂子，这个家里锅灶上真正的掌柜的。婆婆老了，轻易不下厨房，厨房里的大小事宜等于全交给嫂子了。慢慢地，雪花揣摩出其中的缘由来。那天人家是在示威呢。自己初来的时候，人家就来了个下马威，让自己一开始就怕她。擦亮眼睛，看清楚在这个家中，厨房里真正的权威是谁，是谁说了算。雪花慢慢学会了忍让，处处小心，处处忍让。嫂子在婆婆手下熬了多年，该是站在婆婆的位置上使唤别人的时候了。自己刚来，只有给人家当丫鬟的份儿。在娘家时，奶奶和母亲早就说过，好好儿乖乖儿给人家当媳妇，哪个女人不是吃亏受苦熬过来的，熬过这几年就好了，一分家，就能由着自己过日子了。雪花这才真正明白庄里那些小媳妇为啥总爱跟公婆闹着分家。雪花也想分开过。这话她没有直接说给丈夫，而是绕着圈子试探了一回，就知道近几年不可能分家。公婆一连生了四个儿子，家底穷得狗舔了一样，一干二净。娶嫂子欠的账还没还清，就又拉债娶了自己。老三老四全出外打工去了。他们眼看已到娶媳妇的年纪。公公为人老实，婆婆却是个精明女人，治家的手腕高，把几个儿子管得服服帖帖，对她又怕又尊敬。婆婆说，这个家现在不着急分，你们挣钱去，把一摊子烂账还上，给老三老四攒几个领媳妇的钱，咱再分。雪花看得出来，婆婆的几个儿子为人厚道，听母亲的话，便扔下老婆娃娃出门去了。老三老四没有家小，说走就走。老大老二就不一样，明显牵扯着自己女人。雪花是新媳妇，只在心里不愿意，人前一点儿不敢有所怨言。婆婆面前尽量装出一副笑脸。嫂子却咽不下这气，公婆面前不好发作，便在做饭的时候摔摔打打，弄得碟子、碗哗啦哗啦响，处处带着一股怨气。雪花觉得难受，她本来想，两个女人都离开了男人，就该互相体谅着过日子。可嫂子没有体谅人的意思，还把人不当人待，雪花觉得有说不出的委屈。这委屈你没地方说去，雪花这才明白给别人家当媳妇的难处。

　　日子长了，雪花明白过来，其实在自己嫁来以前，嫂子的心机早就埋下了，自己却浑然不觉，像在娘家时一样待人接物。雪花性子弱，说话绵软，从不会拿话套人。嫂子不是这样的。她的话表面看合情合理，没有破绽，但留心的话，会发现深含其中的心机。好多时候她的话说过半天了，听的人才回过味儿，揣摩出蕴含的意思，才发现自己被这女人当猴儿耍了。偏偏雪花反应慢，脑子总转不过弯，明里暗里吃的亏不计其数。

婆婆也看出其中的玄机来，便暗地里点拨雪花，说人活着不能太老实。雪花明白婆婆的意思，可她不知道该怎么做，要她用同样的心机处处算计别人，她做不出。丈夫也说你不能太老实了，男人老实受人欺负，女人也一样。丈夫的意思她懂，犹豫再三，还是没法对嫂子凶狠起来。

这样做的结果，就是家里十多口人的早晚三餐，总见雪花在调面，在烧火，在清洗锅灶。洗锅时，嫂子的娃娃哭闹，嫂子便大声呵斥，话里难免夹枪带棒，伤及他人，雪花看得心烦，就一个人包揽了锅灶，说看着娃娃哭怪可怜的。雪花就成了嫂子的丫鬟，整天拴在锅灶上，脱不开身。

婆家门户大，亲戚多，隔天就有亲戚上门。亲戚来了是好事，公公婆婆笑脸迎进上房，端出几碟葵花瓜子一类的干果，客人嗑，公公也嗑，婆婆陪在身边说话。过一会儿，婆婆从门里探出头，示意两个媳妇做饭去。言毕，婆婆重新进了上房。

雪花站在外边为难，这饭不好做，仅仅是一顿家常饭也就罢了，可这是给亲戚做。亲戚的饭菜她其实会做的，但不能自作主张，以前她自己做过一回主，不问嫂子就自己做成端进上房。结果嫂子有好长一段日子不痛快，想方设法跟雪花找茬。有了前车之鉴，她明白自己不能再拿主意了，会让人家以为自己无视她的掌柜地位，触犯了人家的威望。

她缓缓洗了手，到后边窑里揽一背斗柴，掏净灶膛里的柴灰，等嫂子露面。日子长了，经见得多了，雪花知道根据来的人准备什么样的饭菜，她择了菜，用开水泡上粉条，嫂子才进了门。嘴脸居然不太好看，嘟囔一句"烦死人了，没事经常来干啥"。雪花知道在说亲戚。嫂子系上围裙稀里哗啦忙开了，对雪花做的准备工作明显不太满意，动作重重的，雪花的脸色就变了。是变给自己看的。心里不好受，脸上还是平平静静的。在嫂子面前，她已经学会了忍让、吃亏。嫂子脸上腾起两朵阴云，掐试一下粉条，丢过来一句：太硬，泡得迟了。又说白菜切得太乱，不整齐，难炒。雪花不吭声，任她指教、找茬。一顿饭总算做成，出锅了，嫂子端进上房去。去了就再不见出来，看着客人吃饭，她在旁伺候，厨房里的残局自然扔给雪花了。

雪花自己对着自己生一阵闷气，思前想后，宽慰自己说人家年长着几岁，自己应该多吃点苦的，便刷了锅，扫了地，解下围裙，这才有工夫进去问候亲戚。亲戚看看坐在旁边的嫂子，再看看站在地下木头木脑的雪花，不动声色地在内心比较一番。离开后不久，外面对这家两个媳妇的评判出来了，说小的没有大的灵活，大的把小的卖了，小的还不知道呢。这话雪花当然听不到，在几个本家妯娌间传来传去，后来，总算传进雪花的耳朵里来，雪花已经大着肚子了。

那个傍晚天空哩哩啦啦落着小雨，一家人老早就关门睡了。雪花睡不着，对着窗外的绵绵细雨抹了半夜眼泪，男人在就好了，至少有个人可以听自己说说心里的烦闷。看得出来，婆婆想尽量把一碗水端平，但更多时候，是她和嫂子单独在一起，婆婆不可能大事小事事无巨细都来插手，都做到耳清目明，明察秋毫。一来二去，婆婆失去了耐心，对自己好像不太满意了，当着她面就说咋就给儿子寻了这么个媳妇，老实杠子一个，以后的日子咋过呢。她在替自己儿子发愁。吃的亏多了，雪花才慢慢醒过神来，心眼儿一点一点变得活络起来。她凡事上留心，揣摩着家里的每个人每件事。

嫂子为人精明，幸亏还没精明到刀枪不入的地步。她有个致命的毛病，就是话多，牢骚满腹，对什么都不满意，都抱有成见似的，有事没事喜欢唠唠叨叨个不停。言多必失，她一不留神，一些事情的微妙之处就泄了出来。加上雪花细心注意，雪花渐渐明白了婆家的不少事情。明白了媳妇怎样当才是聪明的、讨人喜欢的。

嫂子说不少女人害口喜欢当着人面吐,不知道有多丢人,雪花就揣摩出害口时不能太露,得藏着掖着。事实上,不用她遮掩,这事就悄无声息地过去了。连一点迹象也没有,她就怀上了。要不是腰里困得难受,和丈夫悄悄到卫生院瞧病时给检查出来,肚子大了她还不知道呢。当大夫说有了,想吃啥就吃去,雪花觉得惊喜,惊喜之余,感到遗憾,怎么不吐呢。一点吐的意思都没有。婆婆说过,嫂子就吐,还故意当着一家老小的面,蹲在院里哇哇地干呕。一连十多天不能上锅做饭,一天吃两个鸡蛋。什么也不想吃,吃进去吐出来,只想吃鸡蛋,吃了总算不会吐出来。

雪花从婆婆的神态语气里听出,婆婆不喜欢这样,明摆着张扬了。哪个女人没有害过口生过娃娃,自个儿也太把自个儿当人了,这是婆婆的结论。雪花就下决心,自己到时候一定悄悄地跑到人后吐,想吃什么忍忍想必会过去的。谁料得到,她竟不吐。不知不觉怀上已经三个月了。

到四个月多时,就藏不住了。挺起来了。嫂子眼毒,早已看出来,却不动声色,装作什么也不知道,跟过去一样拈轻怕重,苦活累活还是雪花干得多。雪花记得娘家那些过了门的女子说起过,她们怀娃娃时,婆家如何稀罕,宝一样疼着,重活一样也不让沾手。雪花也想偷偷懒,学得奸猾一点。想想,活撂那儿，过会儿说不定婆婆就去干了，干了会大吵一顿的。婆婆的威严就体现在这些地方。她便挺着大肚子去慢慢干了。

嫂子说酸儿辣女，你爱吃个啥味？

雪花心里猛地一跳，她明显爱吃辣的，想到辣味就馋。

那你怀的时节呢？她反问嫂子。

就馋酸的，寒冬腊月的，偏偏想吃个酸杏儿，嫂子说着咽下一口酸水，好像时至今日她口里还留有酸味。雪花也跟着咽口水。心里怪怪地慌，嫂子一连生了两个娃娃，都是男娃。现在计划生育抓得紧，只能生一到两个娃娃，嫂子能有两个儿子，命就显得特别的好。与周围生了一到两个女儿的妇女比，她已经是最大的赢家，早就坐在上风头，言语神态间难免流露出内心的得意。这种得意让雪花心虚。雪花总在做梦，梦见一山一山的青草，满坡满洼的草，长得那么旺，能把人埋没。她就在青草里漫步，往往走得满头是汗，怎么也走不到尽头。白天想起梦里的情景，心里更虚了。嫂子说过，说怀娃娃的女人，梦见蛇缠身，肯定生男娃，梦见花啊草啊之类的，准生个女子。雪花认定自己怀的是女子，听上去她和嫂子怀孕时的迹象完全两样。雪花不敢给别人说这事，不由得想到丈夫，他要在，自己就不会这么孤单了。他在的时候，她问过他，希望自己生个男娃还是女儿。他说儿子女儿他都喜欢，一样喜欢。可男人对两个小土匪一样的侄子稀罕得要命，比亲生的还上心。雪花怎能看不出呢，男人还是爱男娃。

　　扫罢炕，雪花靠住被褥缓了一阵。望着满满一簸箕尘土直纳闷儿，居然扫了这么多。心里却轻松下来，觉得踏实多了。洗完那堆衣物，就准备得差不多了，炕灰昨天掏的。接下来的日子，是一心一意等候，等候娃娃出世。差点忘了，还得换个水，虽然洗过时间不长，她还是决定再洗一遍。把自己洗得净净的，心里才踏实。女人生娃娃，就是过鬼门关，好比缸边上跑马呢，其实是在死路上走了一趟。命大的捡回条命，稍有闪失，就有可能活不过来了。小时候常听得女人们在一起感叹，听得她脊背发凉，现在要轮到自己了。这事没人能代替得了，是作为女人必须跨过的一道关口。

　　娃娃出生前扫炕换水这些是从嫂子处听来的。在她一遍遍笑话某个女人时，雪花就明白了，如果一个女人算得上勤快贤惠的话，生娃娃前一定会把自己的一切收拾好。其实是做好离开这里的准备。一旦那口气上不来，无常了，附近的男女老少都会来送埋体，娘家人也来，所有的眼睛看着呢，你的炕，你的被褥，与你有关的方方面面，只要是你活着的时候到过的地方，全都在向人显示，显示你这个女人活着时是个什么样的女人。是世人对一个女人下结论的时候。邻村不是有个女子，年纪和雪花不相上下，去年生产时就难产了，听说她的衣裳、被褥全洗得干干净净，炕扫得没一丝尘土。

结婚买的衣裳全新崭崭放在箱子里，一双金耳环也没舍得戴，压在箱底。谁想到她人说走就走了。人们都感念那媳妇的好，夸她的干净利落，孝顺老人，等等。雪花想那女子也许没有大家传说的那样好，她以前见过的，没什么特别的地方。可能因为离世早，大家觉得可惜，舍不得才这样夸说的。

不过，从这事上可以看出，女人坐月子前一定得把生前身后事都考虑好，尽量把一切收拾妥当，有模有样，一旦一口气上不来，也不至于落个遭人耻笑的结局。想到这里，雪花鼻子酸酸的，心里一阵难过，人们常说做女人的命苦，这话不错，女人真的命苦，生养一个娃娃其实等于拿自己的命当赌注押，男人押的是钱，女人只能押自己的命。她趴在炕上扫的时候，就想到自己身上。开始，她努力压制着心里的想法，不叫心思往那方面跑，是个不吉利的想法嘛。她还年轻得很，花儿一样，刚打开骨朵儿，开成一朵花，可不敢往那方面胡想。可这想法一旦萌生，就压制不住，火苗一样往起蹿。她干脆放开缰绳，让心里这匹马由着性子奔。真要是一口气上不来，就要离开这里了。往深处想，雪花发现自己并不怎么留恋这个家，倒是分外想念娘家，那个土院子，沟底那泉清澈的水，那些弯弯曲曲的台阶。还有些想母亲。身子六个月时候去的娘家，这几个月身子一日重似一日，一直想回去看看双亲，苦于行动不便，就没能去成。丈夫在就好了。

他会用摩托驮她去的。

　　这才发现，心里还念着另一个人。丈夫出门九十四天了，远在县城的工地，电话倒是偶尔来一次，都是公公婆婆接的。婆婆接起电话总是笑呵呵的，笑声大，说话声却小，几次她正往桌子上摆饭，电话响了，婆婆跳下炕来接。电话里传出一个熟悉的声音，正是丈夫。丈夫给婆婆道了赛俩目，问父母都好吗，家里都好吗。好——好——好——。婆婆拉长声说着好。又说你安心干活，不用记挂我们。雪花拿着饭盘子，走也不是，留也不是，在那儿蹭着，说到底，她是想多待一会儿，见公公直眼看着自己，她忙退出上房。丈夫怎么没有把自己问候一句？只用一句"家里都好吗"就把自个儿的媳妇也包揽进去了，就算是问候了。雪花不由得心头愤愤的，空落落的。一抬头，嫂子站在门外，见有人出来，忙退下台阶，问一句饭还要不要，算是把刚才的事情掩过去了。

　　洗锅的时节，雪花慢慢想着心事，时间长了，丈夫不来电话，人这心里就慌，好不容易盼来了，心里还是慌。大哥偶尔也来电话，还是公婆接，同样不叫大嫂来接的，婆婆一碗水还是端平的。一来电话，嫂子耳朵比猫都灵，竖着耳朵偷听。雪花干不出这事。偷偷摸摸做贼一样。其实有时候她真想像嫂子一样，偷听一会儿。不为听什么家长里短，只想听听丈夫的声音，听他说话的声音。隔的日子长了，连他声音什么样都想不起来了，就有些怨他，恨他。电话打自己家不好意思指名叫媳妇接，咋不打到堂嫂子家。堂嫂子家是公用电话，央求堂嫂悄悄把自己叫过去接不是很好吗？这死鬼，一出门偏偏把媳妇忘了，忘得干干净净的，真狠得下心。走的时候，说得多好听，把自己哄下就走了，想着想着，人的眼泪就下来了。刚走那阵子，自己顿顿吃饭记起他。男人饭量大，不知在工地上吃得饱不。日子长了，便渐渐不再惦记，偶尔公公买回点肉，吃饺子时猛然会记起还有一个人在外面，他吃得上饺子吗。

嫂子也想男人。就算雪花笨，这一点还是看得出来的。都是女人，对这方面的反应就比较敏感。嫂子可能想巧妙地遮掩一下，想得紧了，口里唠唠叨叨骂出一长串，说这个死鬼，日子长了，也不记得回趟家，记不起女人，娃娃总该想的嘛。雪花禁不住想有娃娃多好，可以以娃娃为借口，抱怨抱怨男人。心里的有些东西，窝在那儿，难受得很，说出口也许会好一些，多少舒坦一点。果然嫂子比自己更会面对一长串空寂的日子。她对着孩子唠叨一阵子，牢骚发过了，平静下来，照旧平心静气打发接下来的日子。隔段时间，再发发牢骚，对着娃娃絮絮叨叨说上一大堆。然后还是过日子，过那寂寞又忙碌的日子。雪花想着自己的空寂，发觉还是有娃娃好。就急切地盼望起来，盼望肚子里的娃娃长快点，快点出生，好给自己做伴儿。

　　雪花扫完炕的第二天就临盆了。洗过的被褥没有干透，她挣扎着把它们抱进屋，肚子疼得一阵紧过一阵。堪堪挨了半天，疼得刀割一样。嫂子说过，女人生娃娃，不能肚子一疼就乱嚷嚷，四下惊动，那等于瞎折腾，弄得全家上下都知道了，大家心惊肉跳盯着你，干着急帮不上忙，那种难为场面，还不如一个人悄悄地忍着，到了真正要生时，再喊人不迟。雪花肚子早就疼了，半夜起夜时隐隐地疼，还挨得住，就将身子蜷作一团，迷迷糊糊睡去。天亮出去给自己和婆婆的炕洞里各煨上一笼子牛粪，扫了台阶，和嫂子在厨房做饭。做的是米汤、馒头，别人稀溜溜喝得大声响，雪花肚子疼得腰里直抽气，一口也咽不下，早没有想吃的心思。忍过晌午，人就走不动了，关上房门，干脆坐在泥地上僵着。

　　男人在该多好。那个黑脸老实人，没什么本事，壮壮胆总可以的。给婆婆通风报信总能做到的。可这死鬼啊，一出去就把女人忘到脑子后头了。一点不惦记女人的苦楚。这死人啊，刚怀上那阵子，他还兴冲冲说，到时咱到县城去生，也学学有钱人，既快当又不受疼。雪花只是笑，说县城咱就不去了，把乡卫生院的接生员叫来就行，花的钱也少。其实她心里还有一层意思没说出来，她想到县城去，万一生的是女儿，还不叫人笑话死，别人会怎么想，生个女子跑那么远的地方去，花一疙瘩钱，也太把自个儿当人看了嘛。这样的话不是没听说过，嫂子不止一次笑话下庄的一个女人。那女人头胎，生不出来，拉到县城生了个女子，花了一千多元。婆婆也对这事有想法，她瘪瘪嘴说女人生来就是生养娃娃的，咱一个个都是自个儿生，坐的土炕，还不都过来了，用得着跑到县城去吗？钱又不是狗屁下的。

听了婆婆的意见，雪花就明白丈夫的话有多可笑，多不切实际。只是一句要话，哄她高兴的。嫂子那么要强的人，两个娃娃都是在家里生的，婆婆亲自接的生。嫂子尚且如此，雪花就更不敢指望了。倒是嫂子开过几回玩笑，说现在的年轻人喜欢到城里的医院生，你不去吗？雪花苦笑，心里说我去还不叫唾沫星子淹死。嘴上却什么也没说。嫂子还在怂恿，说她自己如果再生，就一定到城里去，不然这辈子活得太亏了。

雪花摸不透嫂子的真正心思，就不再接她话茬儿。心里倒在着急一件事，娃娃的衣裳到现在还没准备，娘家时母亲疼她，从不让女儿捉针线，加上生的是头胎，雪花就更不知道这小衣小裤的该如何收拾。想去问嫂子，考虑到嫂子的为人，犹豫一阵，怕平白招来一顿耻笑，迟迟不敢开这个口。正作难时，嫂子与邻家几个女人闲谈时说起的一件事提醒了她。她们在笑话庄里的一个新媳妇，说那媳妇生头胎就衣呀裤呀准备了一大堆，连尿布也收拾好了。到时拿出来，婆婆脸色阴晴不定，说真娶了个懂事的媳妇，比多年生娃的老娘婆还知道得多，看来我这当婆婆的真的不中用了，只能当个摆设。婆婆的话是绵里藏着针哩，拿软刀子扎人。几个女人说罢就开怀大笑，说可怜那小媳妇挨了骂还以为婆婆夸她呢。

　　回味了半天，雪花慢慢明白过来，看来新媳妇生头一胎，最好不要自己收拾衣物，自然有当婆婆的操心，你收拾了，让当婆婆的干啥去，雪花就稳稳坐着，装作什么也不懂的样子。冷眼旁观，从没见婆婆手里捏过针线，她心里又有点虚，沉不住气了。毕竟生娃娃的是自己，婆婆真要没准备，到时候娃娃穿啥，拿啥包裹，不能两面给耽误了。等到临生了，婆婆闻声赶来，怀里竟然抱着一大包。抖开在炕上，小袄，小裤，小被子，尿布，一样不少。还有给娃娃缠脐带的纱布。雪花一时忘了肚子绞痛，倒是惊叹于婆婆的不露声色。雪花本来是个实心眼人，在婆婆手底下从没想过耍心眼儿。从今天这件事来看，幸亏没有耍小聪明，婆婆这么精明，精明到不动声色的地步，自己这点心眼儿肯定逃不过她的火眼金睛。到时还不是自己拿大巴掌扇自己的脸面。嫂子那么聪明的人，常常因为耍心眼儿挨婆婆的骂。嫂子也真是个怪人，挨过婆婆骂，她生一阵子暗气，过后一切照旧，能偷懒就偷懒，猫一样处处偷嘴，让人防不胜防。婆婆追问，只要雪花不在场，就全往雪花身上推，赖得煞有介事，竟眼也不眨一下。

是个女子。婆婆的声音不高不低,听不出喜怒。慢慢地,雪花感到头变得沉重起来。果然是个女儿。虽然她极力说服自己,男孩女孩都一样,都是自己身上掉下的一块肉,可听到婆婆不温不火的声音,她心里还是不由自主的一阵凉,透心的冰凉。身子也像坐在水里,慢慢被冰凉浸透。嫂子跑出跑进忙活,显得出奇的热情、勤奋。雪花望望她起伏的身影,闭上了眼。这回又输给她了。自己处处不如人家,这回同样输了。这场比赛早在自己嫁进这个家门时就开始了。每个女人都躲不开的一场比赛。其实嫂子早就稳操胜券了,她只用站在一边等结果就行了。一连生了两个男娃,她在婆家的地位稳如泰山,谁也无法比下去。本来自己有希望与她比个平手的,如果自己也生两个男娃的话。一场无声的比赛就这样结束,她输给了嫂子。

门开了,婆婆端着米汤进来了。怕惊动了孩子,轻手轻脚的。雪花忙爬起来,迎接婆婆。以前婆婆说过一件事。说她的大媳妇,也就是雪花的嫂子,坐月子的时候,婆婆伺候她,每当把饭菜端到窗前,往里看,嫂子坐在那儿,等婆婆推门进去,人却睡着了,脸朝着炕里,还拉出很大的鼾声。最后婆婆感叹,说我这个婆婆当的啊,下贱得很。婆婆的感叹里含有无限委屈。雪花第一次发现婆婆的内心也有伤痕,生活留给她的伤痕。而婆婆是那么精明要强的人。同时,雪花觉得奇怪，嫂子为啥要装睡，婆婆发现媳妇装睡又为啥这么伤心。装就让她装去，与醒着有什么区别，不就多推她一把，或喊她一嗓子，又不会多累人，婆婆真是奇怪。现在她想明白了，孩子一落地，雪花心里忽然就明白了，是豁然开朗的那种明白。不待婆婆走近炕前，她已经坐起来，有时双膝跪着，双手接婆婆递过来的碗。她想象得出嫂子装睡时的想法。哼，我给你们马家生了孙子，你就得伺候我，这回轮到你看我的脸色了吧，你也尝尝当媳妇端汤伺水服侍人的滋味。嫂子躺在那儿，等于把婆媳关系调了个个儿，要强了半辈子的婆婆肯定心里不好受。嫂子这做法太过头了。

  雪花觉得自己还是无法摸清嫂子的真正心思。自己生的是女子，不是带把儿的，能给婆家顶门立户的儿子，与嫂子是无法相比的，没有站在相同的起点上。雪花被这些念头搅得睡不踏实，心里总是少了点什么，便空空的，想拿什么去堵，老也堵不上。女儿哭了，哭声像生着病的小猫，有气无力的，贫弱得让人担心。哭起来却不会自己停下来，持续的哭声给人一种看不见的倔强，看来是个倔强的孩子。雪花低头抱她，加着十分的小心。孩子瘦得吓人，抱时总怕闪了她。抱起时小心翼翼，那样子像捧了一碗水，只怕一不留神会洒出几滴。

  女儿小小的眼睛睁开来，圆溜溜，黑乌乌的，正盯住雪花看。雪花禁不住冲她笑。笑一下，再笑一下，孩子没什么反应，小眼眨也不眨一下。雪花发现抱着女儿的时候，自己就忘了去想她是男是女，只是疼她，觉得是从自己身上剥离下来的一个部分，扯着连着心地疼她。她甚至想，就算有人现在要拿男娃来换自己的女娃，她也会一口回绝的。嫂子疼自己的娃娃时，口里狗狗命命地乱喊，雪花觉得有些夸张，现在看来，好像并不怎么夸张，她也把女儿喊狗狗。

孩子还没起名字呢。名字该请清真寺里的阿訇起，要么公公起一个也行。听说最近阿訇回家去了，这事暂时搁下了。搁一天两天倒没什么，已经十多天了，雪花心里终于沉不住气了。有种被人撂在荒滩上，无人过问的感觉。她和娃娃是被轻视了。嫂子说她的两个娃娃都是公公起的名字。公公怎么不为他这小孙女起个名字呢。婆婆也绝口不提这事。雪花猜不透公公婆婆的心思，就干脆不再费神猜测了。嫂子却揪住不放。有时她会来坐坐，趴在炕边上瞅瞅娃娃，评论说眼睛像谁，鼻子像谁。冷不丁地，就提到了名字的事。说你的娃还没起名儿呢，眼看半个月了，咋还不起，娃他爷，这是老糊涂了，好歹是马家一口人，咋不给起名字呢。我生那两个，娃娃一落地，老汉隔窗子就起了名字。

雪花的泪花就在眼眶里打转，明白心里的委屈现在不能说，也不能对着嫂子说。她咬咬牙强忍着伤心，说等等吧，不急的，名字的事，是个小事。

晚上的时候，她思来想去地考虑，发现自己还真有点小题大做了，指甲盖大的事，可不能上了嫂子的当。她心里慢慢平和下来。女儿总在睡，在肚子里睡了九个多月，竟然还没睡够。晚饭时节醒来，黑眼睛望着屋内，望一会儿，吃过奶，尿一泡，就会悄然睡去。第二天早晨，又睁着黑黑的眼睛，望着某个地方，雪花不去理会她，过一阵子去看，不知什么时候她已经睡着。鼻子薄薄的，几乎是透明的。那么薄的鼻翼居然在拉鼾，一张一张的。雪花听了直想笑，又忍住了。盯住孩子看的时候，她的心会慢慢软下来，变得柔软无比，十分真切地感到这一呼一吸与自己某个地方连着、扯着，还没有分开。

窗外是红太阳。冬天不下雪的时节，还是有不少晴天的。日头暖烘烘地照着窗户，窗帘拉得严严实实的，炕边上还挂了张大床单，整个屋子就笼罩在一种朦胧又透着些温馨的气氛下。女人坐月子其实就是在围得密不透风的热炕上乖乖坐上一个月。这一个月里，不用干活，不用下地，甚至不能让风吹到。婆婆让雪花不要下地，安心坐月子。雪花就一心一意坐月子。坐月子真是一件极幸福的事，再也不用天麻乎亮就爬出被窝，在公公婆婆起来之前扫院子、填炕、扫房、掏灰、做早饭，然后下地。总之从早忙到黑，一时空闲也没有。有时好不容易闲下来，忽然就来了亲戚，这一天就再也不会闲下来了。虽然家务活都是累不死人的琐碎活,算不上苦,可熬人得很,缠住人的手脚,让人总是在忙,却忙不出什么大的、重要的事。嫂子有一句话说得实在,她说给别人家当媳妇,就像进了磨坊上了套的驴,一辈子围着锅灶转,一辈子都在伺候人。当了媳妇,上有公婆下有小叔小姑,你才会相信这话说得一点没错。

女人一辈子歇缓的机会就这几天,坐月子的一个月。雪花明白这机会来得不容易,就尽量不让自己去想烦心的事,一直睡觉,陪着孩子睡,夜里睡,白天也睡。她想把近一年亏欠的瞌睡给补回来。这一年的媳妇当得真辛苦,她想自己给自己补偿一回。

总是做梦。梦里,男人回来了,和她在豆子地里拔草,一会儿似乎是在割麦子,最后男人竟当着那么多人的面抱住了她,羞得她直想哭。男人口里哈着气,凑到她耳朵边说不要伤心,不要伤心,咱还年轻,慢慢儿来,一定会有儿子的。她被逗笑了,笑着笑着,醒了。女儿还在睡,房里静静的,大门外有娃娃追逐的嬉闹声。雪花翻起身,望着女儿的睡相。看一会儿,又含笑睡下。她已经给女儿起了名字,自己起的,一个人悄悄在心里叫。就叫碎女吧。碎得让人心疼的女孩。她贴近女儿耳朵轻声叫。孩子睡得正香,小胳膊露在外面,粉红的拳头紧紧攥着。她忙把胳膊压进被窝里,溜下炕,在抽屉里翻出一截布带，等小家伙醒来，就把她的胳膊腿儿给绑绑。婆婆早让绑了，说不然娃娃长大害得很，手脚长得没法管束。嫂子也说该绑绑的，绑住娃娃睡觉踏实，不易受外面的惊吓。雪花想想，觉得嫂子的话有道理，她准备松松绑一下，不让胳膊外露就行了。还得给娃娃缝顶小帽。生前就悄悄买过一顶，那时不知道娃娃头的大小，结果买得太大了。雪花决定用一片细布缝顶小帽。从小不捏针线，动作笨拙得可笑，费了九牛二虎的力，才算缝成。戴在头上，不像帽子，像扣了顶瓦盆。

日斜时分，母亲来了，背着几十个鸡蛋，给娃娃缝的小衣小帽，居然连袜子、鞋子也做来了。来时雪花正睡觉，耳边有人言语，忙爬起来，母亲已经站在炕边。雪花不知道自己怎么了，乍一见母亲，心里一酸，难过得话也说不出来，大声抽泣起来。生死路上走了一回，才明白做女人的不容易，做娘的不容易。细细回想，自己这几十年里一直不听话，母亲教导一句，自己就回敬两三句。老跟母亲拧着来。嫁出娘家，生了娃娃，才一步步尝到活着的滋味，恍然明白了什么，这十来年自己对母亲有点过分了。

母亲站在炕边看着雪花，只是笑。婆婆进来了，一眼看见了媳妇的眼泪，有些不受用了，说这娃娃哭啥呢，家里都把你当事得很，你这样子，叫亲家母还以为我们怠慢媳妇儿哩。

雪花忙把眼泪擦干净了。说良心话，婆婆对自己还说得过去，每天三顿饭，亲自做来让自己吃，一顿也没让自己饿着。要不是当一回月婆子，这辈子还真吃不上婆婆做的饭。就算婆婆鬼、精明，都是在心里，对向来老实的雪花，还算说得过去。雪花还是觉得伤心。人真是奇怪，好不容易可以清清闲闲地坐一月，竟然坐出一肚子的伤感来，受了难以诉说的委屈一样。

现在的年轻人享福得很，我们那时节，坐月子可不是这样，谁不揭了席子，坐在黄土堆里，不等一个月坐满，就下地干活了，多遭罪啊。哪像现在的媳妇儿。婆婆和母亲你一言我一语说着，感叹着，唏嘘着。婆婆还不时用眼睛余光扫一下炕上。雪花看明白了，她这是在借古讽今，反衬自己身在福中不知福。

雪花无声地笑。当了一年多的媳妇，她已经学会忍耐、沉默、吃苦、吃亏。生活里的滋味只有当了女人才真正明白，真正吃透。

搂着女儿软软的身子，雪花觉得还是当女人好。尤其是坐月子时节，坐上这么一月，就把人坐得远离烦恼、远离劳累，变得懒懒散散的，心里却踏实极了。女儿睡在身边，就像整个世界全在身边了。外头的什么事都不用去想、去操心，一心想着女儿就足够了。她看见女儿忽忽长大了，转眼就长成大姑娘，直冲着自己咧嘴傻笑。雪花情不自禁地跟着笑。发现女人只有生了娃娃，才真正成为女人。成为真正的女人，心不慌，眼不乱，干啥沉沉稳稳的，拿捏得住了。以前自己就不是这样的，天一黑心里就慌，空落落的，把什么丢了一样，感觉心的某个地方缺一样东西，什么也补不上的。男人常年回不了家，偶尔回来，被窝都没暖热，就又走了。她盯着空荡荡的被窝走神，一遍遍回味他在时的情景，回味出满腹酸涩满腹伤感来，有点怨他，又有点想，甚至想他这样还不如不要回来，回来又走了，惹得人好不容易平静下来的心重新飞起来，轻飘飘浮在半空里，怎么也落不到实处。半夜翻起来，身畔空着一片，心头同样空着那么一片。慢慢地，这空落扩散开来，冬天的荒原一样，只有西北风在呼呼地叫。

有了女儿，回头打量之前的时光，感觉那些空落像梦一样遥远。看来自己着急生娃娃是对的。男人开始并不赞同这事。他不无豪气地向女人夸口说等自己挣一疙瘩钱了，把女人也带到外头去，到大世界里逛一番去。有了娃娃肯定不好带，是个拖累。男人说得一本正经，她一遍遍想着他的傻话发傻。他真是个天大的傻瓜啊，却还是情不自禁地想起他的可亲可爱之处来。

男人她留不下，像这里的许多女人一样，她们留不住自己的男人，一家人得往下活，柴米油盐的日子得一天一天打发，就得送自己的男人上路。目送他们走向外头的世界。男人便毅然决然起身了,离开热腾腾的被窝和被窝里眼泪吧唧的女人。男人无论如何是留不下的,留下就得受穷。娃娃能留下,看着身边自己生的儿女,就像留住了男人的影子。看着娃娃的时候,心里那些空漏的地方悄然弥合了。雪花已经像所有的女人一样,爱一个人唠唠叨叨,说个不停了。说些尿布呀奶水呀琐琐碎碎的话。她还喜欢和嫂子们谈论家务事了,全围绕着娃娃说。她甚至暗自担心女儿的眼睛太小,长大后不好看,她会不会抱怨当娘的把她生得难看,到时候自己就黑下脸骂她一顿。像母亲曾经数落自己一样,骂声里饱含着疼爱与娇惯。女儿长大了一定叫她念书去,可不能像自己一样,这辈子就这样了。想到上学,便担心家离学校太远,女儿跑不了那么远的路。再说乡村的小学,教得不怎么好。她忽然叹了口气,这些问题遥远却又实际,五六年后就会摆在自己面前,看来人活在世上,一辈子都不能安心。

　　雪花在天黑时节看见下雪了。婆婆进来送饭,门咣当一响,她惊醒了,发现自己这一觉睡到了天黑。下雪了,婆婆说。婆婆的声音里含有喜悦的味道。从她的语气里,雪花联想到今年的春耕,一定会很顺利。一场大雪,总是会带来喜人的底墒,真是想想都叫人高兴的事。待婆婆出去,雪花忙腾地跳下炕,鞋也不穿,趴到窗前看雪。

雪花真的很大，一片连着一片，一片压着一片，前拥后挤从云缝深处向下落。等飘到半空的时候，它们好像又不愿意落向地面，犹豫着，悠悠然，又有点儿无可奈何地落到了实处。雪花飘落的情景，多么像女儿出嫁，随着媒人的牵引，她们飘落到未知的陌生的人家，慢慢将自己融化，汗水和着泪水，与泥土化为一片、融为一体，艰难地开始另一番生活。

这是今年冬天的第一场大雪，雪花想。

《回族文学》2008年第4期

名家点评

在这里，头顶的星空与内心的道德律令自然而然地形成了互文。这种康德式的矛盾解决之道还是宗教化的内向超越。当作家无力就现实的社会结构发言时，这是一种最后的选择。《长河》与《碎媳妇》也如是，马金莲将爱与死、生存与苦难、爱欲与哀矜、忧伤与欢悦……都统摄到持久、广阔而绵延不绝的共同体归属之中。前者是"归真"的平等："我们来到世上，最后不管以何种方式离开世界，其意义都是一样的，那就是死亡。村庄里的人，以一种宁静大美的心态迎送着死亡。死亡是洁净的，崇高的。"后者是自然神学式的类比："雪花飘落的情景，多么像女儿出嫁，随着媒人的牵引，她们飘落到未知的陌生的人家，慢慢将自己融化，汗水和着泪水，与泥土化为一片、融为一体，艰难地开始另一番生活。"个体的冲突与矛盾融入信仰共同体与天地大道之中获得和解，已经超越了伊斯兰教本身，成为普遍性的内化信仰。

文学评论家　刘大先　++++++++++++++++

创作谈

之前的时光,我是通过老人的口述加上自己的想象去体悟的。最庆幸的是,我小时候家里有好几位老人都健在。老人们本身就是一段段故事,一段段从岁月深处跋涉而出的经历,每一个老人的身上都带着个人的传奇和岁月的沉淀,而那些过往的岁月,散发出我所向往的馨香和令人迷恋的味道。太爷爷当年跟着他的父亲拉着讨饭棍子从遥远的陕西到甘肃的张家川,再到西海固落下脚来,到后来经历了海原大地震。自然的灾难在上演,生存的课题在逼迫,这些目不识丁的人,依靠着什么存活了下来并且保持着那么纯真、纯粹、朴素、简单的品质?这是我一直在思考的。20世纪80年代初,外奶奶常来我家做客,来了就和我们姊妹睡一个炕,她的故事真是装满了肚子,一讲就是半个晚上。还有奶奶呢,这位饱尝了人间冷暖的妇女,肚子里更是塞满了故事,听来的,看来的,经历过的,说起来滔滔不绝,她那朴素、本真却很迷人的口才真是叫人佩服。我喜欢听故事,听后就记住了,有时候喜欢在干活的间隙回想、琢磨那些故事里的事情,反复回味打动自己的部分和一些含有深长意味的人生道理。等我拿起笔写小说的时候,这些故事自然冒出头来,我不得不打量它们,然后尝试着写了下来。《坚硬的月光》《老人与窑》《尕师兄》《柳叶哨》《山歌儿》等都是。

赵依《静静的长河——马金莲访谈》
《草地》2015 年第 6 期

山歌儿

打锣锣，烙馍馍。

鸡儿叫，狗儿咬。

舅舅来，吃啥哩？

吃白面，舍不得。

吃黑面，羞得很。

吃荞面，肚子胀。

吃豆面，豆腥味。

宰公鸡，叫鸣哩。

宰母鸡，下蛋哩。

宰鸭子，看门哩。

……

我们齐声唱歌，因为我们看见对面的土路上，那个推自行车的人，向着我们的村庄走来。那是我们的舅舅，那是碎舅舅熟悉的身影。

我们村庄的地形是一个狭长的扇面状，西边的入口是扇子的把儿，东边脚下依次铺开的平坦土地，是扇子的面儿。绵延起伏的远山，以蓝天为背景，画出一道道波纹，恰似扇子轻轻一挥，扇出一缕缕清风的波痕。

西南那边的山口，悠长狭窄的土路上，一个人影缓缓走来，下了山，再沿从西向东的大路往我们村庄的方向走来，那个人推着自行车，一身青衣，头上是白白的小帽子。这时候我们就可以断定，碎舅舅来了。

碎舅舅姓李，在他们那个庄里，李家是大户。

我母亲是大户人家出身，却嫁给了当时最穷的贫下中农。

我父母成亲时已经到了20世纪70年代的末尾，家庭联产承包责任制的方针还没有实施。

土地承包到各家各户之前，我们家里的情况只能用一个字形容：穷。

那是一种如水洗了一样的贫困。

而远在三十里外的李家，光景远比我们好。李家庄居民一律姓李，是一个老先人传下来的子孙。李家历来家教严，风气淳朴，当年定成分时，李家庄没有一个地主，都是贫雇农、贫下中农、中农，最坏的也只是划成了富农。

舅舅家理应定为地主的，是大家集体庇护了这个够得上地主条件的人家，都是一个李家，一笔写不出两个李字，他们不愿意上演骨肉相残的苦戏。后来，我们的外爷爷李缠头，在社教中口唤在了劳改的砖厂里，大家就对李缠头这一支血脉的后人更是呵护关照，母亲记事起家里就一直比较好，日子虽也苦巴，可远远没有撒马庄马家人困难。

母亲说她来到这个家里，虽然早就有了充分的心理准备，还是被这家的贫穷吓着了。

我母亲的嫁妆极为丰厚，是他们那个年代李家庄人所能达到的最高水平。当木匠的大舅舅亲自动手，给小妹子打家具。一对漆成大红色的大木箱，每个箱子的四个角上都包了黄铜色的梅花，前面画上三幅图画，一个箱子上的三幅画分别是喜鹊登梅、鸳鸯戏水、燕子闹春，另一个箱子上的三幅画依次是杏花图、双鱼戏水、梨花图。我很小的时候就看见这些图画了，只是觉得好看，却看不懂是啥名堂。现在看得懂了，箱子早就陈旧不堪，画面黯淡、褪色了，是经历日月后的沧桑迹象，倒是及不上童年记忆里那些画面的鲜艳色泽。

从母亲的嫁妆上，我们可以看出大舅舅是个心思细密的人，对他妹子的嫁妆也很重视，啥都做得细致精巧、结实耐用。两个箱子，十几年来一直盛装衣物，外面油漆剥落，箱子的样式结构却完好如初，没有丝毫走劲散架的迹象。除了箱子，母亲的嫁妆还有一大堆零碎儿，一对粉盒，木雕的，桃木的木质纹理赫然可见，做工小巧精致，状如核桃，里外磨制得光滑细腻，捏在手心，一股淡淡的温润感油然而生。母亲的脂粉就装在里面。那时使用的是一种称为"银粉"的硬块脂粉，包在纸里，买回来装进粉盒，粉盒就永远散发出一股幽幽的脂粉香。我小时候最大的愿望就是赶紧长大，早一天出嫁，要母亲将她的粉盒当作嫁妆，陪送给我。小时候，母亲的粉盒总是搁在高处，不允许我们把玩。粉盒里就盛了一个女子的梦想，幽幽的粉香，细腻的桃木质地，细巧的花纹，梦境五颜六色的，绚烂而质朴。等到我真的长大出嫁，早就不兴粉盒之类的小玩意，都是穿金戴银，嫁妆远远比当年母亲的丰厚昂贵。母亲的粉盒早就不知丢到哪儿去了。

大舅舅做给他妹子的还有梳子、箆子、簪子、鞋楦子……一大堆杂七杂八的东西，都是一个新媳妇生活中居家过日子的物件。今天看来，没有一样是值钱的。可那时，母亲说她大哥为此忙活了好一阵子。

一对木箱子算得上最阔气的嫁妆，还有二舅舅的那份哩。二舅舅是毛毛客，农活稍闲就坐下给人缝制皮衣、皮裤、皮帽子，以赚取一点手工费。母亲出嫁的时候，二舅舅的手艺已经在李家庄方圆有了名气。二舅舅倾尽所能，给他的妹子缝制了一件翻羊毛的"干衣"。这种衣裳我记事那些年里还流行，老人穿，男人穿，青色的面子，里面是二毛羔皮。这种皮子穿着暖和体面，是难得的上好衣物。二舅舅其实明白他妹子不可能舍得穿，就缝得宽大一些，早就准备好给妹夫穿了。果然这上衣后来真让我们父亲穿了，一穿好多年。二舅舅还给母亲缝了个小巧贴身的羊毛背心，这是真正给母亲的，父亲就是想穿也套不到身上。记得到1994年的时候母亲还穿着它。

母亲是很体面地嫁到撒马庄马家的。可是，父亲这边的贫穷还是叫她吃惊不已,难以接受。

父亲是个腼腆的小伙子。其实他们早就见过面,那是七八岁的时候。他们算得上是青梅竹马了。

小时候,母亲随她的母亲来撒马庄走亲戚,我们外奶奶的娘家就是太爷这一门。细究起来,却又不是真正的亲娘家,是一个马家的后代。可能追溯到他们的祖父母那里,就能攀得上具体的血脉关系了。

是女人总得有娘家。外奶奶没有娘家,就认了太爷这一门做娘家。

说起外奶奶认娘家,有一段叫人嗟叹的往事。

外奶奶小名七女。她在家里姊妹中排行老七。七女的父母一口气生出七个女子,看看年过半百,才最后生出个儿子来,真的是老来得子,喜坏了老两口。看看儿子将近一岁,就在一家人商量给儿子过周岁的那个冬天,地摇了。那是一场罕见的大浩劫。外奶奶说她们的父母睡在老院右边的窑里,她们姊妹在左边的土窑里,入夜不久,为了省油灯,大家早早就睡了。

大地摇开始了。七女从睡梦里惊醒过来。世界黑乎乎的。摸不着身边的姐姐们,油灯早已不知去向。四周似乎全是土,大块的黄土几乎要将她埋起来。她在土里踹,踹姐姐,踹被子。

一阵接一阵天旋地转的震颤从身下传来。天地就要颠倒,星星在头顶上眨巴着寒咻咻的眼。

她才知道出事了。摸到压在土下的姐姐,身子软软的,喊,她们就是不吭声。隐隐听到村庄里四处传来的哭声,狗叫声,羊叫声。外奶奶回忆说羊的叫声在半夜听来,那个瘆人,死鬼一样。

七女摸出的姐姐都是死人。不是断胳膊,就是少腿。手上摸出一把一把的血水,湿乎乎的,她就四处乱抹,在泥土和血水中往外拉姐姐的身子。

有一个还活着!七女一摸她头上的辫子,断定是四姐,哭喊:四姐,四姐!

四姐一阵挣扎,说快跑,七女你快跑,地摇了。

四姐就昏过去了。七女抱住她喊,任凭她喊破嗓子,四姐就是不再应声,反倒渐渐冰冷下去。

借着星星的微光,她隐隐看清楚,土窑的顶子早就不知去向,四下全是黄土,院子倒塌成一片残骸。她们姊妹睡觉的土炕好像从窑里挪到了当院子,炕还好好的,她的光腿子还盖在被子里。父母歇息的窑洞黑乎乎地张开来,像一张大口。她哭喊着奔过去找寻父母。窑顶塌了,黄土压得死死的,她刨不开。

黑狗挣脱了绳索,跑过来,跟在她身后嗷嗷吼叫。一阵眩晕,她差点栽倒。残余的土院墙哗啦啦倒下一堵,又一堵。

她还在土崖下的黄土堆里刨，她确信父母就压在下面。黑狗扯住她的后衣襟，死死往后扯。她绊倒了，跌得满脸满眼泥土，爬起来哭喊着刨，黑狗愣是将她拖出一大截子。等她爬起来还要去寻找，唰啦啦窑又塌了，黄土埋得更厚。她惊呆了，坐在院子里的炕上哭。一直哭到后半夜，才昏昏沉沉睡过去。

外奶奶说她看见了奇异的景象。

名叫七女的女子，独自坐在倒塌的土炕上，身边是六个尸身残缺的姐姐。她抬头望着夜空，博大辽阔的夜空，深邃，幽冷，那些星星，仿佛没有看见人间发生的浩劫，兀自一颗颗闪烁着，发出微微寒光。余震还在持续，没有人告诉她怎样躲避灾难，四姐叫她跑，可她咋跑，黑漆漆的夜里，跑到哪儿去哩。唯一可以相依为命的黑狗也蹿出墙的豁口，不知去向。

恍惚中，她看见遥遥的夜空里，一道亮光从西边照来，依稀有一扇门打开，好多人在排队，往门里涌去。一个老人在门口手握拐棍，一下一下点拨着，就有人不断被拨出来，滚落而下。人头黑压压的，连起来，像搓成的一条黑色毛绳在游动。

她望着那奇怪的景象，一直看到睡着。

那时，七女刚刚六岁。

我查阅了相关资料，那年正是1920年，那场浩劫就是震惊全国的海原大地震。

西海固人在这场地震中遭受的是灭顶之灾。打击是致命的。

天亮之后外奶奶看见了自己的父母。窑门塌了，自中间断裂，她从土堆上爬进去，刨开土，看见父母睡在炕上，颜面如生，周岁的兄弟睡在母亲怀里，他们三个人是在睡梦里离世的，身子冰凉后还保持着睡着的姿势。

村庄的人大半遇难。活下来的仅一小部分，其中还有一部分变成了残废，缺胳膊少腿儿，歪鼻子瞎眼，啥样的都有。大家埋葬了亡人。在塌废的原址上重新挖窑，盘炕，开始过日子。

七女是家里唯一的幸存者。我太爷的大哥收留了她。太爷一家死的人是大嫂子、二哥、三哥、四哥、五哥和他们的妻儿。大哥是外出贩卖皮子，才躲过了浩劫。

外奶奶一家亲人的坟园就在撒马庄的下庄子，每当舅舅他们来了，头一件事就是洗上小净，去下庄子坟园给老人上坟。

有些人埋在窑里，埋得太深，挖不出来，也就不再掏，把那一块地方当作坟园，以后上坟的时候就跪在老窑的门前点香，念。

我们家玉米园子下面那片陡坡，据说就是当年太爷他们葬身的地方，那里有一排窑洞，弟兄五人，每家住一眼窑。

太爷年小，随大哥大嫂子过。他们还有一个小兄弟，属少亡，埋在玉米园子的上面那片坟园里，坟头已经塌平。

我们的祖爷爷当时睡在一个装粮食的窑里，那个窑塌得不严重，只是土台阶上搁置的一个大瓦罐，装着满满一罐蜂蜜，地摇时瓦罐滚下来，端端跌在祖爷爷的心口窝里，祖爷爷就这样没命了。

名叫七女的外奶奶认了我们的太爷做巴巴。外奶奶就是在太爷家里长大并出嫁的。

外奶奶记着太爷弟兄的恩情，把这里当亲亲的娘家看，有空就来走动。

我母亲小时候随着外奶奶来过父亲家。她说那时她根本就看不上我们的父亲。问缘由，母亲嘴巴一憋，说没见过那么窝囊的娃娃，一点没有儿子娃娃的模样。

也就是这时候，奶奶问七八岁的女子，你给我家麻蛋当媳妇吗？

父亲居然有一个这样随意的名字。母亲说她听见谁喊麻蛋她就来气，好像他真会成了自己的碎女婿，就极力想摆脱他，不想看见他。

这个名叫麻蛋的少年长得分外瘦弱，高个头，瘦脸颊，走路悄没声儿。母亲说她们坐在奶奶的炕上拉闲，他悄悄进来，低着头，去窑里拿了啥，又小心翼翼低头出去了，始终不敢抬头看看炕上的亲戚。奶奶拉住他，说炕上这是你姑姑，李家庄的，给说个赛俩目。麻蛋涨红了脸，憋了半天，就是听不到从他口里说出赛俩目来。

奶奶放儿子出去，和外奶奶扯磨，说来说去，就说到了娃娃长大以后的事情上。两个人说碎女长大了就是麻蛋现成的媳妇儿。说完，她们嘀嘀咕咕笑，就是没有顾及一边碎女的感受，碎女又羞又气，自这时对那个男娃娃怀了一种说不清的想法。

少年碎女这一回去，就再也没有到奶奶家来过，说起那个害羞的少年，满脸鄙夷，就是看不上他的胆小。

我父母的亲事最终还是成了。

提亲的是太爷。外奶奶来浪娘家，和太爷坐在上房炕上，仍旧说起娃娃们的事情，太爷说碎女长大了吧，这女子这些年咋不来浪浪，要不就给麻蛋当个媳妇儿。外奶奶很是乐意，这等于把女儿嫁给了娘家侄儿，她乐意。

母亲一开始就抱着抵触情绪。真要把她嫁给那个窝头窝脑的男娃娃，这是她担心了好多年，终究无法躲过的事情。还是少女的母亲肯定极为郁闷。别人都为她准备嫁妆，热火朝天地忙，她自己像个没事人一样，冷眼看着忙碌的人。

母亲对于撒马庄的印象坏极了。她记起稍大些的时候，李家庄隔三岔五来几个讨饭的娃娃，都那么大了，还光着屁股，穿不起裤子。连女子娃娃都光着屁股。毛头娃娃到门上来，拥挤成好一堆，讨要吃喝，要是不打发，他们就不走，赖在门口，惹得狗汪汪叫，不断扑咬，愣是甩得铁链哗啦啦响。外奶奶给每个人打发一点馍馍，摸着他们的光头问：你们是哪个庄里的？娃娃们异口同声答：撒马庄的。

后面又来一拨儿，再问，还是撒马庄的。大家猜测，撒马庄一庄人都那么穷啊，咋都在要饭哩。

外奶奶心里难安，拾掇一点面食，背上去撒马庄看她的巴巴，真担心巴巴一家挨饿。

我太爷一家日子确实不好过，要饭的娃娃里就有他的小儿子小女儿。

其时正是母亲聘给父亲之后，母亲的郁闷程度可想而知。她存了心眼儿，听到门外狗咬，料定又有娃娃要饭来了，跑在别人前头开门去看，给几个光屁股娃娃一大块馍馍，求他们答应一件事，要是有人问你们打哪儿来的，就说是温塘的、马家湾的、刘家沟的，总之不要说是撒马庄的。

为了叫娃娃们改口，母亲费了好多馍馍，她真恨那些屁仔娃娃，恨那个叫麻蛋的窝囊少年，甚至恨撒马庄。母亲说她那时候就一个想法，撒马庄把自己给毁了，她这辈子算是完了。

母亲的前景黯淡极了，她看不见希望的光芒。撒马庄恶臭的名声，一贫如洗的家境，加上童年记忆里对那个娃娃的窝囊印象，叫她前去接受这样一个事实，和那个娃娃做两口子，过活一辈子，真的是件很让人伤心的事，尤其在一个少女想来，事情就更加糟糕。这可不是啥小事，是大事，一个女子一辈子可只有一次，是比天还大的大事。

母亲她能不忧心如焚吗。

母亲把前来掀脸的花儿娘给撵跑了。花儿娘是远近出了名的掀脸高手。手艺好，可她嘴不好，对着母亲一张闷闷不乐的脸品评，说要当新媳妇了，就得笑笑的，这样紫涨着可没有新媳妇应有的喜庆，婆家不待见的。经她手底拾掇出的脸盘，没有不透着喜庆色的。

我母亲当时一把扯断花儿娘手里的红线绳子，腾地跳下炕，取出炉火上煮得咕嘟咕嘟作响的两个鸡蛋，狠劲磕，磕破了，极麻利地剥下皮，放进嘴里，也没见怎么咀嚼，就吞咽下去了。

花儿娘给大姑娘掀脸无数，阅人无数，就是没看出来这个女子会是个厉害角色。

我母亲的举动惊骇了所有前来吃宴席的女人。她们悄悄议论着这莫名的变故。我的外奶奶出现了。外奶奶三十五岁上第一个男人病故，四十一岁那年第二个丈夫离世，她是一路踏着风雨走过来的，她啥场面没见过，对于小女子的任性和倔强,她早清清楚楚,我母亲对自己这门婚事的心思,当然也瞒不过她的眼睛。

事情到了这个节骨眼儿上,就是女子再不情愿,都为时过迟,有她这当娘的在,女子心思再花,也翻不出她的手掌心。

外奶奶毫不惊慌,微笑着说:这女子叫我娇惯完了。只一句话,就把所有的风雨遮掩过去了。

外奶奶不动声色地打发花儿娘出门,还按照老来的规程给人家送了谢意。

事实上母亲的脸只是草草扯出个大模样,嘴角、鼻翼、耳朵碗里的细嫩汗毛远没有拾掇干净,看母亲暗自垂泪又愤愤不平的神气,这脸无论如何没法再掀。外奶奶扔了一个头巾给女子,看着她将头巾搭上,遮掩住有些毛糙的脸盘儿,才出门忙别的去了。

外奶奶临出门,攀住门帮子,丢下一声重重的叹息,走了。这叹息像一枚熟得过透的果子,落在碎女心上,落得无声无息,却顿然破裂,浓烈的汁水四溅开来,我母亲闻到了酸涩的味道。

这门亲事,媒人换作谁都好推辞,偏偏是我们的太爷,外奶奶的娘家巴巴。外奶奶没有回旋的余地,何况她一开始就没打算推辞。

我母亲就带着一张没有掀干净的女儿脸上路了。大舅舅、二舅舅押送着嫁妆浩浩荡荡踏上了李家庄通往撒马庄的土路。

母亲头蒙黑色盖头，骑在最前头的一头黑色叫驴背上，由拉驴的娃娃牵着，沿土路走向撒马庄。

那时候还实行哭嫁的老规矩，女儿家嫁人都得哭哭啼啼上马，哭哭啼啼离开生养自己的娘家。不哭不行，不管你心里多么高兴，急于离开这个枯燥的地方去那个向往已久的夫家，可是，这会儿都得哭哭，真哭还是假哭都不要紧，反正有盖头蒙头，外人看不清。

我母亲却哭得一塌糊涂，她是真的伤心，真的不愿意离开娘家。借着这个机会，她将半年来窝在心里的委屈全都发泄出来，哭声凄惨、感人。惹得好多女人也抹起泪来，她们感叹说女子娃娃就是命苦，长大了就得离开自己的家，到旁人家受灾受难去。

哭嫁有一个不成文的规矩，你尽管放开嗓子哭，可就是不能哭诉，不能咿咿呀呀地诉说，那是死人出丧的一套哭法，成亲是好事、喜事、好事成双的事，要是哪个女子嘴里啰啰唆唆诉说一大堆，那会叫人笑掉大牙的。还有，哭的时候不能声音过大，放得过开，是轻轻巧巧凄凄婉婉地哭，能惹人怜爱，叫人跟着落泪。总之，就是得哭，可要哭得好看一点，动人一点，优美一点。是山里人在苦闷的日子里想出来的，增加生活滋味的一种方法吧，这法子现在不多见了，现在的女子大方，放得开，谁还会像个青涩的果子，做出羞涩的模样哭天抹泪哩。

我母亲哭着上了驴背。是被大舅舅抱上去的。就在这哭声上出了点岔子。外奶奶原本担心她这犟女子反抗，想不到她倒安安稳稳穿了嫁衣，蒙上盖头，安安稳稳上了驴背，就在外奶奶一颗提着的心刚要放在腔子里时，驴背上出闺的女子，哭声忽然大起来，像骤然升高的音符，在唏嘘送别的人群里炸响开来。这哭声没有节制，没有顾虑，完全是放肆的，无所顾忌的。新媳妇美好的形象在哭声中被撕得七零八落，惨不忍睹。一个本该凄婉、优美地上路的女子，居然将哭声弄得像泼妇、像哭丧，这真的是大煞风景的事情。

外奶奶生活里的那些风雨坎坷不是白白经见过的，她稍一愣神，第一个清醒过来，冲着拉驴娃娃喊，走，上路！抽出娃娃手里的皮鞭子，狠狠抽一下叫驴，叫驴带着伤痛，惶然迈步上路。母亲含混不清的哭诉就被跄然奔跑的驴子带远了。

深冬的天气，路上奇冷，骑在驴背上不能活动，腿脚冷得厉害。大舅舅赶上前，撩起自己的大衣襟，抱住妹子的脚给取暖。这边暖暖，跑到另一边再暖暖。母亲一直在哭，期期艾艾地，洒了一路。陪嫁的是母亲的大姐，大姐一惯性子绵软，语气轻柔，在这种场合下终于沉不住气，努力追赶前面的叫驴，试图提醒妹子不能再哭了，已经走过一大半路了，再哭，就不吉利了。可惜她骑的是一匹黑草驴，脚程远没有叫驴快当，就焦急得不行，压着嗓子喊停下停下，不能再哭了，不能再哭了。

倔强的妹子哪里听得进去，照旧起劲地哭，嗓子早就哑了，哭声变成了干嚎。

有种讲究，出嫁的女子不能哭得过久，看看走过一半路程就得收住悲啼，剩下的路途要在沉默中度过。有人说，路途过半，女子每哭一声，今后娘家的光阴就减损一分，所以古往今来这里的女子还没有人从头哭到结束。那样的话，她的娘家肯定会变成穷光蛋，八辈子翻不过身。

看看路途将要过半。我母亲的哭声还在响彻云霄。干冷干冷的天气里，母亲的哭声孤零零、轻飘飘的，哭得时间过长，连她本人都可能记不起在伤悲什么，为了什么而哭啼。她就是想哭，一旦哭出声，就再也没法收住哭声。她记起很早就辞世的父亲。她无缘见上一面的生身父亲，在她尚在襁褓里的时候就遇难了。

我母亲是个没有父亲的女子。她的童年和整个少年时期都过得有些凄然。嫂子性子刻薄，尖酸，惯会搬弄是非，外奶奶又时刻想将一碗水端平，家里众多人口中，平息大小事端的最好法子就是极力压制她自己的女子，让女子处处吃亏，以此平息媳妇的怨怒。母亲说她女子时候处处受气，夹在母亲和嫂子之间，简直是个受气包。

现在母亲倒有些怀念那时的一些摩擦与口角，她和嫂子的，嫂子和姐姐的，她和姐姐的，外奶奶和嫂子的，总之都是女子间无关大事的琐碎纠纷。

骑在驴背上的母亲切切实实地伤悲着。大舅舅赶上来，抱住她的脚，径直把穿着红绒鞋子的脚塞进自己的衣襟里。沙哑着声说不能再哭了，再哭，男方娶亲的笑话！

浩浩荡荡的队伍里，有几个是撒马庄派来迎亲的。最后面是我的父亲。

新女婿亲自上门迎亲，这还是那些年的一个老风俗。新女婿跟上迎亲的人不怕路途遥远，跑那么多路为的是当面给媳妇的娘家亲人说几个赛俩目，以示谢意。

母亲知道她未来的女婿就跟在队伍的后面，所以她放泼了哭，哭声号叫、难听。她为的就是叫他听见自己的愤怒、厌恶和抗议。

大舅舅想及时制止妹子的哭声。看看右边的脚暖和过来，他转身去暖左脚。叫驴走得快，舅舅穿的是臃肿的大衣，还要抱着妹子的脚，大舅舅的行动就很吃力，幸好他个子高大，脚步长，才撑得上快走的驴子。大舅舅捏捏妹子的脚，悄声说不要哭了，一半路走过了。母亲无动于衷，还是哭。大舅舅再捏一把，这回手上用了劲，母亲哇的一声，哭声顿时加大。大舅舅不依了，怒声说你想叫娘家都穷死吗，那你就哭，哭死你！

母亲说她那时候一想，对啊，这一路哭下去，自己心里的冤屈倒是发泄得差不多了，万一正如老古时人说的，娘家因此而变穷，那她就担上千古罪名了。今后回娘家去，嫂子的嘴脸肯定不会好看。

出于自身的考虑，母亲收住了哭声。任由毛驴驮着，晃晃悠悠踏进了撒马庄的庄门，径直进了马家的单扇杨木土门儿。

一个小小的撒马庄人当时能办得起的喜宴，在爷爷的院子里进行。前来走人情的亲戚乡邻，每人吃了一顿洋芋萝卜烩的杂合菜，菜里有很薄的肉片，爷爷为了办一场体面的喜事，专门从队上买了只骟羊来宰倒。尽管大家没吃到几片肉，可骟羊肉味道大，膻味儿飘得满院子都是，弄得每个人都膻气哄哄的。

母亲进门就闻到一股冲人的膻味儿。面食是娃娃拳头大小的杂面馒头。没有山珍，没有海味，我父母的亲事就这样办了。却是爷爷尽了自己最大的财力、能力才操办起来的。

母亲的彩礼钱很少。二百四十块人民币。本来大舅舅要的是二百五，考虑到这个数字不好听，就主动退让了十块钱。

我大姐结婚的时候是1996年，彩礼两千块，就这还是看在姐夫是个孤儿，家里贫寒的份儿上，少了又少的。等到我结婚的2004年，彩礼钱涨到了两万块，另外还要求婆家买了金戒指、金耳环一类的饰物。

母亲当时也缝了新衣裳，一件浅红的棉袄，一条条绒裤子，鞋子是嫂子帮忙做的。好像没有奢侈的东西，唯一从婆家拿来的值钱东西是那顶黑色包头。进了新房，送亲的女人把母亲细长的辫子盘起来，在脑后挽一个大髻子，然后带上包头。头发全被遮掩起来，上房那边传来阿訇念伊扎布的声音，一个女子向女人过渡的仪式完成，宣告这个女子已经迈过少女的门槛，成为一个真正的女人。

那么多人在见证一个女子成长为女人的仪式。母亲出来跟公公婆婆见面，心里是说不出的酸楚、伤感、愤恨和忧郁。她面沉如水，幸好送亲的大姨娘在一边全力周旋，才没有出啥大的岔子。

母亲冷眼打量这个一贫如洗的家。一条大狗拴在上院最显眼的地方。三个窑洞，左边窑顶的泥土显得新鲜、干净，崖面的刷痕也很整齐，看来这眼窑是新近挖的。右边那窑一眼看去就知道是厨房，门口、窗口一律熏得焦黑，烟洞里的炊烟冒得正盛，母亲的新房则是最右边的一眼小窑。

就在这眼狭窄的窑洞里，母亲相继把我们姐弟带到世上，我们在这里度过了五彩斑斓的童年时光。

新婚之夜，母亲将新女婿拒之门外。

天黑之后是要床，这是撒马庄人婚嫁中必不可少的一项仪式，含有很大的戏要成分。庄里年轻的男人娃娃都来，黑压压挤一屋子，炕上地下都是人，将新婚的夫妇拉到一块儿，叫出洋相，开各种平时难以出口的玩笑，说一些叫人脸红心跳的话。其实是提前给小两口儿上一堂男女间的启蒙课。

要完床，已经是半夜，一个妇女过来帮助新媳妇扫炕，这也是老风俗，在炕上扫几笤帚，做做样子，冷不防将一包核桃、枣儿、花生一类的干果撒开，撒得满炕都是，新媳妇儿顾不得害羞，慌忙抢那些乱滚的核桃、枣儿，多多往自己怀里揽。核桃、枣儿是儿女的象征，多揽些，意味着今后会多子多福，子孙绵绵。

扫完炕，凑热闹的一个个溜走，留下一对新婚男女。煤油灯在窗台上兀自亮着。

父亲犹豫着，小心地问：你上茅房吗？

是问自己的新媳妇。

母亲不吭气。她甚至不敢抬头看看这个男人。接下来要发生什么，她隐隐有些感觉，又觉得是很遥远的事情。

父亲咳嗽着出去了。母亲冲过去顶上了门。一根粗大的木杠子就立在门后，她趴在杠子上，为的是顶得牢实一点。

父亲推不开门。一连推了四回，都没能推开，哪怕挪开一条缝隙也不能。夜里冷,他受不了就会嚷嚷的,母亲倒盼望他能嚷嚷,嚷得满世界人知道才好哩。她不怕。可是,父亲没有嚷嚷,立在门边站了一会儿,觉得这样不妥,怕有人撞见不好看,干脆走了。开了大门,不知到哪儿去了。

母亲趴在窗缝前看着他出了大门,就再也没有进来。

母亲被人撂在了荒滩上。原本想置人于尴尬境地,不承想,陷入尴尬的是自己。母亲对着一盏孤灯怅然出神,本来对这个新婚之夜做了种种设想,抱着死抗到底的念头,可是,战幕还没有拉开,敌手就不知去向。这场战争,她是胜利者还是失败者?好像都不是。

母亲一个人咬核桃吃,咬得咔吧响,牙齿发酸发软,就找出舅舅陪送的一把剪子剡。当娘的早就叮嘱过,这些喜核桃不能一个人吃,得两口儿一搭吃,你一个我一个地吃,这样才是真正的天长地久、长相厮守,这样才能早结珠胎、早生贵子。

可是新郎官不知去向,母亲就一个人砸核桃吃,一个人地久天长,一个人长相厮守。

母亲几乎将一包核桃吃光。吃着吃着觉得恶心,油腻难当。就裹上被子入睡。大红的绸被面上印的是鸳鸯戏水的图案。母亲觉得这简直是一种莫大的讽刺,将被子狠狠蹬上几脚,才委委屈屈睡了。

母亲的委屈还在后头。她低估了这个女婿。嫁来前她一心想着怎样和他斗智斗勇,避免他的纠缠,想等过一段日子,借着回娘家的机会,回去就不再回来,这门亲事算是拉倒。只要他来纠缠,有可能他们还会互相厮缠扭打,她做好了挨打的准备。她甚至想只要父亲打了她,她就可以理直气壮地翻脸,央求外奶奶出面帮忙结束这段不幸的婚姻。

可是,母亲实在摸不透这个新女婿的心思,他居然没有按照常理出牌,他跟新媳妇连个照面也不打。母亲就找不到取闹的借口。

第二夜他倒是在自家窑里过了。可是,他抱着奶奶缝给他的新被子,倒在炕头就睡,跟母亲连一句话也不说,两个人算是真正僵持上了。

老风俗是十天后娘家来人,看看新媳妇,半月后回门,新婚的夫妇相携着到丈人门上走一趟。这都是规程,延续了不知多少年。

十天后外奶奶、大舅舅他们来了,看看母亲,又走了。母亲口风把得很紧,没有向娘家人透露丝毫的实情,她脸色平静、举止端庄地伺候着炕上的外奶奶他们。我母亲实在是个能干的媳妇,她一来就看不惯奶奶的邋遢,将厨窑里里外外洒扫一清,案板、锅灶上也有了很大改观。奶奶是个老实人,实心实意夸赞媳妇的能干;爷爷高兴,捋着胡子说积修了个好媳妇。

可是，夜里的事情，他们竟然丝毫不知就里。这事该由婆婆操心的，老实的奶奶整日都为一家人的口粮犯愁，哪里还有余力为儿女房里的事情分神。

只有外奶奶一个人看出了端倪。是从碎女的神貌上看出来的，新婚的碎女在极力强装笑颜，眼眶却深深下陷。女子过得不顺心，这是意料中的事。可是，究竟怎么个不顺心法，她吃不准。又没有多余的时间容她问出详情。

看看再有五天就是回门的日子。母亲发现随着日子推移，她这新女婿身上的衣裳在一天天减少。先是那件藏蓝色的上衣，四个兜，中山装，不见了。他斜斜披着件浅蓝色的、肩膀上严重褪色的旧衣裳。接着，裤子不见了。笔直的青色裤子消失后，代替的是一条黑色喇叭状裤子，膝盖处打有补丁。等到父亲头上那顶瓜皮状的棉帽子消失后的那天，母亲实在沉不住气了，那是他身上最后值钱的东西，就这样莫名地消失了，奇怪的是爷爷奶奶他们没有反应，好像他们的目光根本没有看见儿子身上的变化。

连门都还没回，新女婿已经变成了糟老头的模样，穿得像叫花子，这像话吗？真个不像话。

你衣裳弄到哪里去了？母亲将父亲堵在两个人的窑里，红着脸问。

他们是有名无实的夫妻,问这样的话,母亲真的有点难为情。

父亲瞪圆了眼,看着眼前一脸羞赧的年轻媳妇儿。

母亲说她那时才发现父亲的鼻子腰里有一颗黑痣。不细看还真的看不出来。

噈——你说那些衣裳啊?还人家了,再穿,弄脏了,人家会多心的。父亲说。居然是一副吊儿郎当的嘴脸。

啥?这下母亲着实吃惊不小。接着母亲就哀哀地哭了。她才弄明白,原来父亲成亲穿的新衣新裤都是借来的。家里根本没有能力为新婚的儿子缝制一身衣裳,连头顶的帽子都是借来的。

既然扯破了这层遮掩着的内幕,父亲干脆全部倒出实情,说炕上的红绸被子、洋式枕头、羊毛褥子、羊毛毡,都是借来的,连母亲头上的黑包头也是借的。父亲早就想把这一切还给人家,免得弄脏了人家不情愿,提出索赔一类的要求。他当下就着手卷起炕上的被褥枕头,抱到隔壁的二娘家去还。临走还打招呼要母亲拾掇一下,把包头卸下,他回来就给人家还去。

母亲呆在炕前,木然地看着这个男人卷走她炕上的铺盖。

还有这个,也是借来的吧?她冷笑一声问道。指的是羊毛毡卷起后露出的破席子。

这是咱自家的,不用还。父亲说完就走了。

母亲的眼泪唰地下来了。

这是一桩什么样的婚姻啊。

眼看回门的日子逼近眼前，可是有一天晚上，我们的父亲跑了。

父亲天黑出去，半夜回来。一看就是翻墙进来的，身上满是尘土。他推开自己的窑门，点起灯，坐了一阵子，看看母亲睡着，就放开手脚到处搜腾。母亲鼻子里轻轻打出鼾声，眼睛却在悄悄偷窥，她看见这个瘦弱的男人把手伸进一个老柜子的抽匣，取出一瓶清油，看看，揣进怀里，一口吹灭灯，关上门走了。

那是家里仅有的一点财产。那是新婚的第三天，婆婆拎着个油瓶进来，说她忙，整天难得在家，要媳妇操个心放好了，这是家里唯一值钱的一点东西。

对于奶奶的重托，母亲感到了温暖和亲切，奶奶一开始就没把媳妇当外人待，就将锅灶上的大权交出来。而这是需要当媳妇的奋斗半辈子才能获得的权力。

母亲在黑暗中冷笑，她倒要看看，看看父亲拿油能干啥。

父亲把油输掉了。第二天母亲才得到消息。她没有惊惶，冷眼旁观，自然有人等着收拾他。实际上爷爷已经在他的窑里骂得火星子直冒，爷爷说这个败家子啊。

接着，是一天整没见父亲露面。

母亲料定他输掉清油，自觉没脸回来面对一双老人。

母亲就有些焦急。明天是回门的日子，这样大的事他总不至于给忘了吧。

不管今后他们的婚姻将画上怎样的句号，明天的回门却是要认认真真对待的，就算装样子，也要装一装的。女子回娘家是大事，娘家的各家各户都要接待贵宾一样接待新女婿。女子究竟嫁给了怎样的男人，借着回门的机会他们要好好看看、说说话，事后当然要对女婿娃的人品、长相、谈吐言论等好好品论一番。

女子娃娃，一辈子的幸福都在跟个咋样的男人上面，男人不咋样，女子娃娃的一辈子也就可以料想了。

母亲是个要强的女子，她可不想自己头一回回娘家就遭人浅看。她希望和父亲装出恩恩爱爱、甜蜜无比的模样来。虽然她的婚姻注定是失败的，可她还是不想这么早就在亲人面前露出败象，那样的话，外奶奶的脸面往哪儿搁，还有哥哥嫂子的脸面，自己的脸面。

这一天日头都冒花子了，还是等不见父亲的影子。奶奶本来准备一大早就出门要饭去的，布口袋、打狗棍都拿出来了，幸好她还没有老实到世事不明的地步，所以延迟了出门的时间，想打发儿女上路后，自己再走。

我们年轻的父亲始终不见露面，去李家庄的路途很远，况且去了还得当天赶回来，时间耽搁不起。母亲望着窗台上空了的油瓶子悄悄抹泪。瓶子是父亲半夜放回来的，说明他半夜回来过，又走了。

奶奶在庄里打听了一圈儿，就是没见着父亲的面。

这一天母亲和奶奶都有一种心急如焚的感觉。看看日头爬上树梢，爬上崖面，照到土窑的窗户上了，奶奶决定，她陪着媳妇回门去。母亲说她一直认为我们的奶奶是个老实人，可是，通过这件事，她不敢小看这个女人了。

看看不能再等，奶奶当即陪同媳妇出门。她的背上还背了个破旧的毛线口袋，母亲心里的不舒服就不用提了，就差撕破脸大闹一场了。

这是撒马庄、李家庄历史上最稀奇的一出回门戏。原本该陪同媳妇前去的新女婿没露面，换成了老婆婆，而且是个背着讨饭口袋的婆婆。

可以料想，在母亲生命里，回门这件事是很失败的一件事，她至今都不愿意再提及。

西海固冬天温暖干燥的阳光下，一个打扮得簇新的媳妇儿夹着个小包袱，走在头里。后面跟着个腰身有些弯曲的老妇女，她胳肢窝下夹的是一个褪色的破口袋。她们神色肃穆，匆匆穿过三个庄子，过了一条干涸的河谷，才遥遥望见隐在人烟中的李家庄。

奶奶犹豫了，越是接近舅舅的家，奶奶心里的胆怯越发明显，她慢慢落在后面，为难地说娃娃你看，我这身衣裳，进去不合适吧。确实是不合适，哪有穿着叫花子的衣裳走亲戚的？母亲自己都觉得为难，很是伤及脸面。

那一天最终的决定是，我母亲一个人走进李家庄去，完成婚后必须完成的功课——回门。我们的奶奶则留在庄外等待，她们说好午后在此会合回家。李家庄的庄口长着一棵巨大的歪脖子柳树。奶奶就站在那柳树下目送母亲慢慢走进李家庄李文远家的大门。

等母亲草草完成回门的程序，背着半口袋杂面馍馍赶出庄口，奶奶就等在柳树下，她的毛线口袋里也装上了一些杂面。她是趁着等待的空当，在附近的庄里讨要了一点面食。家里还等米下锅，几张饥饿的嘴巴等着喝面汤汤儿。

而正是在这个时候，我们十九岁的父亲，因为输掉家里的最后一瓶油，没脸回家，跟上一个走村串户收购牛皮的老汉上了新疆。

即使是在今天看来，父亲当时的举动都有些鲁莽和轻率。是年轻、无知、贫寒，还有对外面的向往，促使他毅然撇下新婚的媳妇，一个人踏上了陌生的路途。

几个月后，家里收到一封来自新疆的信，请人念了信，才知道这个孤瘦的小子闹出了骇人的大事，居然跑到新疆去了。奶奶那个担心啊，日日夜夜念叨，说麻蛋身子弱，只怕在外头尽受人欺负，他那么瘦，扛不动重活苦活，不挨饿才怪哩，这个娃娃啊，咋就不想想自个的老人有多操心？媳妇儿年轻轻的，花骨朵儿一样，就撇下了，这叫啥事啊？

母亲暗自抹泪。

夜里的灯盏下，她第一次觉得分外孤单。灯火骤然炸开一个火花，她就对着逐渐暗下去的光亮走神。父亲居然没有在这间屋子里留下任何气息，他离她是十分遥远的。

母亲不知道该怎么办，接下来的路怎么走，她没有主意。她现在才发现有些事情，不会按照原来的设想发展，往往是出人意料的结局，比如她的婚姻，她一开始就抱有的念头，现在没法照办了。她的男人走了，不等她抛弃他，和他闹离婚，他倒好，先下手为强，屁股上一点尘土也不沾，就溜了。而且是那么遥远的地方。

她找谁闹去？和谁离这个婚？

母亲心情复杂到了极点。她辗转难眠。

对着一对红木箱子走神。箱子里发出幽幽的五谷香味。母亲的箱子里装满了馍馍。有馒头、花卷、饼子、油香，都是外奶奶装上的。出嫁那天，外奶奶知道女儿的婆家穷得揭不开锅，就在衣裳下面，布匹下面，装上了各式馍馍。悄悄吩咐女儿，去了一个人悄悄吃，熬过了开头的这段日子，以后娘再想法接济你。

母亲是带着两半箱子馍馍嫁到撒马庄的。没有人发现箱子里的秘密，包括舅舅舅母。

奶奶的炕上趴着一个儿子娃娃，说是六岁了，在母亲看来，比三岁的娃娃还小，还软。他就是我们的碎巴巴尕蛋。尕蛋巴巴是我们家里第一个大学生，第一个吃上国家饭的干部，这是后话。那时节，在新媳妇母亲的眼里，尕蛋是个濒临饿死的残废。他头大，大得骇人，脸是菜色的，身子像一把柴，轻飘飘瘫在一块破毡子上，连抬头看人的力气都没有。奶奶将洋芋嚼成糊糊，一指头一指头喂进他的嘴里。

吃一点糊糊，尕蛋巴巴总算来一点力气，将头靠在墙上，看着人，说我这搭儿还有一块馍馍哩，你信不信？说完，望着人笑。口水拉出老长，在下巴上淌成一股线。大家见惯了他的举动，都没有兴趣理他，他就对着新来的嫂子说，我这搭儿……还有……还有一块……馍馍哩……说得断断续续，含混不清，母亲觉得好奇，莫不会是个脑子有病的娃娃吧。尕蛋拍打着被子笑，笑完，靠着墙喘气。

母亲搜过他的被子，里面没有藏下馍馍，他是在说谎。用谎话安慰自己，欺骗自己。看来他是想馍馍想出病来了。

母亲看着心疼，趁家里没人，打开箱子取一块馍馍，喂给尕蛋。尕蛋几乎是将馍馍整块吞咽下去的。多日搁放，馍馍变得干硬，又有一股木头的味道，尕蛋卡住了，细长的脖子一梗一梗，眼珠直翻白，惊得母亲跳下炕舀一瓢凉水给灌下去，他才喘过气来，居然望着嫂子傻傻笑。

母亲说她喜欢上这个娃娃了。由一开始的可怜同情，到后来是真正喜欢他。他有一双明亮的狭长型眼睛，薄薄的眼皮下，黑亮的眼珠圆溜溜的，在骨碌碌地灵活转动。

母亲箱子里的馍馍，有好些就进了尕蛋巴巴的嘴巴。母亲怕别人发现她箱子里的秘密，引来饥饿的目光，就趁一家人外出的时间，悄悄给尕蛋嘴巴里喂一点馍馍，灌一点凉水。

尕蛋居然能站起来了，扶着墙根晃悠悠走路，嚷着要下炕，要进嫂子窑里看看嫂子的嫁妆。母亲扶着他慢慢看了一圈，发现他是个很伶俐很听话的娃娃，一点儿也不傻，还挺灵醒的，母亲就对着他耳朵讲，有一个白胡子老人，趁人不在家，每天前来给尕蛋送一点救命粮，这是秘密，要是尕蛋把事情说出去，老人就会生气，再也不来了，尕蛋就得重新饿肚子，尕蛋记下了吗？尕蛋乖巧地点头，守口如瓶，保守着秘密。等他长大，还一再追问起白胡子老人的事情，母亲神秘地笑，笑出一脸神秘，尕蛋巴巴已经是念了好多书的人，仿佛明白了什么，笑着走了。

究竟有没有那个神秘的好心肠老人，我们都觉得好奇，甚至想象过梦里能遇上他，向他索要一些梦寐以求的东西。

这都是后来的事。

母亲一进门就看到了贫穷。贫穷扑面而来，无处不在。

婚后第二天，母亲一大早就起来了，照规矩，新媳妇得表现得手脚勤快，吃苦耐劳，上孝道公婆，下疼爱弟妹。开头的这几天最要紧，往往就奠定一个女人一辈子的口碑。母亲不敢马虎，就算这是桩一开始她就不愿意的婚姻，可是既然套进来了，就得往前走，走到哪儿算哪儿。

母亲梳洗过后，头一件事是进厨窑做饭。媳妇的孝心从哪儿显现，就是这茶饭上面，端汤侍水，早早晚晚，这就是孝顺，这就是贤惠。你在锅灶上的手艺如何，全在这一日两餐上表现。

母亲发现，奶奶的厨窑里有一个案板，一个铁锅，锅里码着六个蓝边大碗，一把歪曲残缺的竹筷子，一长一短两个擀杖，一个勺子，一把铁铲，一口水缸，一个面瓮，除此之外，找不出一件多余的家当。锅后墙上挂灯盏的壁窝里，一个老旧的油灯放在那儿，墙上熏出一道明显的痕迹。

母亲系上外奶奶陪送的护裙，戴上一对嫂子做的袖腕，准备做饭。她想着应该在极短的时间里就把一顿饭做进锅里，这样才能显示出她的精干利落和心灵手巧。

奶奶家的面瓮是空的。母亲打开麦秆子穿的盖子，发现里面没有面，留有面的痕迹，看来是装面的，可是，面吃光了。母亲伸手进去摸，摸了个面手，就是抓不出一把面来。水缸里半缸凉水，清冽冽的。另一个是酸菜缸，倒有好半缸酸菜。奶奶腌酸菜的本事，是方圆出了名的。母亲迎头就闻到一股清香，口水跟着就下来了。真是好酸菜。后来母亲怀我们姐弟，一个挨一个害口，馋得不行，就吃酸菜，酸菜最是解馋。

可是，新媳妇转悠过来转悠过去，就是找不出一把可以做饭的面食。酸菜只能调进饭里，却不能做成真正的饭。门后有一个土窝窝子，留着一个干瘪的洋芋，看样子这是存放洋芋的地方，连洋芋也没了。

母亲这才真正发现了奶奶家的贫穷。不是一般的穷，不是想象中的穷，寒酸的情况，远远超过了她原来想象的程度。

爷爷在他的窑里捣鼓一个红胶泥砌成的炉子，烟在起劲儿地冒，熏得他鼻涕眼泪一个劲儿淌。母亲远远站着看，觉得这个老汉怪有趣，用一个洋铁缸子炖水，也不知道水开了没有，他凉一凉端起喝，嘴里哑吧得吱吱响，他还很响地打着饱嗝，好像这水能把人喝饱。

就是找不见奶奶的人影子。母亲想找她问问，这顿饭做啥？拿啥做？

巧妇难为无米之炊。头一顿饭就叫新媳妇作难万分。这更坚定了母亲将这门亲事拉倒的念头。她想，设法及早逃离这个家才是正事。

喝过水，爷爷就出门去了。一家人能走的都走了，留下碎姑姑和炕上瘫成一滩泥的尕蛋巴巴，连那个哑巴兄弟也不见了。

母亲内心颓丧极了。烧了半锅开水，看着几个娃娃进来每人喝下一碗，她也喝一碗，然后回到自己屋里，咬几口箱子里的馍馍。

才弄清楚，娶她的花费都是亲戚本家帮衬的。一个叫商家垴的地方，有太爷一个亲兄弟，娶亲之前，太爷做主前去要求帮忙，那个三太爷提着面袋子，挨家向他的儿孙要，每家出一些，居然要来一架子车粮食。宴席才得以勉强操办。

日子恢复到原来的模样。母亲真真切切看见了这个家里的情况，就像一件千疮百孔、破烂不堪的棉衣。不穿上它，是无法真正看清它内部的破旧的。

天黑时分，奶奶回来了。身后跟着哑巴儿子。奶奶一身一脸的尘土，坐在一个木墩上就起不来了。吩咐媳妇儿把口袋里的面食倒进瓮里，赶紧给一家人烧一锅汤。

奶奶背一个褐色的毛线口袋，哑巴脖子里挂一个碎花布袋子，要来的面就装进奶奶的口袋，侥幸有人家舍散煮熟的洋芋啊馍馍啊，就归到哑巴巴的口袋里。

母亲抱一抱柴火，在暮色里开始烧汤。哑巴巴进来了，手里举着一个花馍馍，冲他的新嫂子笑，笑容羞怯、含蓄，他将手里的馍馍径直伸到嫂子面前，要她吃。

母亲少年时候来这里走亲戚，那时候哑巴还没有出生。母亲这是第一回近距离与哑巴接触，心里好奇又担心，隐隐对他怀着点防备。

哑巴巴拍拍自己的肚子，嗷嗷比画，示意他早在路上吃饱了，坚持要新嫂子吃。母亲就在他手里咬了口馍馍。这一口咬得大了，加上馍馍干硬，噎得她眼泪花直打转儿。哑巴看见，很高兴，冲着她直乐。母亲喉头涌上一股热辣辣的感觉，发现这哑巴有他独到的可爱处。

奶奶家的日子原来是这样过的。每天奶奶带着哑巴出去要饭，爷爷和父亲应付队上的活计。方圆的人家，日子没有不困难的，要饭很费力，一整天下来，上山爬坡，翻山越岭，要跑数十个庄子，背着一点面食，拖着打狗棍，走得汗泼流水的。其中的苦楚，只有要过饭的人真正明白。

饭不好要，家家困难，还是困难的年月。运气好的话，奶奶一天要来的面食，可以烧两到三顿汤，这样奶奶就可以在家缓一天了。总是运气不好的时候多，往往讨要一天，背回的杂面仅仅够烧当晚的一顿汤，就没有了。第二天一大早奶奶还得出远门。她怕人看见笑话，乘着清晨的雾色出去，归来常常是暮色已经落下。

我母亲没有要过饭，李家庄的外奶奶家劳力多，分到的口粮多，虽然常年是杂和面，野菜也吃的，偶尔也挨饿，可与这里比,那简直不叫挨饿。

就是父亲走后,奶奶也一直没有舍得叫媳妇儿出门要过饭。

父亲正是看不过家里的贫寒,才偷偷上的新疆。那个带他去的收皮子老汉说新疆是个好地方,不单肚子吃得饱,还有剩余。父亲在信里说他要挣钱,养活一家人,不再叫奶奶天天出去要饭。

据说,帮忙念信的老杨队长念到这里时,嘴巴使劲儿地咧咧,从鼻子里哼出很响的一声,爷爷就羞愧得不行,回来说这个狗食啊,吹那么大的牛,羞先人死咧。

大家都认定父亲那个无知小子在吹牛,不知天高地厚,信口开河。

要结束要饭的历史,要结束挨饿的日子,做梦!

然而,有一天,我们真的结束了挨饿的日子,而且这样的日子一去就再也没有复返过。

这是 1980 年,包产到户之后的事情。

时间还停留在 20 世纪 70 年代末期,我母亲的生活正被一层黯淡的色彩笼罩。

一开始母亲采取了高傲而冷漠的态度。她用一张漠不关心的脸应对着奶奶家的老少。

可是,一连串的事情活生生地发生在身边,就在她眼皮底下，母亲的心被搅得乱成一团，她不知道自己将何去何从。

父亲的不辞而别叫她心里很是失落了一阵，无端被人抛弃了一样。

这倒激起十九岁媳妇心里的慨愤，她想我是马家明媒正娶的，办了盛大的宴席，喜事办得样样俱全，凭啥好端端扔下我不管。

母亲说她决定等，等到这个瘦男人回来，当面向他讨个回话，凭啥抛弃她？她是无缘无故就可以抛弃得了的吗？她就耐下心等待。

这叫啥道理吗，我们今天听来觉得好笑又好气，说实在的，我们觉得父亲当时是太过分了。

母亲说我就不信等不到他，我不能走，不明不白地走，我要他给个说法，我是要走，可我得走得名正言顺，不能让人家以为是他不要我了。而是我不跟他，看不上他。

这两者有什么区别吗？不都是离婚吗，想离就离了嘛，何况他们那时候连结婚证都没扯。

可是，大户人家走出来的母亲，将事情的方方面面、里里外外都考虑到了，越是思量越是惊心，更加不敢就此草率离开马家，背上不明不白的名声。

她决意等，等到有一天，时机成熟，她要光明正大地离开。

这一等，时日迟延，母亲一辈子就留在撒马庄的土地上了。

母亲是心甘情愿留下来的。她就像一株移植而来的树苗，不经意就在异乡的土地上扎下了根，并长成一棵参天大树，枝繁叶茂，根系绵延。

生活是实实在在的，一天天在眼前演绎，逼真得近似残酷，每一天都在母亲身边上演。她是一个外来者，清醒地观看着这一幕幕，看着，看着，她终于禁不住将自己也融入进去了，并用自己的一双手和肩膀逐渐挑起一家人的生计。

一天，夜已经很深了，奶奶还没有回来。母亲用前天剩下的一把面涮了汤，端给爷爷他们吃过。平时奶奶他们早就回来了。星星也出来了，满天的寒星一个一个撒在硕大的天幕上，母亲没有早早去睡，站在大门口等。她从来没有这样为婆婆担心过，心里胡乱做着猜想，惴惴不安。

有人划破沉沉暮色走近前来。果然是奶奶，身边的哑巴巴费劲搀着她。母亲把他们迎进厨窑，点起灯，借着灯火，慢慢看清两个人的狼狈情形。哑巴巴身上那件麻色的棉衣，原本就烂，这回烂得到处都是窟窿，棉花絮吊着，样子就像一只没有剪净毛的老羊。奶奶满脸满身土，脸颊处有一块蹭掉了肉皮，血丝丝的。她的右腿被狗咬了，一个窟窿张着，像娃娃的口，结痂的血痕黑乎乎的，新鲜血液从里头不断往外渗，连老棉裤也渗透了，湿漉漉、黏糊糊的。

他们遇上恶狗了。人的肚子饿，游狗们更是饥肠辘辘，回来的路上三个狗把他们母子堵在人烟稀少的山湾里，哑巴巴打折了他和奶奶的打狗棍，硬是从恶狗的包围中逃脱出来。面袋子早就被狗的利爪撕扯成零碎，面粉随风飘散，不知落哪儿去了。

干粮袋子倒是还挂在哑巴巴的脖子上。里面是三块莜麦面干饼子，干得像羊的耳廓子。奶奶顾不得自己腿疼，吩咐母亲将饼子分给大家吃，并不住叹气说运气实在不好，大家明天又得挨饿了。

捧着干饼子，母亲的眼泪热乎乎往外淌，淌得满脸都是。她怕奶奶看见，背过身子悄悄揩了。却总是揩不净，越弄越多。她说你们咋不把馍馍扔给狗，它们抢着逮馍馍，你们可不就脱身了吗。奶奶说哑巴巴硬是舍不得，护着馍馍口袋哭，和狗纠缠，死活舍不得那点口粮。母亲把饼子掰成更碎的花子，给爷爷一些，给碎姑姑一些，尕蛋巴巴一些，哑巴巴一些，奶奶不吃，叫给她接一瓢凉水喝。

奶奶发现媳妇把别人都考虑到了，就是没有为她自己留一口馍馍，急了，喊叫碎姑姑给新嫂子匀一点，并带着疼爱的语气埋怨母亲不能亏着自个儿，年轻轻的娃娃子，饿坏了咋办哩。

回到自己的窑里，母亲再也控制不住，眼泪河一样汹涌地淌着。她抱住绣花枕头，看着枕头上嫂子绣的喜鹊蹬梅、喜鹊闹春,箱子上舅舅描画的那些喜庆的图案,一直哭,心里的某个地方在疼,她打开箱子,望着剩下的一些干粮,再也没有心思享用它们。她觉得自己一个人偷偷吃下这些干粮,就是一种罪孽,如果继续背着人吃,恐怕她今后一辈子都不得心安的。

第二天,奶奶借着暮色,起来要出门去。昨夜在灯盏下,她又缝了一条口袋。哑巴巴上树折两个粗棍子,两个人像平时一样要出门去。

母亲起了个大早,她拦住奶奶的去路。

母亲冷眼看着奶奶:还要出去啊?不是腿上有伤吗?

早好了,好了,你看,精当得很哩。奶奶像个娃娃一样赶紧说,为了表示真个好了,她干脆调皮地弹了弹右腿。这一弹,伤口拉动,疼得她哎呀一声,蹲在地上护着腿子,就是不叫母亲看。

母亲噙着一包眼泪,夺过奶奶的打狗棍,说要去,我和你一搭儿要去!

这可把奶奶骇得不轻,她连连说使不得,使不得,新新的媳妇儿,咋舍得叫抛头露面哩,叫亲戚听到耳朵里可了不得喽,了不得喽……

在母亲半是要挟半是央求之下,奶奶终于答应今天不出门,在家里缓一天。

奶奶腿上的伤痕很深，至今还在，狗的一排牙印很明显。我们伸手摸，坑坑洼洼的。

那一天他们吃到了真正的干粮。母亲打开箱子，捧出剩下的馍馍，掰碎了，放进锅里炒炒，每人分到一碗，好吃得不得了。这一举动，意味着母亲这个年轻媳妇儿，向这个家里的每个人捧出了自己的心。至于后来的一个个饥饿的日子是怎么度过的，他们已经说不清了。都过去多少年了，谁还记得那么清楚呢。

有一个事实是不容改变的，我们的母亲，这个一开始就抱着离开想法的媳妇儿，开始融入奶奶家的生活，开始为这个家里大小七口人七张嘴巴操劳费神，奔走熬煎。

母亲先是去了趟娘家，径直向两个舅舅开口，要求借粮。她显得理直气壮，这叫两个舅母肚子里的怨气没能明显显露出来，母亲说你们眼睁睁把我给了那样的人家，我挨饿你们得负责，你们得拉扯我一把。

舅舅们历来疼爱这个自小就没有父亲的碎妹子，商议之后，拿出两口袋粮食，都是杂粮，可这已经很难得了，是足可救命的粮食。碎舅舅用架子车载着粮食，上面坐着母亲，直接给拉到奶奶家大门外。

走在路上的时候，碎舅舅用这样的话安慰他妹子，他说你好好过着，日子苦一点算啥，有哥哩，好日子还在后头哩。

不想舅舅的话很快就变成了现实。等到包产到户，日子立马就好转过来，有一年，大丰收，奶奶叫父亲专门拉了一车子红灿灿的麦子，直接拉进李家庄李文远舅舅的大门，算是多少补还了一点我们的心意。

奶奶家没有可以存放粮食的家什。母亲找遍了里外，就是没个可心的家具盛放这些珍贵的口粮。两个毛线口袋总得还给舅舅的吧。可笑的是奶奶家没有一条全新的可以装粮食的口袋。

母亲带着碎姑姑开始脱泥缸。她们从沟底背回红土，和成泥，着手做泥缸。这一场大干，足足花了四五天的功夫，总算脱出三个大泥缸来。这种泥缸我们后来见过，放在厨窑的门背后，里面装着莜麦、荞麦一类的秋庄稼籽粒。后来兴起塑料袋子，泥缸就从我们的生活里彻底退出去，不知破碎到哪儿去了。

我母亲的泼辣劲头叫周围的妇女们看了大加赞叹，她们还没有见过这样泼实能干的新媳妇儿。都说看来马子良家要改换门风了，果然家里外比以前干净多了，尤其厨窑、锅灶上，仅有的几件家具都被母亲精心清洗得干干净净，铓亮闪光。在母亲的影响下，碎姑姑开始学习给自己洗衣裳，给哑巴巴、尕蛋巴巴梳洗。

也有好事的女人偷偷告诫奶奶，说媳妇儿刚进门就这样能干,你要多留心,小心被她夺了你的权。她们所说的权就是婆婆在这个家里的家务权。这权说大不大,说小却也不小。包揽着家里外的吃喝穿衣,鸡毛蒜皮、鸡零狗碎的一应事情,作为婆婆,享受的就这点权力要是被媳妇给夺去,婆婆还有啥当头。别小看这点权力,旧社会婆婆凭着手中的家务权,整死媳妇的事情最为常见。

老实的奶奶在这件事上表现出了她的过人之处,她神情淡淡地说夺了就夺了,谁本事大谁当家,只要叫一家子人不挨饿就是好事。

事实上后来的十来年里,我们一家人中,母亲越过她的婆婆,一直掌管着家务方面的大权。奶奶心态平和,极少发生摩擦。这其中有母亲能干的因素,我想更多的是奶奶的宽大胸怀,她能容得下自己的媳妇儿。

从李家庄拉回口粮,一进门母亲就一改不闻不问的做派,开始真正介入生活、干预生活,着手一家人生计的安排。她把口粮装进干好的泥缸,放进爷爷奶奶住的窑里,为的是大家共同监督,有计划地度日子。

奶奶家后院子有一台石磨子,刚兴起大锅饭那会儿队里说都社会主义了,谁还用得着在家里私留磨子,来人替奶奶拆掉磨台,幸好这石磨子牢固,那伙年轻人砸了一阵,愣是没有砸破,就一直扔在后院的花椒树下。扔了无数个春秋。

母亲央求爷爷带着哑巴巴，重新砌个磨台，将磨子安装上去。石磨子有点老，齿棱退化，并不锋利，勉强凑合能用。自此家里人多了一门功课，就是推磨子。每天推一阵，磨出半木升子粮食，算是一家人的口粮。早起烧一顿汤，晚上烧一顿汤。日子一天一天掐着指头往过挨，挨得很艰难。不过，奶奶从此再没有出去要过饭。

这时，围着磨子一圈圈重复走动的母亲，脸上那无忧无虑的少女气息慢慢褪去，添了琐碎日子的痕迹，使得她显得更像个小媳妇儿。尕蛋巴巴听见磨子转动，就会跑过来，他跑得摇摇晃晃的，一点儿也不稳当，却不会跌倒，大大的头在干瘦的身子骨上晃荡。这个不倒翁是前来混嘴吃的，张着大嘴巴拦住嫂子，啊啊地招呼，嫂子会意，抓一撮面小心灌进他嘴里，尕蛋巴巴梗着脖子嚼，吃得香甜极了。

新嫂子情不自禁地伸出手，摸摸他脏乎乎的脸蛋，她的脸忽然红彤彤的，心里一阵跳，夜里睡觉时记起远在新疆的丈夫。一张脸笑眯眯凑在她眼前，她伸手去摸，使劲向前够，可就是够不上，她又羞又气，汗都下来了。一转身，他却站在门口，向着她嘻嘻笑。她奔向前去打他，脚下一绊，醒了。原来是个睡梦。窗子外头是满天的星星，寒咻咻看着炕上的人眨眼睛，母亲心里忽然分外孤单、无助，发疯地想念起那个出门在外的人。深夜里似乎闻得到他的气息，浓浓的汗腥味就在鼻子前飘游。

他只穿着一身薄衣裳就去了那么寒冷的地方,不晓得现在冷不冷,在哪儿安身,一定受了不少罪。他偷油时贼头贼脑的样子,一件件脱下借来的衣裳,重新穿上烂衣裳时的窘迫相,想起来竟那么好笑。

我母亲的思念就这样疯长起来,一天胜过一天,她留心观察,发现她的窑里、墙上画着无数的画面,还写有一些文字,都是父亲留下的。墙上挂的牛笼嘴,是父亲用冰草的根编制的。推耙的头据说是父亲安装上去的。院子里的土墙上到处都是他画出的画面,看来是信手乱画的,她有空儿就盯着看,慢慢地竟看出了门道,发现这些或者简单或者繁复的线条,竟然组合成复杂的画面,娃娃玩耍的情景,放羊的情景,一家人吃饭的场景,庄稼满山洼汹涌生长的图景,女人做饭的场景……竟然啥都有,都是生活里的常见情节。

母亲忽然发现那个她一点也不了解的男人,其实有着很柔软的内心。他留下的线条和画面,那些无处不在、把这个贫寒的家紧紧包围的零碎东西,就能说明一切。

母亲的眼眶湿润了。恍然明白这就是一个害羞内怯的男人表达内心世界的法子。

笨拙而又质朴的途径。

谁说这里面没有包含深切的用意,这也是一种智慧。

他多么像一个还没有长大的男娃娃，即使长大，却没有成熟，叫人想到那些外面发黄里面酸涩的杏子。

我母亲的日子竟然就这样踏踏实实过下来了，她都忘了自己初嫁时节所打的小算盘。

她甚至没时间思量离婚的事情，实在是太忙了。鲜活的生活在眼前展开，扑面而来，一家人投入到滚滚而来的分地潮流当中了。

家庭联产承包责任制开始实行，具体落实到闭塞的山沟沟里来了。

分地的节骨眼上父亲回来了。这可叫家里人喜出望外，本来对于他的土地，队里有争议，说人不在，谁晓得在哪儿当盲流，分地没有他的份儿。可巧父亲回来了。这已经是结婚一年后的时候了。

父亲是扒着火车上的新疆，同样扒火车回来。据说挣了几个钱，和一个连手商议回家，连手留他看行李，人家去买票。这一去就再没露面，拿去了父亲好一笔钱财。

父亲把这事讲给母亲，母亲含羞听着，没有细究究竟是真是假。钱丢了不要紧，人回来就好。有人生万物嘛。只要这个男人能平安回到她身边，还有啥多余的要求呢。

他们言归于好，不，远远比过去亲和、恩爱，真正是一对新婚的小两口儿了。

日子好过了，舅舅来走动的次数也就频繁起来，尤其碎舅舅，隔段日子就来撒马庄转转，看看他的碎妹子，看看我们大家。吃过饭，母亲会烧一壶水，舅舅洗上小净，到下庄子外奶奶亲人的坟头上坟。其实那些人埋在土下都六十多年了，一坟园坟头，谁是谁的，连外奶奶自己也记得有点模糊。舅舅跪在坟园里，一大片亡人的脚下，念一段古兰经文。上完坟，舅舅就神色凝重、脸色严肃，推上自行车回到李家庄去了。

舅舅来是好事，也是叫母亲作难的事，吃啥，这是头等作难的事。我们的日子是好过了，不再挨饿受冻，但还没有富裕到顿顿吃白面的程度，那是七八年以后的事情。当时，正如我们在歌谣里唱的那样，吃白面，白面少之又少，实在有点舍不得；荞麦面、莜麦面、糜子面都是秋粮，上不得台面；宰鸡、宰鸭就更是没影子的事，是我们小娃娃的奢望。

纵是作难，母亲还是决定吃白面。把压箱底的那点白面揽几碗，擀出长面，炒葱花呛浆水，做出来是筋道的浆水长面。舅舅、爷爷他们吃过，我们娃娃也能混到半碗，长面的味道就是诱人，吃过多少天了，还感觉口里留有余香，叫人念念不忘，这才发现舅舅来了真的是好事。

过几天，庄子对面的土路上终于出现了一个推着自行车的人影，我们顿时雀跃一团，并高声歌唱：

打锣锣，烙馍馍。
鸡儿叫，狗儿咬。
舅舅来，吃啥哩？
吃白面，舍不得。
……

《朔方》2010年第5—6期

名家点评

作为"沉着地摹写西吉贫困地区底层小人物的人道主义者"（王干语），马金莲对"底层的底层"或者说"配角的配角"情有独钟。这类角色大抵以小女娃、小媳妇以及残疾人等小人物为主，前者如梅梅（《柳叶梢》）、赛麦（《六月开花》）、雪花（《碎媳妇》）、母亲（《山歌儿》）、丑丑（《丑丑》）、舍舍（《舍舍》）、程丰年的女人（《掌灯》）等，后者如小刀（《蝴蝶瓦片》）、克里木（《瓦罐里的星斗》）、存女（《春风》）等，而哑奶（《风痕》）则二者得兼。之所以着力刻画这样的人物，我想主要原因在于：其一，她（他）们在日常生活中往往都是被怜悯、被同情的对象，也往往是悲剧的承担者，但其外在的柔弱与内在的坚强也常常形成强烈反差，极富表现力和感染力，而在以她（他）们为中心的伦理关系结构中，人情的冷暖与人性的复杂可以集中地得以展现；其二，作者本人从小女娃到小媳妇的成长经历，敏感善思、沉静内敛的性格，以及日常的交际圈，决定了她对这类底层群体的命运遭际和心理世界有着与众不同的深刻体验，写起来自然也更得心应手。我们看到，马金莲所塑造的这些类型的人物并非扁平人物,她既写出了她（他）们勤劳、善良、隐忍、包容、吃苦、愿意吃亏等共性,又恰到好处地表现出各自在命运里踯躅前行的独特个性。

文学评论家　江飞 ++++++++++++++++++

创作谈 /

在西海固深山里，默默无闻、简单朴素地活着的不仅仅是祖母，还有很多人。他们对生活没有过多的奢求，就那么简单朴素地活着。一件农具坏了修修，一件衣裳破了补补，一个瓦罐漏水了箍箍，从不去想外面的世界有多么繁华，从不去想别人在怎样奢侈地活着，不奢求穿上绫罗绸缎，吃上山珍海味，只盼望风调雨顺，农家的日子平平顺顺。我常常想着他们一个个的人生，简单得一眼能看到底，但也有艰难，在清贫中苦苦挣扎的艰难。我一开始就书写他们，现在是，将来也还是。他们平淡普通的生活里蕴含着多少闪光的财富，我只遗憾自己的水平有限，不能更深地挖掘、更好地展现。也许写作者就是这样，活在无尽的思索与怀念里。另一方面，我面对着他们的当下。扇子湾年轻一辈的人和事，和所有当下中国的村庄一样，扇子湾的年轻人纷纷外出打工，他们穿梭在陌生城市的大街小巷里，有些挣扎在道路上，有些变成了外地人，有些像候鸟不定期回到村庄。我试着将笔触延伸到他们，写他们的渴望与追求，欢乐与疼痛，成功与失败，男人与女人，老人与孩子，思念与留守。当然，我只是一个生活的观察者、记录者,我痴迷于描写扇子湾的人与事。常常,当我思索扇子湾的某一个人、某一件事的时候,我都禁不住遥遥祝福,祝福我的父老乡亲,不管是留在村庄里的还是外出的,是亡故的还是活着的,你们一定要幸福。

马金莲《让文字像花朵一样绚烂》
《文艺报》2013 年 9 月 18 日

淡妆

一

在老冀的葬礼上，冯笑遇到了田园。

看见田园的第一眼，她就后悔了，觉得今天出门时穿得有些随意，学校里常穿的一身衣裳，穿在身上四天了，袖口、衣领和前襟上都沾了不少粉笔末。出门前她只拿毛巾草草蹭过几下，现在低头看，脏痕还在，甚至有些显眼。在心理上也随意了，似乎她今天的心情只能用来参加葬礼。她是一心一意来奔丧的。为恩师老冀送葬，这件事，她想起来心里就不是滋味，更不要说有心情想其他的事情，哪里还记得更换鲜亮一点的衣裳，刻意打扮一番，再怀着愉快的心情，冯笑觉得那样不合适，她觉得那是对恩师的不敬。

上午她还站在讲台上，为初一学生上课。由于是新课，进教室前她在心里温习着昨夜备好的授课环节，那时她还不知道老冀的死。心情跟以往一样，是平静的。上讲台前，她总会极力排除内心的杂念，把一些不纯净的念头驱除干净，她不想把教学以外的东西带上课堂，这是在多年教学生涯中锤炼出的良好教学心理，就算有时候情绪低落，一时难以调转，她也要在面对学生的时候，尽量坚持做到心无旁骛，一心施教。

这节课她还是调动全身心的热情来上。学生的表现也可以，边听课，边做笔记，不时按照老师的要求进行思考，举手回答。冯笑感觉到欣慰、满意，范读课文时，她尽量做到声情并茂，读出感情来。边读，她边用目光扫视下面的一张张面孔，没有人开小差，都很投入。学生学习的积极性高，当老师的自然跟着情绪高涨起来。冯笑觉得这节课上得还算满意。

下课铃响了，冯笑踏着轻快的步子走进办公室。

办公室设在一间旧教室，迎面摆放着几张老式办公桌，桌前是两排老式木椅。这种椅子冯笑太熟悉了。据说每个新调来的教师，看到这种椅子都会惊呼一声，说：哇，还有这种椅子啊？简直是老古董嘛！

冯笑第一眼看见这些椅子，也吃了一惊，但是她没有叫出声，只在心里说：这不正是摆我家厨房，我们姊妹坐着吃饭的老式连椅吗？她家有两张，用了十来年，在那时的农村算得上是有档次的家具，它们结构简单，是用长木条一条一条钉起来的，木条间留有寸余空隙。屁股坐上去，硬硬的，凉凉的，结实，耐用。

冯笑眼前的连椅很旧，红色油漆剥落得极严重，处处露出木头的原色。但没有完全掉光，斑斑驳驳的，这样越发显出了椅子的破旧。

冯笑姊妹就在这种连椅前坐着吃饭、写字，度过了童年时光。长大后，她们一个个离开家，连椅早被她们遗忘，从生活里退了出去。后来母亲嫌连椅占地方，干脆扔进闲房里，上面堆压着杂物，冯笑只有偶尔进闲房寻找东西，才能看见一眼。

冯笑没想到会在老水中学看到连椅，整整八条，排成两排，围住了几张桌子。当时冯笑站在办公室里无声地看着，心里潮乎乎的，以至很多年过去后，她还能清晰地记得第一眼看见这些椅子时的心情。看着这八条颜色陈旧、油漆磨损严重的连椅，她想到了老家那两把连椅，那时候它们因为长年摆放在厨房地上，等到初秋久雨时，地势低洼的厨房地上总是很潮，椅子脚下就会生长起大片的霉斑来。

冯笑看着熟悉的连椅，紧张的心顿时舒展开来，她忽然觉得这个新的环境一点儿也不陌生，她很快就融入到老水中学的教师队伍当中了。

冯笑的心思很细密，是多愁善感那种人。她会一手好茶饭，这归功于母亲。冯笑七八岁就开始刷锅，十一岁上就能独立做熟一家人的饭。按照她们那个村子里女孩儿惯有的命运模式，她长大后将是一个农村妇女，免不了生养三四个娃娃，饲养一群鸡鸭，几头牛羊，操持一个家庭，帮男人种十几亩土地，一辈子贫寒而朴素。没想到冯笑能念书，父亲几次想扯她后腿，不供给她念书，但是冯笑实在太争气了，总是考第一，鲜红的分数单映得父亲脸膛儿红红的，他从那分数上看到了希望，便一直没狠下心。冯笑在父亲的犹豫中一路直上，小学，中学，大学，一路顺顺当当。等冯笑长成亭亭少女的时候，脸上带着稚嫩的笑容，扎一对辫子，她的命运和村庄里的姐妹不一样，她走进老水乡初级中学，成为一名人民教师。

在上学期间冯笑的针线茶饭也没搁下，母亲一直不敢放松对女儿的指教与督导，她一有空就唠唠叨叨，冯笑是个知道疼人的孩子，明白母亲是为自己好，就学得很用心。母亲怕女儿有一天考不上，那就得嫁到山里，针线茶饭上没本事自然要遭人嫌弃。她常常给女儿念叨说不能光指望念书，万一考不上，你还是一个农村妇女，就得靠自己的双手过活。

冯笑却成了吃公家饭的人，自然不用嫁到山里的某一户人家，伺候公公婆婆，和小叔、小姑、妯娌们一起过活，更不用受婆家的指教与挑剔了。

进入老水中学，冯笑为自己设了小灶，凭她的手艺，做一个人的饭菜不是难题。她发现新来的几个女同事都不会做饭，在大师老刘那里搭伙。老刘为百十号住校学生做饭，还得为搭伙的教师做饭，时间一长，那饭菜在质量上就不怎么好。男老师基本上不挑剔，拳头大的馒头，小苏打放多了，且不匀，黄黄的，老远便是一股碱味扑鼻。他们头也不抬，笑一声，说，嗨，又是"军用品"！一大口下去半个馒头下了肚。女教师不一样，举着馒头，反过来看看，倒过去瞧瞧，从灶房门口就开始念叨，一路念叨到自己宿舍，哗地闭上门，过一会儿出来洗碗，顺手将大半个馒头扔在窗台上。阳光下，那馒头明晃晃的，黄得分外刺眼，一扔一整天。晚上夜深人静，老刘猫一样从一排教师宿舍窗外溜过。第二天，那些"军用品"不见了，老刘的脸黑得像锅底。教师们鱼贯进灶房打饭，老刘的铁勺重重磕着锅沿，说不做了，这饭我不做了！老虎也有打盹儿的时候，况且我老汉七老八十了，这容易吗？——男教师中有人跟着打趣，说老刘你今年好像才五十吧，怎么一夜工夫就老了这么多！这进度也太快了吧！

老刘打鼻子眼里哼一声。那几个女的来打饭，老刘勺子高高扬着，斜睨着，显然是很不情愿。

灶房里发生这些事的时候，冯笑站在宿舍门口，脸上带着平静的微笑，看着那些同事一个个端着饭盆走出灶房。

有人就羡慕地说，冯笑，你真行啊，有本事给自己弄小灶，想吃啥就做啥，多好。

冯笑听了微微地笑，心里说，设小灶有什么难的，不就是准备一口小锅一把切刀一个木板，外带一双碗筷吗。

她下课后捅开炉子，等和好面切好菜，火已经旺了，炒了菜再把面片揪进去，不费多大劲一顿饭就成了。

心情好的时候，冯笑会变着花样做饭菜。她能做各种面食，长面擀得精光，切得线条一样匀又细，下进锅里鱼一样翻着身，一筷子捞起，浇上油泼辣子，油汪汪一碗面，看得人直流口水。她的手揪面片更拿手，这种面做起来快当，吃起来顺口。老水中学的教师偶尔串门，会看到女教师冯笑揪面片的场面，水翻着跟头直冒白气，冯笑的辫子一甩一甩，白白的面片一片接一片飞进白气中，激起一团团欢快的水花。冯笑的动作那个麻利，看得人直瞪眼。

冯笑会做饭，学校里的人都知道了。

便有人找来要和冯笑合灶，五个女老师中有四个流露出这样的心思，冯笑一一谢绝。

唯独不能推脱的是王燕燕。

她们同时师专毕业，一块分到老水中学。从前她们的关系算不上有多近，但也不生疏，至少见了面是会打招呼的。进了老水的门，王燕燕就主动上门来了。她进门碰上冯笑往锅里下面，也不洗手帮忙，就站在旁边闲扯。饭熟了，她拿个碗自己舀上就吃，一点儿也没客气。王燕燕生来口齿伶俐，扯起闲来三天三夜也说不完。她所到之处总是有说有笑，气氛活跃。尤其到了男同事当中，更是如鱼得水，左右逢源。

冯笑与王燕燕比，简直相形见绌。有王燕燕在场的时候，冯笑很少大声说话、大声笑，她只站在一边安静地听，安静地微笑。王燕燕有一副好身材，高挑挑的，五官也很耐看，男同胞们第一眼就对王燕燕有了好感，很乐于和她交往。

王燕燕生得动人，到了哪里都是一道风景。

到了老水中学她很快就与一伙男青年打得火热，课余时间大家在办公室里批改作业、备课、谈论学生，谈着谈着话题就扯远，远到老水的人口、男女、生活生产问题，再到国家大事，聊得不亦乐乎。闲聊的是上了年岁的教师，年轻人则围住王燕燕，大家有说有笑的。王燕燕还真是能，不是把一架脚踏风琴弄得乐曲高扬，就是高唱流行歌曲，和男同事你推我一把我搡你一把地闹。

这时候，冯笑总是在低头改作业。她坐在远离大家的地方，尽管她总是显得很投入很忘我，然而，终究难掩内心那一丝落落寡合的寂寥。

冯笑在心里感叹，感叹现在男青年太轻浮，怎么眼里就只有王燕燕呢？难道就不知道王燕燕普天下只有一个，不能同时嫁两个人吗？更不要说三个了，人家这是在拿着一根骨头哄几条狗呢，但是几个未婚的男同事偏偏都是一副很乐意被哄的样子。

作为一个妙龄的女孩，冯笑觉得受到了冷遇，就算她性子温和，也还是生了一肚子闷气，王燕燕再来蹭饭，她心里不舒服，故意将饭做得缺油少盐。

自从王燕燕第一次来这吃了饭，见识了冯笑的厨艺，她就像燕子一样，彻底远离了人间的烟火。冯笑生炉子，捅火，掏灰，提水，和面，炒菜，盛饭，刷洗餐具。与做饭有关的事情，王燕燕几乎不沾手，她只负责吃。那天吃过第一顿饭后王燕燕说冯笑我决定了，和你搭灶。不等对方做出反应，她就指挥几个男同事帮她提来半袋面粉、一袋土豆堆在冯笑桌子上，算是搭上灶了。她却从不给冯笑帮手，燕子一样跟上小伙子们满校园地飞。

一天下午放学后离晚自习还有一段空闲，她干脆跟上人去压马路。出了校门，在老水乡的街道上闲逛，从东头逛到西边，顺势进了街头一家小饭馆，吃的是牛肉炒面片。一碗四元钱，自然是男同志掏钱。王燕燕尽兴归来，才记起冯笑还为她做了饭。结果饭做多了，冯笑只能下一顿热剩饭。

王燕燕隔三差五这样，冯笑不高兴了，不好说什么，只能一脸冷漠，自己跟自己生闷气。王燕燕也不看人脸色，进门嗨一声，算是打了招呼，拉开被子上床就睡。这天刚要钻进被窝，才看见冯笑今儿没洗碗，灶具胡乱扔在桌子上。

我给你留着饭呢，怎么不吃？冯笑站在门口，不看王燕燕，只是冷冷问。

不吃，吃过喽。王燕燕一副毫无歉疚的表情。

不吃该给我说一声啊，那么多剩饭，谁吃？冯笑质问，已经是颤抖着声音了。

谁做的谁吃！王燕燕冷冷撂过一句，转过身子睡了。嘴里不时吧唧几下,似乎在回味那一碗牛肉面的余味。

宿舍里冷清清的,没有了往日两个人说笑的声音。过一阵子,王燕燕受不了这种冰冷,爬起身就走。

王燕燕出了门后,将门哗地甩回来,磕在门框上,发出了巨大的一声响,她却已扬长而去。冯笑彻底惊呆了,僵在地上站了许久。她更想不到的是,王燕燕出去还在别人面前说了自己一大堆闲话。如果她是按事情的原委说,冯笑也不会怪她。至多说明这个人嘴巴不牢靠,喜欢嚼舌根罢了。

王燕燕却把冯笑的行为描述成了这样,她说,"冯笑那个人啊,别看平日里看着挺文的一个人,心里可阴着哪,那心眼儿小的呀,针也钻不过去!"

这话是老刘后来学给冯笑的,老刘因为王燕燕扔过几回黄馒头,还当众对他的手艺说长道短,所以对那女子最不感冒。

冯笑听了老刘转述的话,脸呼地就热了,心里说王燕燕哪王燕燕,我哪点对不住你了?一天两顿饭,我伺候得你公主一样,饭成了张口,吃完了走人,你我之间没别的情谊,至少在一个被窝里挤了几夜,在一口锅里搅勺子的日子也不少呀?你咋能这样损我呢?

冯笑真是越想越气,一气之下开始停火。她不设小灶了,在老刘灶上打饭吃,也吃黄馒头,吃大锅饭。

这没有难住王燕燕,她开始天天上饭馆,有几个男青年轮流陪同，并且自愿为她掏腰包。不与冯笑搭伙，王燕燕照样活得潇洒，压根儿就没饿着肚子。只是半学期下来，闲话就出来了。在背后说长道短的重点是几个女同事。王燕燕那招摇又张扬的活法，一天两天大伙儿可以忍耐，长久这样，姐妹们可就看不下去了，都说她这是借着谈恋爱蹭人家饭，害人家花冤枉钱。

几个女老师扎堆儿嘀咕，到处骂王燕燕。

其中没有冯笑。自从和王燕燕弄僵后，冯笑一直显得郁郁寡欢。在办公室里，她一个人静静坐着，闷头忙碌。铃声一响，踏着铃声去上课。下课了，她还是待在教室里不愿意出来，老是拖堂。

王燕燕跟以往一样，大声说笑，笑声和银铃一样，经常在办公室里响彻。

有一天王燕燕忽然来找冯笑，推开门，冯笑正趴在床上抱一本书看。一看是王燕燕，她又埋下头看书，权当没看见。王燕燕一副啥事没有的样子，说玩去不，下午我们上北山看杏花去！

冯笑愣了一下，忍不住问：和谁去？

一伙年轻人！王燕燕一看有门儿，来了劲。

冯笑继续看书，没了下文。

冯笑想，如果只是王燕燕去，她就去，两个女的，并肩上山，踏着初春的嫩草芽儿，到山顶上看满山的杏花开放，两人坐在杏树下，说说笑笑，说些掏心窝子的话，从此前嫌尽释，言归于好，倒是好事。还有别人，她就没心思了，王燕燕说的一伙年轻人，不就是成天围着她打转的那几个人嘛，自己跟着去，那就是在人家身后当陪衬。这样的春游，她绝对不会去。

就在冯笑沉默的时候，王燕燕又一次摔门而去。冯笑坐起来，拥着被子发呆。外面阳光很好，杨树的枝叶在风里做出舒展的姿势，枝头探出星星点点的绿意来。柳树枝条早就抽芽了，嫩嫩的枝叶在风里晃。北山上全是杏树，此时杏花开了，那景象肯定十分宜人。一个人去看，却不免显得冷清。她禁不住想象那王燕燕，此刻她一定在男同事的前呼后拥之下，一路飘洒着笑声上山。她在山顶上巧笑流盼，顾盼生辉，那真是女人的幸福啊。

从这以后，冯笑见了王燕燕只是敬而远之。

二

冯笑刚走进办公室，就听到了老严的感叹，老严说，老冀这老家伙啊，退休才几年吗，说走就走喽。

冯笑感觉奇怪，问老冀去哪儿了。

去哪儿了？他能去哪儿，还不是去阎王那里报到啦！老严一脸认真地回答，说完，又不无庆幸地说他比我大不了几岁，也就十来岁，嘻嘻。

冯笑心里拧了一下。有些惊，也有些疼。

老冀是她小学班主任。有一年冬天太冷，冯笑冻肿了双手，冀老师看到了拉着她去自己宿舍的火炉边烤。临走，冀老师翻出一对棉花缝制的手套送给冯笑。那副手套真是暖和，冯笑每个冬天都戴，一直戴到小学毕业。

恩师走了，冯笑自然得去送送，因为她记得那双手套，温暖了她几个寒冬的手套。送手套时，老冀还没有转正呢，是个民办教师，一个月六十元工资。冯笑长大后，参加工作的头一月就领到了三百元。后来不断涨，现在每月涨到了三千多。每到领工资时冯笑都会想起老冀，想起那双珍贵的手套，她忘不了冀老师这份情哪。本来早就想着去看看冀老师，然而终究没有去成。总想着过几天去，得空了去。谁知这一推辞，就被手头的事情绊住，一绊便是好多年，直到冀老师去世也没有成行。

冯笑不等中午放学，就请假匆匆出了校门，去老冀家得赶几里山路，等赶到冀家庄，丧事正在进行。她站在人群里默默想着冀老师给她教书时候的往事。时间过得真快啊，那时候冀老师才近四十岁，头发有些花，背驼着，总是笑眯眯的，看着每一位学生的目光都是慈祥的，很少有生气的时候。谁能想到，时间过得这么快，敬爱的冀老师已经离世，他的死，使冯笑切身感到了时间的无情。感觉眼前的日子原本满满的，实实的，一天一天过着，每个清晨很早起来出操，上自习，上课，午休，下午又是上课，晚上还有自习，有时间就批改作业、备课，与学生纠缠，日子过得单纯、枯燥、忙碌，一周五天时间都是这样匆匆地打发着。周末一晃眼就过去，接着又是重复同样的生活。本来已经习惯了这样的重复，也从来没有觉得时间是多么匆促。老冀这一死，就像有人在她心里猛地投了一块大石头，她觉得心里剧烈一震，某个地方顿时缺失了一大块，变得空落落的了。

整个奔丧的行程中，冯笑情绪一直很低落。

她记起二十里外山村里的母亲了。母亲一个人住一个大院子，院子里有三间瓦房，是20世纪90年代盖的土墙蓝瓦的那种房。现在已经是老房子了，显得黑洞洞的，低矮，破旧，一下雨，到处滴滴答答漏水，母亲忙着搬来盆儿、罐儿盛水。尤其秋雨连绵的季节，满屋子一股潮湿的馊味儿。

每逢下雨的日子，冯笑看到学生娃娃打着伞来上学，就会想到母亲。想她一个人待在老屋里，听着满屋子盆儿、罐儿发出的滴答声。给人感觉，老屋子里的日子是十分十分缓慢的。陈旧的环境，连时间也变得陈旧不堪。雨过天晴，下院墙角那里便会生出绿茵茵的苔藓来，叫人看了不由得心里便潮乎乎、湿漉漉的。所以每每这时，冯笑的心都在隐隐作疼。

母亲是冯笑一辈子的牵挂。可她真是太忙了，总是腾不出身去多陪陪母亲。

冀老师无疾而终，享年六十九岁。那么，她的母亲会活多长日子呢？

本来她从没想过这个问题。是老冀的死警醒了她，母亲六十一岁了，谁又能料到，有一天，母亲会不会像老冀一样，悄然离开人世呢？

冯笑说不清楚，她为什么老是把母亲往死了的老冀身上扯，或者说，把老冀的死和母亲的活往一个方向上联想。她说不清楚。就是心里空空的，虚得慌。

看来，该去看看母亲了。

很长日子没去看母亲了。记得刚来到老水中学时，她一周回一趟家。那是1994年，人们出行基本上全用自行车，摩托车属于稀罕东西，比较少见。全老水乡就冯乡长一个人有，幸福牌子的。冯乡长肥肥的身子跨上去，脚一踩，一股黑烟从车屁股后砰地冒出，冯乡长就像架了鹤的神仙一样，飘飘然从大家眼前飞逝，将一股浓烟留给身后看稀奇的人。

不久，王燕燕就坐在那辆幸福牌摩托上了，她大红的风衣在风里飘，双手抱着冯乡长的水桶腰，屁股骄傲得一颠一颠，头发奋力往后面飞扬，一路从大家眼前飞扬而过，身上就贴满了老水乡老百姓发直的目光。

冯笑则是骑自行车回娘家。

学校里的男教师基本上都有自行车。有一大半教师的家离学校远，一到周末，就见大家纷纷推出自行车，前手把上挂着空了的干粮袋子，赶回家去。冯笑向不回家的人借来车，骑回老家去。

母亲总是在等着她。

到家门口，母亲见女儿累出了汗，就一遍遍盼咐，说下周别回来了，时间长了再来吧，这样太累人了。我有什么好看的，你就放心去教书吧。

冯笑笑着答应了。一周下来，她还是赶回家去。她知道母亲嘴上阻拦，心里还是盼着女儿回来。夜幕下，果然看见母亲照旧站在门外，一脸的焦灼与期待，分明是在等着女儿。

冯笑觉得心里打翻了五味瓶，又苦又涩。

冯笑一周回一趟家的日子只坚持了一年多。1995年的冬天她结婚了，成了李玉和的女人。结婚时李玉和买了辆崭新的自行车，飞鸽牌的，算是了了冯笑一直想要拥有一辆自行车的心愿。

李玉和看着新车喜得不行，弄来一盘塑料胶布连夜缠车梁，还在铃铛上挂了把红缨子，把自行车打扮得花枝招展的。

冯笑喜在心头,想这下好了,看母亲方便多了,什么时候想回去,骑上自己的车,脚一蹬,一个多小时就能到家。

令冯笑意想不到的是,结了婚,有了自家的车,她回娘家的次数反倒少了。先是一周两周一次,渐渐变为三周四周,后来几个月时间过去,才记起好久没回冯家庄了。

新婚那阵子,李玉和看望丈母娘的热情比冯笑还高。只要冯笑稍微流露出想家的意思,李玉和就推出自行车,买来一包副食捎在车后,催冯笑快点出发。李玉和骑车又快又稳,技术比冯笑高多了,两人有说有笑,不留意就到了老家。

母亲很是过意不去,摇着头说,娃娃,你们忙你们的去吧,再不要来看我了。

冯笑一脸甜蜜地看着李玉和,说我们会一直这么坚持,直到妈活到九十多岁。

母亲却叹一口气,摇摇头。

后来,很多年过去,冯笑才慢慢明白了母亲那声叹息里的内涵。这时的李玉和,早就记不起陪同老婆去看丈母娘了。冯笑便一个人去。时间一长,李玉和居然脸色沉沉的,再后来,他干脆直言不讳,一脸不屑地说你见哪个女人动不动就往娘家跑了?你现在不仅仅是你妈的女儿,还是我老婆,就得把心思往自己丈夫身上放!

李玉和的说辞让冯笑哑然。为此,冯笑还哭了一回。令她又一次感到愕然的是，她哭了半夜，李玉和竟然无动于衷，而且隔着被子蹬了她几脚，嫌她吵。冯笑听着他呼呼的鼾声，本来只是想和他小打小闹，这一来不由得真正伤感起来，望着窗外一轮圆月，眼泪吧嗒吧嗒往下掉，湿了一大坨被子，始终不见李玉和起来哄哄。

李玉和的鼾声越来越响，听得冯笑直发愣，这才发现他原来有打鼾的毛病。

之前，冯笑也跟李玉和闹过几回情绪，基本上都是冯笑找李玉和的碴儿，不顺心就冲他发脾气。李玉和笑嘻嘻的，尽量哄着老婆。夜里，还死皮赖脸往冯笑被窝里钻，搂住冯笑一口一口舔那脸上的眼泪，如果再用胡子茬儿去扎冯笑的脸，冯笑准会举手投降，笑在他怀里软成一滩泥。

这是什么时候的事呢？冯笑一个人哭得无望，就睁大眼望着黑暗想，是一年前，刚新婚那阵子。时间真是刀子，日子一长，李玉和的热情减退，耐性也不好了，小两口儿蜜里调油的关系淡多了。首先是李玉和淡下来的。冯笑却丝毫没有意识到，没有察觉夫妇间正悄然消退的热情，她还沉浸在一种甜蜜的幸福里。她不再住学校的小宿舍，搬进了李玉和的宿舍，是乡政府新盖不久的，每个干部有一间，宽敞明亮，显得气派。穷乡僻壤，乡上干部总是将办公室同时当作宿舍用，办公、吃饭、睡觉都在方寸之地进行。不过这也比冯笑的小宿舍强多了。

和冯笑比，李玉和清闲得多，乡政府一般干部，隔天参加个把会议，偶尔被抽调下一回村，余下的时间就待在政府大院里，几十号人喝着茶、下着棋打发时间。

冯笑看不惯李玉和这帮人的闲。嫁给李玉和之前，冯笑真没意识到当教师有多忙，每天都那么匆匆忙忙的，可是适应了也就觉得习惯了，还以为社会上各行各业的人都和教师一样，从早到晚忙个不停。住进乡政府院里，冯笑显得像个小孩子，东瞅瞅，西看看，除过开会、吃饭时间，这些人三五成群，凑在一起要么下棋、打牌，要么就到文化站小马那里看录像。也有忙的时候，但是，人家的忙是有尽头的，过段日子，忙完了，日子缓下来，照旧优哉游哉。冯笑看着看着就得出了一个结果，教师远比干部忙，辛苦。教师的忙碌是持续的，一旦开学，就像上足了劲儿的钟，一个劲儿走，一直熬到一个学期结束。

冯笑曾对李玉和发感慨，说都是端国家饭碗的，凭啥你们成天坐着享清闲而我们当教师的经年累月跟粉笔末子打交道？引得李玉和哈哈大笑，说看来你还不了解我们的工作，每年到了搞计划生育那些天，我们一个个跟做贼一样，半夜三更去老百姓家里翻墙扒门的，冷不防还会挨打，挨骂更是家常便饭，相信到那时候你就不会羡慕我们清闲啦。你现在是只看到贼吃肉没看到贼挨打。

说到吃，冯笑顿时联想到老刘做的"军用品"馒头，一口酸水泛上来，哇的一声，吐出一大口。

冯笑怀孕了。这是他们小两口儿始料不及的事情。

乡卫生院里的女大夫说出检查结果后，就笑眯眯盯着冯笑看。这个五十岁女人的笑容，让人产生一种错觉，怀孕的不是冯笑，而是她自己。

李玉和很快就接受了这个现实，在医生的建议下买了一包药，补钙的，保胎的，冯笑看着就火了。从卫生院出来，冯笑就不搭理李玉和，一个人跑回政府院子，李玉和提着药品加补品，笑嘻嘻撵进房，说要当爸爸啦，我就要当爸爸啦，冯笑你得听话，这药得吃，这麦乳精得喝，这奶粉得吃，你得听医生的。你不为自己着想，也得为我儿子考虑。

李玉和开始对冯笑低声下气，好得出奇。

本来，婚后一段日子后，两个人慢慢变得疲惫起来，互相也粗枝大叶起来，渐渐没有了当初的细致和刻意，日子显出一种平平淡淡的味道。

和许多夫妻一样，他们之间也会有矛盾，还会经常僵持着。结婚一年零三个月时间，吵嘴已经是很平常的事了。冯笑总结过他俩发生摩擦的前因后果，事端总是由她挑起，争得脸红脖子粗得理不让人的也是她，泪流满面受伤不已的也总是她。李玉和话不多，话锋也不尖锐，但冯笑还是觉得很受伤。似乎，这缘于李玉和的脾气。

李玉和和蔼可亲，总是对生活没什么追求和理想，黏黏糊糊、凑凑合合活着，似乎就可以了。很多时候，他像一块儿处于半溶化状态的胶皮糖，黏糊糊的，却透着股子韧劲儿，让人对他焦急，无可奈何，又捉摸不透。

李玉和话很少，尤其和冯笑处于二人世界时。一关上门，他两人待在那间平房里，李玉和就看电视。二十一英寸的黑白电视，一个圆形天线伸在屋顶上，收两个台，中央一套，吧嗒，开关一扭，收的是宁夏台。换过来倒过去，就是那两个。除了新闻就是广告，只有等到晚上才播两集电视剧。奇怪的是，李玉和什么内容都能看得津津有味。冯笑观察过他，他脱衣上床后就趴在枕头上，一张被子将身子全部包裹住了，只留颗脑袋搁在枕上，双眼盯着电视，一盯就是好半天，冯笑跟他说话，他要么一言不发，要么嘴里胡乱应承一句。冯笑的气就不打一处来。她说，李玉和，你什么意思？电视就那么好看？我就那么让人讨厌？

任凭冯笑怎么盘问纠缠，李玉和永远就一副温吞吞的嘴脸。

冯笑百无聊赖，就把心思也往电视上集中。一留神才看清这时演的是广告。过一会儿，还是广告。冯笑就伤心不已，李玉和，你宁可看广告也不愿意搭理我，你和我说说话吧。

说什么呢？

什么都行，真的，随便说什么都好，冯笑言语神态间全是央求。李玉和嗯了一声，就拧过头，照旧盯着电视去了。冯笑钻进他被窝里，李玉和也不拒绝，拍拍她的背说别闹了，早点儿睡，还得早起呢，明天又不是周末。嘴里说着话，眼睛始终舍不得离开电视。

冯笑溜回自己被窝，心里空落落的，怎么也睡不着，转身去打量李玉和。他还是那姿势，眼一眨不眨地盯着屏幕，整个神态呈现出的是一副冷漠。冯笑的眼泪就下来了。

李玉和，你这小人，你还在生我气是不是？说过多少回了，我和田园，我们真的没什么。

说到田园，李玉和转过头来，目光复杂地看着身边的女人，看了一会儿，又把脸转向电视。

冯笑双手抱着胸，怕冷似的蜷着身子入睡了。睡梦里，田园的影子在一遍遍徘徊。朦胧中竟然禁不住去想，自己当初嫁的人真要是田园，会怎么样呢？日子又会是怎样的光景？无限旖旎还是和现在一样淡如白水？她翻起身，拿起床脚一个小铁盒打开，一股香香的味道飘散出来，盒子里装着小圆镜子、木梳子、眉笔、口红、粉饼和一包脂粉。她不再强迫自己入睡，趴在枕头上，开始对镜化妆。先把头发梳得披散开来，披满肩膀，再从中间分开，一边一枚发卡别住分向耳后，露出一张疲惫的脸来。粉饼擦在脸上，像被手心轻轻地抚摸而过。冰凉中透着细腻，那样贴近地划过肌肤、划过脸颊、划过额头、划过鼻翼，心碎的感觉、迷醉的感慨一齐袭上心头。

粉不能扑得过厚，太过了就会适得其反。扑粉也能反映一个女人的心态，那种又老又丑还妄想把自己打扮年轻的女人，总极力往脸上抹粉，试图用脂粉遮掩一些不想示人的东西。结果往往是欲盖弥彰。这也是对脂粉的一种糟践，那样的女人也许根本就不懂得什么是脂粉。脂粉，只是用来点缀女人的容颜的，清洗后的肌肤上，匀匀地薄薄地施上一层，然后拭去眼角眉梢多余出来的，使整张脸看上去似白非白，淡淡的，带着高雅、清爽和自信，这就够了，不露脂粉的痕迹，只留一抹淡淡的香气。别看冯笑平时根本就不化妆，活得昏昏沉沉，在这些地方还是有着自己的独到见解的。上好粉底后，再画眉。她端详着自己的眉毛。画眉得先熟悉自己眉毛的长势。冯笑发现不少女人在这上面又粗心了。她们只是抓起眉笔，狠狠涂上两道，弄得又黑又粗，就像刷子刷过一样，这样的眉毛不但衬不出女人的美，反倒显得多余，一下子就破了相，整个脸面的布局都显得失重。一切得按天然纹理来进行。冯笑有自己的逻辑与尺度。她顺着眉毛走势轻轻提笔，轻轻落笔，顺着眉毛天生的纹路运笔，让原本太过单薄的眉毛有了浓的意象，然后对着残缺的地方补一补。眉毛也像人生，总有生得残缺的地方，这儿多了，那儿残了，肥肥瘦瘦的也不匀称。就得细心修理，肥的该减，瘦的要补，一路收拾下来，她看见自己的两弯眉毛变成了弯弯的新生的月，在整个脸面上不显眼，淡淡的，看不出有人工动作的痕迹，但是很耐看，天然生成一样看着舒心。

拿出口红来，冯笑发现里面的半截残红早就干了，打上双唇，淡淡的，涩涩的，没有口红该有的鲜艳与饱满，这时晚间新闻开始了，李玉和还在看，完全是不看到电视节目结束誓不罢休的样子。他明天有的是时间，睡到十一二点也没人过问。冯笑不敢熬了，她六点钟就得准时到校门口跟上学生出早操。

她忽然就没有兴趣了，便懒懒地收了手。慵懒困倦一起涌上来，便推开镜子，斜在枕头上沉沉睡去。带着一脸新妆的女人会做什么样的怪梦呢？可能只有冯笑知道。

三

有一天，王燕燕忽然又闯进了冯笑的宿舍，说，冯笑你知道吗？我烦啊，都要烦死啦。

王燕燕也有烦恼？冯笑第一次听到王燕燕向自己诉苦，

禁不住暗自吃惊，在冯笑看来，王燕燕选择终身的机会太多了，四个，现在有整整四个小伙子在追求她呢，这样的幸福哪个女孩子不梦寐以求呢。

王燕燕说：我烦死了，这四个家伙，乍一看，一样好！细细看，又都不咋样！选谁呢？

想一想，又说：

王东个子大，只是人风风火火的，只能算个傻大个儿。

王晓弘嘛，人倒是精明，可是个子太小，和我站一块儿差一大截呢。

冯学东五官端正，身材高大，可惜性子太蔫，人太老实，没前途。

刘怀智这人嘛，长相、品性全过关，脑子也灵活，就是身上有那么股子狐臭，这谁受得了？偶尔闻闻还能克服，真要嫁了他那就得闻一辈子！

最后，王燕燕苦恼地说，冯笑，你旁观者清，帮我参谋参谋吧。

冯笑听得一愣一愣的，半天回不过神，这几个青年身上有这么多缺点，有些还是鲜为人知的，王燕燕竟然摸得这么清楚？她就想到了李玉。李玉和有什么缺点？有狐臭吗？有脚臭吗？或者还有什么外人不知道的毛病？她可是一点儿也不清楚就跟他订了亲，入冬就要结婚的。王燕燕的慎重让冯笑对比出了自己的草率,那可是终身大事,他们见过两次面,话也没有好好说呢,就匆匆定下了婚期。

冯笑的心思就乱乱的。她是个很传统的女子,尤其在谈婚论嫁这方面一点也不擅长,从小学到初中、高中、大学,她连一场恋爱也没有谈过,有时候也渴望有个男友,说说话,交交心,但男生似乎都喜欢王燕燕那种看上去赏心悦目的女子,与王燕燕比,冯笑就是狗尾巴草,太平凡了,没有吸引男孩眼球的理由。

有时候,冯笑也会安慰自己,说王燕燕那种女孩只是一瓶花而已,看着好看,内心怎么样谁知道呢?一定不怎么淳朴。一个人得内心富有内涵那才是真正让人心动的,女人不仅要秀外还要慧中呢。可惜始终没人注意上冯笑的慧中,直到遇上田园。

然而,田园出现得不是时候,他来到老水中学的时候,冯笑已经和一个叫李玉和的小伙子定了亲。

李玉和先于田园走进冯笑的生活,他和冯笑是经人介绍开始交往的。介绍人说李玉和这小伙子不错,踏实上进,不抽烟不喝酒,不沾麻将,现在这样的男人不多了。冯笑一听这样就点头答应了。

定了亲,李玉和就来老水中学找冯笑。刚开始,冯笑觉得迷迷瞪瞪的,一时适应不了这种关系,关上门和他独处小宿舍时，冯笑很紧张，头一回和一个大男人这么近距离地相处，她手足无措、扭捏不堪。幸好李玉和大方，找出些无关的话题说，说着说着冯笑慢慢就自然了，适应了这种状态。

李玉和常来走动，冯笑一向单调枯燥的生活也有了色彩。两个人一起做饭，冯笑动手调面，李玉和三下五除二已经炒好了菜，等到揪面片时，他两手左右开弓，竟比冯笑利索得多，看得冯笑一惊一乍地感叹，大男人也会这个啊！

李玉和会做的不止这些，他还会变着法儿弄各种菜，热的凉的，样式多、花色新，味道、口感都是出奇地好。吃完饭，不等冯笑动手，李玉和抢在前头涮洗碗筷。懒于动手的时候，李玉和就偕同冯笑到街道中心的马家饭馆去，点的牛肉炒面，李玉和大碗，冯笑小碗，吃得热气腾腾的。冯笑便会想到王燕燕，这样的待遇，人家王燕燕早就跟着男同事们享受了。那时，冯笑常常偷眼望着他们边说笑边缓步走出校门，她不止一次想，怎么就没人请我呢，哪怕仅仅是一顿，他们中的任何一位，只要开口我都会去，哪怕吃完我掏腰包也行的。可惜自始至终，没有谁偕同少女冯笑在众人的目光下迈出学校大门跨进马家馆子。那时候冯笑就不止一次感到失落，心里空落落的，有种被遗忘的失落。

只有李玉和做到了这点。当李玉和陪着冯笑，两个人双双进出于老水中学和乡政府的大门时，冯笑心里高兴的同时，有种说不出的辛酸，她不得不承认自己像许多女人一样，难逃虚荣之心，是李玉和让她感到自己也是个女人，有男人心疼的女人。

冯笑和李玉和的婚事是在老水乡政府院里举行的，李玉和那间小宿舍收拾了，白纸打的顶棚，白纸糊的墙，墙上贴了一个斗大的纸剪的红双喜。置了几件家具，整个房屋也就有了喜庆的意味。李玉和的同事们都给他帮忙，大家忙进忙出的，家人一样操办喜事。中学的教师全来了，冯笑教的班级也派了学生代表来。乡政府院里一时人进人出，热闹非凡。在上百双眼睛的注视下，乡长沙子龙讲了话，他说他代表广大人民群众向两位同志表达衷心的祝贺，小李和小冯结合之后要以更大的热情投身工作，回报党和人民，为人民服务。

沙乡长的话讲得幽默风趣，引起了阵阵掌声。

后来老水中学的教师们分析说，王燕燕的好运就是这天开始的。这天教师队伍里当然少不了王燕燕，她刻意打扮过，花枝招展的，沙乡长当时没理由看不到鹤立在大众中凤凰般的王燕燕。

没有人知道王燕燕和沙乡长具体怎么交往上的。冯笑和李玉和的婚假还没有结束，就见王燕燕常常进出于乡政府的大门了。他们没有刻意避人，相反显得大大方方的，一点没有偷鸡摸狗的意思，倒像是正经八百的夫妇，沙子龙要上县城，就会骑着摩托来接王燕燕,王燕燕在校门口就偏腿儿坐上了摩托,摩托发动,王燕燕双手紧紧抱住沙子龙的腰,大红的风衣被风涨起来,向后鼓起一个包,像一面旗帜在风里猎猎地响。路上遇到了骑自行车的同事,王燕燕会侧过脸笑眯眯地挥手打招呼。

闲言碎语四起。不能接受这个现实的不仅是老水中学的教师们,乡政府的干部们也被领导的举动弄得瞠目结舌,老水乡的人民群众更是议论纷纷。问题不在于沙子龙、王燕燕不能恋爱,也不是因为沙子龙是一方父母官,更不是因为他年近五十,比王燕燕整整大着二十九岁,老夫少妻自古有的是,问题的根源在于,沙乡长在老家乡下有老婆,二十年的结发妻子,娃娃都生了一大堆,最大的女儿已经上初中了。

四

王燕燕你真敢这么做,他都能给你当父亲。

王燕燕你想想,为那个女人想想,她已经年过半百,就这样因为你被丈夫抛弃,你忍心啊?你会被唾沫星子淹死的,你还教书哪,你的形象适合再吃这碗饭吗?

王燕燕你恶心,想想就叫人恶心!

最后一句话,冯笑是冲着王燕燕吼出来的。

王燕燕的眼泪就下来了，激流一样奔涌而下。

看着王燕燕伤心的样子，冯笑真是吃惊，这之前，她可是强硬得刀枪不入、油盐不进，老校长、副校长、几个女同事，大家轮番上阵，好话说尽，目的只有一个，劝王燕燕悬崖勒马、及早回头，千万不能再与沙子龙交往了，得一刀两断，正正经经嫁个好小伙子。她这行为等于在玩火自焚嘛，沙乡长都老啦，王燕燕多年轻，跟这样一个半老头子厮混，这合适吗？不合适！还有，他老婆听到风声赶过来，哭哭啼啼寻死觅活的，一个乡下没文化的女人，撒起泼来那样子能吓死人，那天要不是大家及早阻拦，加上那女人被沙乡长呵斥了几声给镇住，谁知道她会不会扑上来将王燕燕这"妖精"撕成碎片儿。

王燕燕斜着目光，懒懒地环视着，她有好长日子没来冯笑的宿舍了。

冯笑站在床边，她难以控制地心酸了一下。王燕燕这姿势她太熟悉了，两个人在这小房子里吃饭睡觉，关系曾经很亲近，后来就掰了。掰了，王燕燕就不来这里了，偶尔来了，也是转转就走，冷落落的样子，像陌生人。一年前，王燕燕还站在这里看冯笑做饭。也不帮手，就那么有一搭没一搭地说着话，全是奇闻趣事，逗得冯笑禁不住笑，王燕燕也笑。现在想来，那时候还是很美好的，两个人都是刚出校门的姑娘，身上残留着学生时代的气息，干啥都显得傻乎乎的，教起书来热情洋溢。冯笑在心里整理了这一年多的教书经历，就很清醒地看到，她们已经不再是从前的她们了。这一年里，她们在迅速成熟，向成人迈进，她已经结了婚，是个大人了。尽管有时候她觉得这一切不是真实的，她还是那个无忧无虑的少女，但是，那么多双眼睛见证了她的婚礼，她不能以小孩儿的心态面对世界了。王燕燕的变化更叫人吃惊，换句话说，她更加成人化了，敢与近五十岁的有妇之夫扯上关系。

本来，冯笑以为自己这辈子都不会再和王燕燕走近了，那种贴心贴肺的友情一旦疏远，还能修复吗？但是王燕燕又站到了她的宿舍里，以那么熟悉的姿势打量着四周，这神情让冯笑顿时想到曾经有过的每一个日子，人和人之间能走近，是一种缘分，稍不留意这缘分就走到了尽头，朋友就会变成陌生人。生命像一颗沿直线运行的流星，两颗星的线路只能偶尔交叉，不会永远重合，相交过后，便是永远的分离。想到这里，冯笑就明白自己和王燕燕的情谊尽了，留下来的只有怀念。

王燕燕在选择自己的生活，自己的人生，她已经二十一岁了，她有权利我行我素，谁也拿她没办法，冯笑也一样，当她看见王燕燕站在自己面前时，忽然就明白了这一点。

冯笑觉得应该向王燕燕说点什么，分手之际，说点什么，毕竟是短暂地交往了一场。

冯笑没想到自己说出的话竟然是对王燕燕的劝解，全是阻拦王燕燕的意思。最后还冲她喊出一嗓子"王燕燕你会后悔的！"

这一喊，把两个人的眼泪都给喊下来了。

两个人泪流满面地对视着。

王燕燕忽然抱住了脸，说："你知道吗？我嫁定他了，我就是要嫁他，别人怎么说我不管，我不会在乎……"她是哭着冲冯笑喊出来的。同时扑进冯笑的怀里，放声哭起来。冯笑抱着哭得孩子一样的王燕燕，心头一片茫然，王燕燕和沙乡长，他们之间有爱吗？那会是怎样的一种爱呢？像她和李玉和之间一样吗？像世上千千万万的夫妻一样吗？

看看一学期过去，等到下一学期开学时，老水中学的教师们接到了喜帖，一张大红的喜帖，上面印着"沙子龙王燕燕新婚之喜，恭请老水中学全体教职工"的烫金字。收到喜帖的还有老水乡的其他单位。一个风和日丽的日子，大家见证了沙王二人的婚礼。老水中学的三十几位教师，除老陈有事请假外，其余人都去参加了婚礼，王燕燕穿着大红色旗袍，很大方地过来为大家敬酒，带着一脸甜蜜的笑。

回到宿舍，冯笑倒头就睡了。心里晕乎乎的，有种潮湿得厉害的感觉。今天的沙乡长特意打扮了一番，西装革履，领带打得笔挺，却终究难以掩饰头上露出的那一片明亮的秃顶。冯笑觉得心里堵得慌，把什么丢了一样不踏实，一个寒假不见，王燕燕显得更年轻、更水灵了，那一脸笑啊，那么甜蜜，可是她真的幸福吗？那灿烂的笑容背后有着什么样的真实？她闭上眼，仿佛看见沙乡长肥胖的身子拥住了娇小的王燕燕，王燕燕像落入大水当中，风雨飘摇，被撕扯着，颠簸着。这一夜，冯笑一再被自己的想法逗笑，但总是禁不住想象王燕燕与沙子龙的新婚之夜。想来想去，冯笑恍然发现自己是接受不了已经变为现实的现实。王燕燕嫁谁都可以，有狐臭的刘怀智也比沙胖子让人看着顺眼啊。冯笑一直醒到后半夜才朦胧入睡。第二天给学生讲课时感到头在发沉，身子轻飘飘的，走路头重脚轻。

接着，王燕燕与沙子龙携手去西安度蜜月。西安，听听就让人走神，离宁夏说远也不过于远，但在老水这地方似乎还没有谁去过，老百姓就不用提了，前几任乡长、书记等人也没听说他们中有谁能把蜜月度到那里去。大家偶尔出个差，旅个游什么的，至多去趟自治区首府就已经很难得了，谁能料到王燕燕和沙子龙能把蜜月度到那么远的地方去呢？去那里自然得登华山，游秦兵马俑，观华清池。好多天里，冯笑总是会想到站在华清池边"指点江山"的王燕燕。在办公室里有人感叹说沙子龙一个穷乡僻壤的父母官，竟有钱去那地方显摆，他前面光离婚就花了不少，一次性付给前妻两万元，还得为三个娃娃付抚养费，娶王燕燕的喜事又办得那么铺排，现在还能拿出钱去西安旅游，看来人还真得当官哪，哪像穷教师，吃一辈子粉笔末都没能力出去旅游一回。有人说王燕燕这下掉进了福窝，女人长那么好看就该嫁个有钱的，不然对不住那副好脸蛋。角落里有人从鼻子里哧了一声，以示不屑。冯笑知道那是王晓弘，小青年本来热心巴巴地追着王燕燕，盼着有一天抱得美人归，没想到被人家狠狠摔了一跤，闪在那里了，这段日子一直显得很不痛快。

一个老教师说年轻人的想法我们不懂，不过女人家还是不要把钱和权看得那么紧，这个世上没钱和权不行，但那不是万能的，有了也不等于就有了幸福。

王燕燕真是为了钱和权吗？冯笑觉得是这样，却又不尽然。

接下来，事情的发展似乎就在大家的意料之中了，婚假结束，饱览了古老皇城风光的王燕燕没来上课，休了一段日子的假，一月后就调离了工作岗位，不在教师行里混了，去乡上任妇联主任。这事在教师们心里又一次引起了波澜，大家议论了很长日子。时间过去很久，人们才渐渐将其淡忘，继续教书育人，整天与孩子们一起厮混，一起喜怒哀乐，一起起早贪黑。王燕燕淡出了大家的视野。时间一晃五六年就过去了，任罢乡长任书记的沙子龙后来调到县城去了，据说进了反贪局。不久王燕燕也调走了，离开的时候她的儿子已经五岁多了。老水是个穷地方，又偏僻，王燕燕这一走，就再也没回来过。

五

有一段时间，冯笑也忘了王燕燕。王燕燕攀住沙子龙那棵大树随他一起进了县城，住的是高楼，享受的是县城人的生活，冯笑再去惦记人家就有些不切实际，不切实际的东西还去想它做什么呢？现在冯笑想得最多的是芒芒。芒芒是冯笑的女儿，一个脸蛋红红眼睛圆圆的小姑娘。

芒芒的降生让冯笑一下子变得实际了，抱着一团粉嘟嘟的小人儿，她心里涌上的全是慈爱，拉扯孩子，换洗尿布，洗小衣服，半夜里爬起来喂奶，白天还得去学校上课，冯笑忙得不可开交，满脑子尽是孩子，自己的女儿再加上学校里所带的班级，够她忙活了。李玉和也一改游手好闲的习性，帮着冯笑带芒芒，为芒芒把屎把尿。少女冯笑早就淡出人们的记忆，出现在大伙视野里的冯笑是个身材稍稍发胖、穿着朴素的少妇，她总是忙忙碌碌，任劳任怨，默默无闻又全力以赴对付着生活。

这时候王燕燕出现了。

学校每学期都有常规检查，由县教育局教研组组成的检查组，不定期来到各个学校，检查学生的作业、作业量、完成情况、批改情况、教师教案完成情况、教务档案完成情况等，几乎囊括了教学的方方面面。有时候他们还会深入到课堂上听课，评价教师的授课质量与教学能力。

这年夏季的一次常规检查中，出现了王燕燕的面孔。当她走出轿车，迈进办公室的时候，大家还没认出来，直到开口说话，几个老教师就张大了嘴巴，惊讶得连空气也卡在嗓门那里了。

那不是王燕燕吗？那个穿雪青色短袖的女人，不正是王燕燕吗？大家交换着吃惊的目光，但没有人惊呼出声，老王校长早就退休，现在任校长的是新调来的李校长，他年轻有为，火气旺盛，对下属历来严厉，平日里谁都惧他几分，更何况现在当着上级检查组的人，老师们便都噤声不语，默默配合着检查。

其实，现在能认出王燕燕的人不多了，十年前的那些同事，陆续调走一些，离退休一部分，剩下来的也就八九人。

冯笑一抬头就认出了王燕燕，她脸上的表情一时间僵住了。但她迅速低下头，拿出教案本递过去。大家很快就明白王燕燕是这次检查组的组长。她微笑着继续检查，翘着手指翻翻这本，又翻翻那本，扭头给旁边的人说着什么，又给一个记分的小姑娘吩咐什么，周围的人都唯她马首是瞻，看来她是这行人的首领了。冯笑默默观察着，王燕燕的目光只在冯笑这里划了一下，就移开了，有一抹笑噙在嘴角，似乎是对着冯笑来的。冯笑心里一颤，这微笑的神态她是熟悉的。只是，现在带上了一些别的味道，是当官的人才有的味道吧。冯笑觉得王燕燕和自己之间有了一道鸿沟，其实早就有了，只是这些年自己从未去想过。

　　直到午休时间，检查组一行才离开，临走，王燕燕伸出手和大家一一握手。按惯例，上面来的人只和校长、教导主任等校领导握手。王燕燕打破了这个惯例，握完了前排的，到后面来，和教师们一一握手。很快就轮到了冯笑，这令冯笑措手不及，她想不到王燕燕会这样做，就机械地伸出手，任由王燕燕软绵绵的小手握住，象征性地晃了晃，松开了。冯笑觉得王燕燕的手更瘦了，单薄得像一片初春的嫩树叶。等黑色轿车无声地划出校门，掀起一阵风，相送的教师们这才吐出一口气，话题很快就扯到检查组组长王燕燕身上了，有年轻人不相信那个头发烫得鸡毛掸子一样的漂亮女人曾经在老水这地方待过，老刘就为他们讲起当年的王燕燕来，自然还有王燕燕的风衣，以及她和四个男青年同时恋爱的故事。

六

冯笑看着王燕燕,心里虚虚的,像行走在水上,有种找不着自己的恍惚。

如果王燕燕检查完工作,扭着屁股坐上黑色小车,吱儿一声走了,回到县城里属于她的单位和家,冯笑就不会这么恍惚了。至多,她的出现,在冯笑心里像流星划过,讶然过后,感叹一阵,这一幕就过去了,时间一长,便淡忘了,和十年前淡忘她一样。

可是王燕燕又一次出现了。

中午,冯笑一出校门,就看见王燕燕正楚楚动人地站在门口冲她笑。

她没随检查组回县城,她说老水是检查的最后一站,她用不着着急赶回去,留下来想和老同事叙叙旧。

冯笑领着王燕燕无声地走向宿舍。新盖的教师宿舍在校园南边,是一排红砖结构的小房子,离教学楼有五十步远。阳光正落下来,照着地面上的两个人。

冯笑没有回头看,但能感觉到,王燕燕正瞪大了她美丽的双眼,打量着这里的变化。那些白灰刷墙的老教室不见了,这里变成了一片操场,操场上栽有六个篮球板,学生娃娃在操场上拍着球玩。那一排土房子宿舍也消失了,那地方,矗立的是一栋新建的教学楼。校门也有极大的变化，两扇黑铁门换成铁艺门，漆成纯蓝色。王燕燕饶有兴致的目光一一扫过，最后惊叹：老刘的灶房呢？怎么不见啦？

灶房早就迁了，从南边挪到了北边。

老刘呢？怎么不见他？

早殁了。肝硬化。

王燕燕夸张地叫起来：怎么就殁了呢？才多大年纪呀？！

冯笑看一眼现在的灶房，平静地说六十，不算小。

说完就闭上嘴。她不想多说。

王燕燕的兴致不减，显得激动起来，一扫先前保持的矜持，说，小冯，你记得吗，老刘蒸的馍馍，"军用品"，黄得吓死人！还有那一回，他做的饭里，张龙吃出了一根毛，嚼不烂，拿出来一看，一根老鼠尾巴！煮得胀乎乎的！

当然记得。冯笑忍不住笑了。

谁都记得，那天张龙吃出尾巴后，大家在大锅里翻了个底朝天，就是没找到老鼠身子。所以那个尾巴是怎么跑进锅里的，大家百思不得其解。

王燕燕脸上显出怀念的神色。

冯笑也有些怀念，那天小伙子们闹哄哄找老鼠的时候她也进去看了，记得老刘的脸是红一阵白一阵的，他也说不清楚饭里怎么就多出条老鼠尾巴来。

那时大伙儿似乎没什么记性，第二天又拿上碗筷，敲着碗沿涌向厨房。老刘可能心里有愧，饭里比平时多放了两勺油，每个人的饭都油花花的，几个女老师还心有余悸，怕一口又咬到老鼠尾巴，男同志却早就吃得津津有味、满头是汗。

两个人都对这件事记忆犹新，回忆完这事，她们相视而笑，一下子觉得对方亲近了，十年时间形成的心理隔阂，有了豁口，并迅速坍塌。

冯笑说，王燕燕，你还那么年轻啊。

王燕燕说，要是变成个老太婆来见你，你还认得出来吗。

然后，相视大笑。

冯笑开始为怎么招待王燕燕而发愁。带她去饭馆吃，芒芒就不好弄了，小家伙人不大，脾气不小，动不动向冯笑发火，娇横得小公主一样，不光知道衣服鞋尽挑漂亮的穿，挑得更厉害的是饭菜。她小模样儿很像李玉和，脾气秉性却不像，动不动嚷嚷着叫妈妈做手擀长面，还得浇点儿油泼辣子，吃得小鼻子上汗津津的，咬着牙就是不说一声辣，这点倔劲儿倒像冯笑。

李芒芒吃饭从不凑合，一天两顿，中午是长面。一旦不合意，她会一直饿肚子，直到下一顿。冯笑怕饿坏了女儿，就一直迁就着她，便天天捞长面，不厌其烦。别人家早就使用上压面机了，机子远比手擀省事，冯笑说买一个，我也解放解放。李玉和与女儿，一个抱胳膊一个抱腿，齐声央求说，你就多辛苦辛苦吧，听说机子压的面不好吃，一点也不香，我们永远爱吃妈妈的手擀面。

冯笑就打消了买机子的念头，坚持做手工长面，顿顿吃得李玉和满头大汗，李芒芒满头小汗。芒芒基本上是李玉和带大的。冯笑生女儿，连待产期算在内，一共休了三个月的产假。三个月一满，她就收拾收拾上课去了，李芒芒像个大红土豆，肉乎乎地在被窝里蠕动，小嘴儿伸出来到处吮吸，找不到奶嘴，就哭个没完。李玉和围着女儿，手忙脚乱，弄个塑料奶嘴叫孩子吮，小家伙吧唧吧唧含一阵，发现吸不出奶水，继续哭。李玉和把能在口里含的东西试遍了，都不顶事。实在没办法，就将自己手指伸进芒芒小嘴里。

冯笑一放学就匆忙赶回来。从窗前一看，芒芒睡着了，口里含着李玉和的小拇指，睡梦里还时不时吮吸着。李玉和盘腿坐着，头垂在胸前打盹儿，却始终不敢躺倒，怕惊醒了女儿。冯笑看着心里很不是滋味，说李玉和你这么操心，只怕女儿还没有长大你就累死了。接过孩子，芒芒屁股下又是屎又是尿，一塌糊涂，李玉和摇摇晃晃爬下床，跳着脚在地下直哎哟，说双腿压麻了，难受得哭笑不得。他裤子湿了一大块，是孩子尿水浸透的。冯笑的眼泪就下来了，哽咽着说李玉和亏了你了。

接下来，冯笑教李玉和怎么伺弄孩子，怎么抱着孩子大人不吃力，怎么拍抚，怎么冲奶，奶粉到什么热度才喂。喂时还得倾斜奶瓶，但不能太斜，以防奶水涌出呛着孩子，还得防止吸入空气。怎样换尿布，怎样擦屁股，什么表情说明她要睡了，等等。从吃奶到拉撒，还有睡觉。

这些琐碎的常识，没有谁给冯笑教导，她是无师自通，这三个月中操持孩子自然就会了，这也是女人天性中就有的才能。李玉和学起来却费劲得多。不过，这时候他的优点显出来了，他言语不多，性子沉稳，一点也不忙乱。冯笑一出门，他就在实践中摸索着带孩子。时间一长，芒芒可能适应了这种带法，不那么哭闹了。吃饱奶粉后，就睁大眼，东瞅瞅，西看看，过一会儿无声地睡去。

冯笑发现李玉和还自己创作了几首催眠的儿歌。每当芒芒眼角发毛，显出倦意、哭个不停时，他就轻轻拍抚女儿，嘴里低低哼起儿歌，调儿与乡下老婆婆哄孩子时唱的一模一样，内容则是他新编的，李玉和身子一起一伏，哼得悠悠扬扬，动听极了。

冯笑有时候会在窗外盯着偷偷看，心里暖烘烘的。这活计原本是该女人干的，同事中生了孩子的，都是从乡下接来婆婆帮忙照料孩子。李玉和母亲去世早，冯笑的母亲又离不开那个家，芒芒的抚育就成了难题。早在孩子出生前冯笑就开始发愁。李玉和却总是一副不温不火的悠然样儿，仿佛孩子是冯笑一个人的，与他无关。冯笑就伤心不已，说李玉和你就这么没心没肺吧，到时候有我们哭的。李玉和还是蔫蔫的，半天冒不出一句疼人的话。没想到这蔫人最后还真帮上了忙，他要是工作上有事，匆匆跑去处理了，又赶回来看孩子。冯笑发现，李玉和这蔫人，原来心底早就打好了蔫主意，还害她白白发愁！便觉得李玉和这会倒像个男人，让人感到踏实、温暖。

后来，冯笑和李玉和把拉扯芒芒的那段日子总结为人生中最为艰难的时期，得把屎把尿，得忍受哭声与吵闹，稍有头痛脑热就得担惊受怕，总之是漫长的熬煎。看着那么小一个生命一天天长大，真是不容易。

李玉和老实，他女儿却百伶百俐，他俩一动一静，相处得极好。乡政府的人经常能见到李玉和牵着女儿的小手一大一小在附近散步的身影。小姑娘调皮机灵，问这问那，走到哪儿，哪里便会响起一串串银铃般的笑声。

七

冯笑决定带王燕燕回乡政府李玉和的宿舍，即他们一家一直当作家的地方。

她想了一路，最后想好了，做手擀面。

这天恰好李玉和下村去了。李玉和一走，芒芒的事就全摊冯笑一个人身上。所以，王燕燕进宿舍后，看到的是一堆待洗的衣服，桌子上散乱放着的本子、教本、资料，还有刚刚下课回来带着一身粉笔末子还没有洗手的冯笑。李芒芒放学回来就板着脸等饭吃。

王燕燕终于将目光从四下里收回，她清除了眼里的怀旧神色，开始重新打量冯笑的住处。她掸掸床单上的土，屁股落下去。室内的布置很简单，一张床，不大也不小，三口人睡，应该能挤下，但不宽余。床上倒也干净，就是素了点。她一眼就看出来，床上的被褥，基本上都是从小集市上捡来的地摊货，床单被套全起了毛球，这毛球就是质量很差的表现。墙上的布置更是令王燕燕哑然失笑。

冯笑你也太那个了吧，都什么时代了，还挂这种画？王燕燕大笑着嚷嚷。

冯笑宿舍的墙用白灰刷过，挂着几张画，画面不是时兴的明星笑脸，也不是高档的名人字画，居然是教学挂图。

宿舍虽然不是真正的家，只是临时栖身的地方，也该收拾一下嘛。王燕燕休息了一阵，恢复了活力，谈兴就上来了。她看着冯笑说，你还这么抠门啊？生活简朴到这地步了，你给谁节省呢？

又说，这么多年了，你就一直这么过？也不挪挪窝？！你傻啊！

又说，女儿这么大啦？上完小学就该升初中，怎么打算的？还没打算？真傻？

还说，李玉和他该升了吧？怎么，还在原地打转？！

继续说，你就这种打扮？不是太亏自己了吗？

接着说，怎么不化化妆？瞧瞧，瞧瞧你这模样，眉毛不是眉毛眼睛不像眼睛，瞧瞧腿多粗，腰也走了形，多显老！又土气又老相！嘻，乡下这地方，他妈的，不是人待的！

李芒芒吃惊地瞪圆了眼，看着眼前的漂亮阿姨。这个阿姨她喜欢，第一眼就给人赏心悦目的感觉，比她刚来的语文老师还漂亮哪。这么漂亮的阿姨，居然对着妈妈吼了一大堆，还顺口说出粗话来了。妈妈什么也不说，脸上噙着笑，在忙着做长面。妈妈跟平时一个样，安安静静做着，投入又享受的样子。仿佛擀面时擀杖在案板上滚来滚去，发出的咯咯声吸引着她，让她陷入沉思，不能自拔。妈妈就是这样子，总是忙忙碌碌、话又不多的样子。

李芒芒呆呆听着王燕燕嚷嚷，之后带着满怀疑惑出门上学去了。临走，还不忘回头狠狠看一眼漂亮阿姨。

王燕燕的突然闯入，在冯笑的生活里搅起了浪。这波浪不在表面，在冯笑的内心里。冯笑觉得王燕燕的出现像一块

135

硬梆梆的东西，插入到她的生活里来了。她原本密不透风的日子就有了裂口。一有裂口就开始漏风。这让冯笑有些慌乱，难以接受，一直平衡的一颗心就渐渐倾斜了。

王燕燕第二天就走了，回归到她的城市生活里去了。冯笑发现自己的心被王燕燕给搅乱了，再也无法恢复到从前的止水一般，而不管她心里的风浪有多么巨大、猛烈、波涛汹涌、恶浪滔天，她都不能流于外表。冯笑不能像芒芒一样，大哭大叫，摔东西，撕作业本。冯笑是个年过三十的沉稳女人。这样的女人，风雨多大，都只应该在内心里肆意吹打。刷洗了锅灶，收拾了一番，冯笑便脸色平静、脚步匆匆走上了讲台。给学生讲李清照的凄凄惨惨戚戚，冷冷清清，讲谁是最可爱的人，讲可爱体现在哪几个方面、通过几件事来体现的。

冯笑的心里装满了烦恼。夜晚，在女儿一起一落的呼吸声中，她开始失眠。

不能开灯，会惊醒芒芒的。她只能蹬掉被子，坐在床尾发傻。李玉和在就好了，她可以在他怀里哭上一阵，安安静静地流泪，任他的大手在脸上抹过。李玉和当然不会有半点甜蜜举动，也不会说什么温存的话，他爱的方式很简单，只知道一把将她拉入怀里，然后再在黑暗中伸出一只大手在她脸上擦拭，擦那些源源不断涌出的清泪。她已经习惯李玉和的焉了，焉性子人，你再冲他发脾气，耍小性儿，他也不闻不问，完全无动于衷。到头来只能是冯笑自己跟自己斗气。慢慢地，冯笑也算活明白了，她不会轻易就哭，就发脾气，就生闷气，就不理李玉和，或者连饭也不吃了。冯笑的改变是逐渐进行的，一点一点，一寸一寸，变得不再敏感，不会动辄伤心不已。刚结婚那几年，她总有一种感觉，觉得自己活得不如意，李玉和不够体贴，总感觉这辈子活得亏了，连场恋爱也没好好谈就匆匆与李玉和步入婚姻。婚姻是什么，是柴米油盐，是一地鸡毛，来不得一丁点儿浪漫。走在婚姻路上的冯笑，总认为他们的感情里缺少什么，干巴巴硬生生的。仅仅是一个男人和一个女人在一起过日子，他们的关系里缺少着水分或一种湿润的东西。冯笑就一再假想，假如，和她结合的不是身边这个人，是另外一个人，比如田园，生活会是什么样的。那时的冯笑，一半活在现实里，一半沉在幻想里，有种轻飘飘踩在风上的感觉。芒芒的降生让冯笑实际起来，让她一直随风飘忽的心落回到实处，日子便彻底回归到平凡夫妻的刷洗缝补、精打细算里来。

是王燕燕的出现打破了冯笑生活里的平静。她失眠了，盯着灰乎乎的屋顶，新婚时候糊上的白纸早就陈旧不堪，有些地方甚至破开了口子，而生活呢，人生呢，还新鲜如初吗？仔细想想，一遍遍回头打量这些年走过的路程，冯笑不得不惊叹，时间过得太快太匆忙了。是一种悄无声息不着痕迹的匆忙，尤其当她一头扎入生活当中，拉扯芒芒、伺候丈夫、忘我地工作、操持他们平淡的日子，便忘了时间，忘了自我。她已经带了三届学生。从初一开始，给一个班当班主任，同时给两个或三个班教一门课程。忙于组建班级，建立班级规章制度，与学生培养感情，慢慢磨合，三年后他们初中毕业走出校门，她又从初一开始带新的一届。随着时间的推移，教育方面不断发生着变化，教师这碗饭越来越不好吃，他们得认识传统教育的局限性，大力开展素质教育并落实到具体教育教学实践中。这些年冯笑被评过几次优秀教师，三年前获得教坛新秀荣誉。如果说这些年有什么收获，能说出来的可能就这些了。

想不到的是，王燕燕哧一声笑，就否决了冯笑的努力与成绩。看她的神情，接下来连冯笑这十几年的生活也会否定。她说你真能熬，居然十多年待一个地方，也不想法调动调动，不怕这穷山沟待傻了你。你那么勤勤恳恳地教书，你得到回报了吗？还不是穷鬼一个，连家也没有，居然一直在单位凑和。李玉和干什么去了？怎么不往上爬，不往县城调？人往高处走，水才往低处流，这道理你们什么时候才能懂呢？话说到这个份儿上，王燕燕显得有些激动，眼圈红红的，在为这个不开窍的姐妹难过。冯笑屏住了气，不敢应答，王燕燕说的是大实话，她的话有理有据，完全从事实出发。她分明是站在冯笑的立场上，为冯笑说话，她这是恨铁不成钢啊。

王燕燕身上散发的气味是那种纯粹的女人味。当她脱掉外衣后，里面的内容让冯笑咋舌，胸挺得那么高，在冯笑印象中，过了三十的女人中还没有谁能将胸保持到这个高度，除非是没有生育没喂过孩子的女人才能保持这种翘起的胸。王燕燕生育过，哺过乳。她却保持着少女般挺拔的腰身与丰满的双乳。她的肌肤白白的，透着水灵，让人禁不住想起那种上好的细白瓷。冯笑脱了外衣，就没有勇气继续脱了。王燕燕高高耸立的山势震住了她，让她有种喘不过气来的负重感。她眼睁睁看着王燕燕脱，贴身的内衣也被褪下了，露出高高的胸和一段细细的腰。那胸前扣着胸罩，腰里束着紧身带，分明是个配有特殊装备的战士。这位战士一眼就把冯笑看透了，从里到外，尽管冯笑是捂着胸钻进被窝的，可王燕燕是火眼金睛，一眼就把什么都看清了，看透了。她用一种高高在上的神态和语气告诉冯笑，过了三十岁的女人，正是梳妆打扮的时候，正是大把花男人钱精心呵护自己对自己好一点的时候。二十岁的时候太年轻，太单纯了，一心替男朋友省钱，现在想起来亏的还是女人本身。三十岁对于女人来说就是分水岭，过了这个门槛你就不再年轻，再也不敢马马虎虎了，而是要精心呵护自己，吃的穿的用的，方方面面都不敢马虎。王燕燕的话冯笑听得似懂非懂，她二十岁与三十岁的时候活得没什么两样,只是现在多了女儿,多替女儿操一份心罢了。对于自身,她一直就这样,穿着教师中最普通的衣服,从没想过要讲究什么。站在乡村教师队伍中,冯笑是最普通不过的一员。进入三十岁后,要说什么地方发生了变化,她觉得是心态,有一些想法变了。二十岁的冯笑,刚走出大学校门,一脸稚气,对生活对未来充满了希望,热情百倍地做着教书育人的工作。十年时间过去了,现在她觉得已经找不到当年的那种热情了。时光流逝,心境变迁,面对工作,她想得更多的是责任,肩上是一副无形的重担。吃教师这碗饭,要对得住良心。冯笑这十来年里唯一感到踏实的是她对得住自己的良心。

八

王燕燕走了,枕巾、床单上还留有她的余香。冯笑盖上这被子睡觉时,王燕燕的影子老在眼前晃。关于王燕燕这些年的生活以及她的工作、家庭,冯笑试图在脑子里勾画出来,才发现一切竟然干巴巴的。一些细节,许多方面的细微之处,她无法想象。想来想去,脑子里倒是清晰地蹦出一句话,王燕燕她幸福吗?冯笑被自己的念头逗笑了。笑过之后,冷不丁这念头又冒了出来,是啊,王燕燕她幸福吗?

让冯笑感到恐慌的是王燕燕让她看清了自己的人生。确切一点说，是王燕燕道出了她生活中的失败之处，是王燕燕用她的生活映衬出冯笑生活里的缺憾。

她慢慢想着自己这十几年的时光，日子是一成不变的。

十年以来，冯笑内心的荒芜是无人发现的。李玉和没有发现，冯笑自己也没有意识到。是王燕燕的到来让冯笑猝然惊醒，她那么清晰地看见了自己的内心，内心里的大片空白。

这一发现令冯笑惶惑不已。

她忘不了送王燕燕离去时的情景，当时学生正出早操，冯笑送王燕燕出门，王燕燕光洁的脸庞在晨风中微微高仰，上过彩妆的眉毛、双唇动人极了，尤其那双唇，有种微微颤抖的水意，冯笑又一次暗叹她的美丽，出操的师生一共几百人，几百双眼好奇地打量并肩行走出大门的两个女人。不用回头，冯笑就能感觉到大家的目光刀子划过一样，齐刷刷落向右边。右边的王燕燕行走得娉娉婷婷。她美丽的脸庞从众人眼前闪过，像火苗一样映亮了大众的眼。一种悲哀强烈地占据了冯笑的心。这种悲哀是突然萌生、无可名状的。一个女人，活到三十岁，一辈子最有活力的阶段已然逝去大半，站在三十岁的分水岭上，回望度过的大好时光，各种遗憾开始浮出水面，初见端倪。是人生就有遗憾，不同在于遗憾的程度。冯笑的遗憾远比王燕燕来得深沉。王燕燕还保持着少女才有的容颜与身材，王燕燕将日子过成了地道的城市化，王燕燕有大把的银子用来化妆打扮保持青春，王燕燕的安逸与舒心令人望尘莫及。冯笑呢，同是女人的冯笑，一直在底层劳劳碌碌，铁打的营盘流水的兵，学生一届一届毕业离去，只有作为人师的她留在学校。这期间，冯笑也想过挪一下窝，调一个地方，可是李玉和在老水，调动不是件容易的事，得找人，甚至花钱。当然，每一个教师都不愿意长期在一所学校待，待久了，加上从教年限已长，难免产生厌倦情绪。人往高处走，水往低处流，一般情况下大家都愿意调动，调动呈现一个明显的趋势，努力向上。从偏远山区往川区调，从川区往乡镇调，从乡镇往县城调。进县城是大多教师一生的奋斗目标。据王燕燕总结，进县城有两条路可走。一是努力工作，拼命出成绩，带出尖子生，引起上面重视，作为突出人才上调。这样的机会并不多，毕竟这世上千里马常有而伯乐不常有。另一条道便是靠关系。关系分两类，其一是与有上调能力的人是亲朋好友，或七拐八弯地沾亲带故。关系硬的，几句话能解决事。关系弱的连带花些钱也就如愿以偿。另一种关系却是无关系的关系。托人找好一位能人，然后大把花钱，把几十年里省吃俭用从指甲缝里抠出来的那些钱花得差不多了，进城的愿望也就实现了。至于具体运作过程中的明脚暗手则只有当事人最清楚了。1999年的时候冯笑想到过调动，因为芒芒眼看就要上幼儿园了，而乡下没有幼儿园可上。她打听了一下，才知道现在教师进城是潮流，大家削尖了脑袋拼命往上挤，而城里的学校有限，用人量有限，早就超岗了。冯笑一听心就凉了，她站在县城第一中学的大门口出了一阵神，到左边一家书店买了本初二语文训练手册，乘车回了老水。她觉得这事在精力与财力上她都付不起。所以这些年就从没敢妄想能往好的地方调动。

冯笑压根儿就没想到王燕燕。

王燕燕离开了老水冯笑就忘了她。冯笑其实有意这样做，她在下意识地忘掉那个将人生张扬到淋漓尽致的女人。

王燕燕说，你们是榆木脑袋啊，怎么不来找我？

王燕燕想不通冯笑两口子这么些年都干什么去了，在想什么，怎么就不想法进城，趁年轻还不赶紧往上走。你就一辈子在这鬼地方熬吧？怎么不找我？不找老沙？老沙什么事办不了？不过，现在迟了，王燕燕说。黑夜里，她的气息吹过来，冯笑沉浸在这气息里。略带甜香的女人特有的气息，让人想起吹气如兰的成语。冯笑一再暗自感慨，这样的气息，简直幽香如兰，只可惜伴着沙子龙那半老的男人过日子，王燕燕不为自己感到可惜吗。冯笑的心思游离不定，王燕燕一直在说，她说简直不敢相信自己的眼睛，冯笑两口子这些年竟然一直过着这样的日子，看看别人都在干什么，在城里买房子，往城里调工作，孩子在城里上学，你们呢，竟然安于现状一点上进的心思都没有。冯笑脑子里断断续续浮现的画面却是她和王燕燕曾经共吃共睡的那些日子，年轻单纯得让人心疼的日子啊。

九

1995年秋季，老水中学调来一名男教师，名叫田园。后来的日子里，冯笑不止一次想，也许她和田园之间的缘分真的是冥冥之中就注定的，就那么浅浅的薄薄的，像一个没有开头也没有结尾的故事。

田园出现的时候，冯笑和李玉和订婚不久，两人花前月下并肩进出过几回，婚期定在两个月后。这时冯笑眼里心里只有李玉和，根本没有留意新到的田园。田园外貌上一点不出众，站在人群里是最普通的一员。只是在第二天出晨操时，冯笑发现教师队伍里多了位男老师，个子不高，偏瘦，鼻梁上架副眼镜，走路急匆匆的，看得出是个急性子人。

田园说，小冯，你为什么总是不开心呢？说这话的时候，冯笑和他并不熟。他来了近一个月，待人总是客客气气，举手投足间透着斯文。早晨在办公室备课时，偶尔坐成对面，只见他低头备课，匆匆忙忙的。但有一天，也是备课时候，他忽然盯着冯笑这么问。

　　冯笑抬头看，吃惊极了，这是谁啊，居然问这样的话。看到的，是瘦瘦的脸，鼻梁挺高，眉宇间隐然一股书生气，完全是个大男孩。冯笑心里莫名地跳了一下，就想到李玉和的嘴脸。李玉和的鼻子、嘴唇都肿乎乎的，外表分布着长长的汗毛，让人看了心里有种说不清的感觉。田园没有，田园薄薄的双唇外竟没有胡须，是新剃了吧？留下一圈淡淡的黑影。田园首先给人一种白净的印象。田园说话的声音有点低沉，在嘈杂的大办公室里，尤其低沉。他说我觉得你内心一定和别人不一样，你心里一定装有别人不知道的忧伤。冯笑认真听着，脸上的神情渐渐变得凝重起来，她有些怕冷似的缩了下身子。第一次有人对她说这种话。李玉和也没说过。李玉和与她在一起，不是沉默枯坐就是帮她做饭洗衣。李玉和话少，从他口里说出来的都是正经到非说不可的话。李玉和似乎从来没有关注过她的脸色，从来记不起从她脸色上揣摩她内心的真实想法。这正是让她觉得遗憾的地方。李玉和什么都好，和他在一起人心里踏实，这样的男人，女人不用担心他有朝一日背叛自己。李玉和本分到烟酒不沾的地步，更不用说是赌博了。虽然这时的青年都视吸烟喝酒为一种时尚，烟酒不沾的男人就有点儿落伍。但在女人看来，还是不沾烟酒的男人可靠，将一辈子托付给他心里踏实。所以冯笑只见了李玉和一面就决定嫁给他。

那时，田园还没有出现。

可是，田园出现了。

和田园在一起，竟是从未有过的轻松。他原来是个很幽默的人，更重要的是他从冯笑的眉宇间发现了隐含的内容，并且婉言说了出来，这让冯笑吃惊。接着是强烈的伤感击中了她。她在心里流过多少泪，没有人看见。她一直活在坚强里，活在强自支撑的坚强里。外人看到的只是坚强，但田园他发现了坚强背后的内容。想不到真正读懂她的会是这个人。冯笑静静地任泪水长流。那是个阳光很好的午后，教师都聚在办公室里闲聊，学生在操场上把篮球拍得震天响。田园和冯笑面对面坐在冯笑的小宿舍里。阳光从贴了蜡纸的窗玻璃上洒进来，照在冯笑脸上。冯笑的一行泪在阳光下闪动，有光泽在游离。田园盯着那串泪出了一会神，把一声长叹轻轻压回肚里。冯笑却从他的沉默里读出了疼惜。冯笑为田园讲述了一段往事，与自己有关的往事。她讲一个小女孩，在父母犹豫不决的目光里背起书包去上学，每天跑十几里山路。后来小女孩终于长大，长成大姑娘，能孝敬父母了，父亲却离开了人间。她接过父亲的担子，支撑着让一家人往下活。田园沉默着，竟然始终用沉默来回应一个人的诉说。正是这种沉默，让冯笑受不了，她想说下去，她愿意说下去。他那么安静的目光，让她感到了无法言说的温暖。冯笑能感觉到自己的心在慢慢向着另一颗心靠近。田园的沉默与李玉和的沉默是完全不同的，是另一种沉默。

男人和男人不一样。这不重要，对冯笑来讲，重要的是什么样的男人能读懂自己，愿意读懂自己。

冯笑一度陷入了矛盾的旋涡。

与李玉和的婚期近在眼前，冯笑却忽然发现就要与之结合并托付终身的这个人，离自己那么遥远。有时看着他出了校门，自己则倚在宿舍门口长时间出神，那身影真的那么陌生，她一点儿也不了解他。相反，迟来的田园留在她心里的影子竟是亲切的。她和田园走的不远也不近，每天来来去去打十几个照面，出晨操时一起跑步，偶尔在办公室里说说话，更多的时候，连招呼也不打，互相笑笑就过去。就在彼此的一笑里，冯笑感受着一种真实又恍惚的温暖，日子在犹犹豫豫中如水逝去。

冬天来了，冯笑与李玉和的婚事如期举办。老水中学的同事都参加了婚礼，只缺着田园一人。田园出远门了，一个月前就去省城参加一项教师培训。去的时候冯笑刚好请假回家。冯笑没想到田园会去，本来学校派的是位女教师，想不到田园临时请求换了他。他离开那天冯笑小心地打开宿舍门，在门内仔细寻找，她相信那个人一定会留下什么，比如信件，至少，一张纸条会有的。令人失望的是门内一切如旧，半张纸也没有。冯笑心里的失落铺天盖地而来。一个人的影子老在眼前盘旋，那双似笑非笑的眼一直在心里睁着。她趴在枕头上咬牙切齿地恨，把那个名字嚼了千遍万遍。她明白他这是临阵脱逃，他把难题留给她一个人。她除了恨还是恨。痛恨之余，那么清晰地发现，她爱田园。她真正爱的男人是那个瘦个子男孩。她不知道该怎么办。想着田园，心里一时甜蜜一时苦恼，恨不能嚼碎了他呀，眼里、心里念念想着的还是他。难道这就是爱？是与李玉和之间无法产生的感觉，李玉和只是位兄长，让人感到踏实可靠的大哥。而田园，就是她所爱的人。可是，她没有勇气解除与李玉和既定的婚约，田园也没有明白向自己表白什么。她甚至害怕自己只是在一厢情愿，也许田园并没有爱上她。

婚后第十天，冯笑收到一份礼物，邮寄的一个小包裹。寄信人一栏空白，也没留地址。从邮戳上看，是省城发来的。日期12月21日。算算，正是结婚前一天寄出的。拿着邮包，冯笑心里莫名地一阵紧张。小心打开来，一个小风铃静静躺在里面。天蓝色的小风铃，风一吹，发出叮叮咚咚的声响。金属质的铃声，响起来连绵不绝，余音里含着空谷足音的后韵。听在耳内，让人禁不住出神。冯笑想到小时放驴时的情景。系在驴脖子下那个铃铛发出的不正是这种声音吗，冯笑的眼里涌满了泪水。小时候放驴的细节她只给一个人讲过,她还特意提到了驴铃的响声,那种令人神往的铃声让她一直怀念。童年的画面正一日一日淡去,随着时光推移,怀念中的童年已经抽象成一串驴铃的叮咚声。是啊,许多童年的情景来不及回味,我们已经匆匆长大,永远走出了童年,田园说。记得当时田园像哲人一样说完这句话,又扶了一下眼镜。

看着风铃,冯笑笑了,悄悄抹一把眼泪,在心里说,好啊田园,果然是你。

十

在老冀葬礼上看到田园的时候,冯笑愣住了。

如果说王燕燕的出现打破了她生活里的宁静,让一直平淡生活安于现状的她猛然惊醒,并发现了生活中的种种不如意,那么与田园的猝然见面,让她尚未平复的心理再次波澜起伏。却是另一番滋味。

她慢慢地想,就想起田园曾经说过,老冀是他的亲戚,什么亲戚呢?她思索了一阵,已经记不起来了。

既然是亲戚,他来奔丧就没什么意外的了。

田园的笑脸让冯笑吃了一惊。她呆住了,十几年后的重逢,田园第一眼呈现给她的竟是一张笑脸,一脸笑意,以及笑意后面那张明显发胖、轮廓模糊的脸庞。对着这张笑意盈盈的脸，冯笑迟疑着后退了半步。田园习惯性地伸右手，扶一下眼镜，又顺势放下了。左手里牵着个小男孩。孩子光头，看眉眼与田园如出一辙。冯笑瞧着孩子，笑笑，把刚才攥紧的右手舒展开了。田园伸出的右手只是扶了下眼镜，没有和她握手的迹象。冯笑两眼突然发潮，两人间早已消逝的那种默契似乎闪现了一下。他们的关系，不是握手打声招呼的关系。握手时能肌肤相亲，但这种肌肤相亲是那么矜持，那么有分寸，两手相握的同时，一种难以言说的感觉就溜掉了，心与心的距离一下子拉开了。所幸的是，他们没有。她和田园，互相看着对方。田园一脸的笑，她也笑起来。他们情不自禁地笑着。

你儿子啊？冯笑没想到自己问出口的第一句话竟是这个。

名叫田晓雨，田园说。又扶一下眼镜。

两个人看着，笑着。

小男孩等得不耐烦，直扯父亲的手。田园便匆匆告别了，临走报以歉意的一笑。冯笑留在原地，目送父子俩从大门口消失。

夜晚，冯笑一个人醒着，一再思量田园的笑脸。黑暗里，她放电影一样在脑海里一遍又一遍放映那张脸。那鼻子，那眼睛都在，一样没少，可有什么地方不一样了，那种亲切的如同知己的感觉哪儿去了呢？冯笑觉得有一样东西碎了，在她的内心里瓷器一样裂成了片,她那么清晰地听到了这碎裂声。她审视着自己的内心,很清晰很理智地查看着内心的各个角落。她这才发现,那么多年里,她其实在内心的一个空间为田园留着位置,一直留着。田园走后,他们不约而同地做到避免再次碰面。一避就是十多年。有一段时间,田园就在距老水不远的邻乡教书,他们想见面只需走十多里路。他们却老死不相往来,谁也没找过谁。时间像尘埃一样一层层落下,日渐埋没着人心里的一些东西。对于田园,她说不上思念,就是偶尔想到那个名字,心头会有一些恍惚。生活不如意时,便想起和他在一起的那种快乐。有时候她甚至想,李玉和不顺她心意的地方,田园不一定会做得更好。但就是忍不住一再想,这辈子牵手相守的人,如果是田园,人生会怎样?还会活得这样平淡吗?人是贪得无厌的,冯笑就觉得自己这是对生活苛求过分了。正是这一苛求,便会感觉到生活里的种种不如意,就有了夫妻间大大小小的摩擦磕碰,吵闹和好,循环往复。生活恰如醉酒的人,跌跌撞撞向前挪着步子,挪得不怎么顺畅,却不停歇,一直往前方赶。直到遇上田园,冯笑这才蓦然发现,自己其实存在着一份幻想,总隐隐觉得她与田园间的故事还没完,尽管这些年里两人共同的地方是空白的,可她内心有种预感,有一天,说不定这故事会忽然被续写出来。她甚至设想过种种见面的情景。然而,人什么都可以预设，就是不能预设生活对你的安排。不曾料想就这么突然地遇上了田园，一点心理准备也没有，就那么仓促地出现在彼此的视野里。

他紧紧牵着儿子的手，他脸上的笑一定是真实的，发自内心的。看得出，这十多年里他的生活是幸福的。冯笑忽然发现一直悬在心里的那个故事现在有了结局。原本残缺的故事，被人伸手补了一笔，尽管这一笔来得出其不意、让人吃惊，但结局终究是有了。冯笑忍不住暗叹一口气，转身紧紧搂住已经睡熟的李玉和。李玉和睡觉总蹬被子，腿放在外面，冻得生冷。冯笑把两条腿拉回被窝，一阵冷意向她袭来。这一回，她分明感到搂住的这个男人不是别人，是李玉和，实实在在的李玉和。恍惚了十多年，这才感到了真实。

她忽然想起了母亲，很想去看看她，陪陪她。

第二天，芒芒去学校后，冯笑也离开了老水中学，骑上自行车往冯家庄赶去。

李玉和下乡去了，冯笑没给他留字条。

冯笑坐在母亲的梳妆台前，对镜化妆。一支眉笔削了一次又一次，她总觉得画出的眉不够黑。柔中带股倔劲的笔芯蹭过眉毛，她听见了刺啦啦的响声，手上使的劲一再加大，再大就划伤皮肤了。她已经感到了疼，钝钝的、隐隐扩散的疼。她要的是那种浓黑的醒目的效果，她要眉毛像少女那样该蹙时蹙，该舒时舒，伸展自如。它们却那么不听话，稀稀疏疏的两绺，呈现着一种首尾难以顾全的狼狈相。画着画着，冯笑的眼泪就下来了。

这个阳光很好的午后，女人冯笑自己把自己弄得泪流满面。忽然就泪流满面了，那么多清水猝然间漫过脸颊。一切都是猝不及防、令人仓皇难顾的。她看着镜子里那个笑容惨淡的女人，一丝苦笑始终挂在嘴角，画了一半的妆被弄糊了，眼圈黑乎乎的，嘴唇血乎乎的。她想起女儿常说的大狗熊，童话里专干坏事的大狗熊。女儿最近迷上了童话，吃饭睡觉都念念不忘。想起女儿，她不由得笑了，一股温暖的气息在心中回旋。母亲什么时候进来站在身后，她一直没有察觉。是母亲的笑声惊醒了她。冯笑忽然不好意思起来，忙用手背抹去口上眉上的妆痕。母亲还在笑，笑得无声无息却持续不停。母亲很久没有这样笑过了。冯笑看着镜子里的母亲，一脸皱纹的人一旦这样长笑起来，脸上的纹线像猛然受了惊吓的群鸟，那么仓皇地纷纷乱逃，母亲的脸沧桑而宁静。冯笑盯着这张脸看。后来她也笑起来。母女两人，依着一张古老而破旧的梳妆台一直笑，笑得眼泪都下来了。内心却有一种巨大的轻松感在升腾，一些原本凝成块的东西在融化，冯笑那么清晰地感到了这种融化。

你长大了，母亲说。

我长大了,冯笑说,还是在笑,笑声朗朗的,有种被阳光过滤了的爽洁。

十一

冯笑说我该去了。

母亲忙说快去快去,早该去了,芒芒一定等不及了。

提到芒芒,冯笑便真的心急如焚,一刻也不能多待了。李玉和正手忙脚乱到处找老婆吧?芒芒一定大哭大闹,没有妈妈陪,她就会睡不踏实,一夜休息不好,第二天怎么上学。芒芒的早餐吃什么呢?李玉和记得给弄一碗开水白蛋吗?李玉和吃什么?方便面只能充饥,可不能顿顿吃呀,饭馆里的饭菜李玉和不大爱吃。他有胃病,吃不得生冷东西,更不敢饿着。想想,冯笑着急了,觉得这次离开有些草率了,至少应该把那父女俩安排好才对啊。

三天后,老水中学的女教师冯笑回来了,开了宿舍门,房里冷冰冰的,桌子上落了一层尘土。再看梳子,三天前自己梳过忘了扯下的头发还在,她无声地笑笑,出去到同事小兰处问,果然芒芒这几天吃住全在她那儿,据说小家伙离开了妈妈变得分外乖巧,嘴巴甜甜地一口一个阿姨叫人家。至于李玉和则这几天连个人影也没出现过,他下乡还没回来呢。

冯笑舒了一口气，无故旷了三天课，该到校长那儿解释一番去，还得为学生好好补补课。她微笑着走在校园里，风从北边吹来，孩子们读书的声音在风里传播，听在耳内，一时响亮，一时模糊。冯笑站住听了一阵。微风吹过脸庞，凉凉的，素面朝天的冯笑抬头笑一下，又笑一下，快步走向办公室。

《芒种》2013年第3期

名家点评

小说《淡妆》虽依然留有之前小说的影子,比如丈夫李玉和的德行与她小说中一贯的男性形象相差无几,而女人的隐忍坚守、不离不弃也依然如故,但这篇小说终究呈现出变化的方面,这不仅体现在故事背景的完全城市化,更体现在她开始集中展开对城市价值观的反思。小说似乎隐隐包含着一种人到中年面对日常生活危机时的情感,而城市体验的印迹则归于明显。小说中,一个女人——王燕燕,和一个男人——田园,在冯笑心中激起的涟漪,至少使她对自己恪守的那套传统价值产生了一丝怀疑。尽管随后她很快便恢复了平静,并顽强地抵抗着这种新的价值观的诱惑,但相较于马金莲以往的小说,那种"踏实感"的逐渐瓦解还是极为触目的。

文学评论家　徐勇　徐刚 ++++++++++++++++

创作谈

我想固执地写我熟悉的、难舍的村庄和人与事，去年的中篇《金花大姐》《四儿妹子》《杏花梁》都是这样，近期的系列短篇《1987年的浆水和酸菜》《1990年的亲戚》《1992年的春乏》《1986年的自行车》《1988年的风流韵事》，还有《金色童年》《老年团》《一抹晚霞》《暖色》，所有的文字都始终围绕西海固，围绕我熟稔的乡村。但是如今书写乡村，明显要比书写城市难度大，因为当下的乡村已经远远不是我们最初生长、生活、熟悉的那个乡村，社会裂变的速度和纵深度早就渗透和分解着乡村，不仅仅是表面的外部生存环境的变化，还有纵深处的隐秘的变迁，包括世态、人心、乡村伦理、人情温度……乡村像一个我们熟悉的面具，正在发生着裂变，一不留神，它已经变得让我们感觉面目全非和陌生难辨。而在我们的意识里，却对乡村寄予了最初成长岁月里的美好感觉和情感，现在我们还以这样的尺幅去衡量乡村，现状无疑让我们失落，这种落差，怎么在文字里呈现？怎么书写当下的乡村？怎么重塑乡村形象？怎么叩问追索乡村失落的东西？又怎么重新发现、讴歌和守望乡村？……一个在扇子湾出生、长大的生命,我能挽留些什么呢?一方面密切关注着乡亲们的当下,另一方面,禁不住去回忆。沿着记忆的小路往回走,回到了二十几年前的扇子湾,看到了从前的土院子,白木门,土窑洞,太爷爷,外祖母,小黑驴,红乳牛,羊群,芦花鸡,黑狗……每一个寻常的日子,和一日三餐中离不开的菜肴——我能做什么?除了不断地徘徊、伤怀,只能书写,让这缕馨香借助着文字扩散,让我的怀念和挽留变得温暖。

马金莲《安守宁静的美好》
《银川日报》2016 年 7 月 24 日

1988年的风流韵事

乌鸦们又开始在空气里翻涌了。

父亲努力将那颗脏乎乎的大脑袋从蹭满头油的枕头上撑起来，嘴巴斜斜咧着，黄牙狰狞地龇开，一截浅褐色的软体从牙床间垂下来，那是父亲的舌头。自从第一次中风昏迷，他差点将自己的舌头咬断，之后这舌头就再也没能彻底康复。隔段日子他好像馋得受不了，急需解馋，用牙关紧紧夹着舌头狠狠咬嚼，直咬到血肉模糊、口舌僵硬，把自己疼死过去。现在他嘴角流下一串涎水来，稠糊糊拉出很长的一串线，借着窗口斜透进来的阳光望过去，那涎水闪烁出薄薄的细光，亮晶晶的。但是这清亮很快就被随后从肚子里翻涌上来的那些黏黏糊糊、夹缠不清的话语搅浑了。浑成一团乱麻，谁也听不清他在说什么，样子很急切，很难受，还用一只手拍打着枕头，打拍子一样伴奏着，一长串一长串的话从他的嘴里往外冒。

呼德骑在门槛上给脬牛镶珠子。杏木削的脬牛，木质坚硬，加上脬牛圆锥形底部的那个头实在是太小了，要在这里打一个合适的眼儿，再把一颗滑溜溜的珠子严丝合缝地镶嵌进去，让它在平地上滴溜溜转，并且不要掉落下来，不是那么好办的事情，有些然牙。"然牙"是扇子湾人常用的词儿，什么意思呢？就是情况很麻烦，事情很棘手，不好处理，一沾染就把你缠住了，摆脱不了了。呼德紧紧咬着自己的嘴唇，确实有些然牙，他以为只要用一颗钉子的头把脖牛顶部打一个眼儿，拔出来，再把珠子从这个眼儿里塞进去，就大功告成了。但现在看来，不是那么一回事。的确不是那么简单的事情，问题在于他的这颗珠子有些大，看样子要把它完全镶嵌进去，估计脖牛的顶尖部位也就暴胀地开裂了。所以他只能小心翼翼，不敢下狠劲。

父亲的枕头很快就湿了一大片。那些白晶晶的涎水在黑乎乎、油光光的枕头上显得很清晰，像一滩热油翻在那里。父亲要说什么呢？呼德懒得去理睬。其实呼德知道就算你把耳朵挨在他嘴巴上，也不可能听得清他要表达的内容。他的舌头是硬的，直的，不会伸缩，不能拐弯儿，就那么直戳戳横在嘴里，跟他打脖牛的鞭子把儿一样，你说这样的舌头，还能说出一句有模样的囫囵话吗？事实上早就不可能了。呼德不亲近父亲，最重要的是怕他。别看他现在人是动不了，手劲儿还是很大的，要是一把撕住你，就像一个魔掌逮住了一只欢快飞翔的蝴蝶，狠狠地拽，重重地戳，恨不能把你撕成碎片儿。除了端饭送水、换屎尿毡子、擦屎，呼德一般是不会靠近父亲的。

父亲要表达什么呢？显得固执而愤恨。母亲把一碗黄米馓饭戳到枕头边，咣的一声，再丢过来一把勺子，说死不了的，这事儿哪用得上你操心，你就好好儿寝着吧，我明儿把那三亩洋芋挖光拉回来，我再去白羊岔，我狠狠地把那个不要皮脸的货戳剥一顿，我就不信我养出的女子，现如今不听娘老子的话了，我把你的意思也给她带到，我就说你胀气得很，要不是这病拖住了行动不自由，你肯定早就赶到白羊岔拾掇她个顽货了——

门口一暗。

呼德以为乌鸦群落下来了。

抬头看，乌鸦还在云层里盘旋，是二伯来了。

二伯脚步很轻，有时候像个女人。

但是二伯才不像父亲呢，父亲是女人性格，唠唠叨叨、叽叽咕咕半辈子，母亲说父亲就是因为前半辈子话太多，把一辈子的话提前都说光了，真主就给他降了这么个怪病，让他后半辈子干着急也说不出话来。二伯是真正的大男人性格，一般情况下只和男人说话。和女人招嘴，是在实在没办法的情况下，比如人群里没有一个男人，而他不得不开口说话，那么他才会很简洁地说那么一句半句。有办法的情况下，他宁可装哑巴也不会多和女人吭一声。会咬人的狗不叫，这是母亲在背后形容二伯的。母亲这比方有点恶毒，但是绝不是没根没据的随口胡呓，她看不惯二伯那永远黑着脸看不起别人家女人的样子。

二伯板着脸一直走到父亲枕头边。他直通通说这事儿咋办哩，这么大的丑事，像一泡臭狗屎，臭遍了白羊岔不说，还传到咱庄里来了，风风雨雨的，满世界都在谈论这事儿呢。

他的眼睛不看呼德，不看炕圪崂里睡觉的那只狸猫，只盯着他睡在枕头上的哥哥。

呼德看见母亲的手在哆嗦，那个勺子本来就滑，母亲好像忽然骨头酥了，捏不住勺子，手一抖，偏了，一勺黄米糊糊滑落，掉在了父亲的胡子上。父亲锐叫了一声。黄米馓饭冒着热气，烫到他了。真的有那么烫吗？呼德斜眼瞪一眼父亲。他刚刚吃完了一大碗馓饭，就着咸酸菜吃的，咸酸菜被母亲在锅底里炒了炒，炒前用油抹布在锅底里擦了擦，咸酸菜在变热的同时，泛出一股清油的香味，酸菜下馓饭，世上最美的饭食，父亲没中风前最爱吃这一口，常常狗墩子蹲在炕圪崂里，一口酸菜，一口馓饭，吃得头上冒油汗，嚼一阵，梗着脖子咽下去，把嗓子腾出来，说真主慈悯啊，好吃得很——天天黄米馓饭加酸菜，日子美得没沿沿子了——呼德没觉得那馓饭有多烫，也许他心里只惦记着自己的脬牛，那碗饭就是顺着嗓子灌进肚子去的，根本没尝到酸甜苦辣。

母亲沉着气一指头捏起那撮子饭，低头往自己嘴里塞去。然后快快舀了一碗高得冒尖的馓饭和一碟子酸菜，端来摆在炕桌上，用右手擦一下本来就很干净的筷子，她不敢直接往二伯手里递，双手放到了碗沿上，退开两步，在脸上挂出一点笑，让二伯吃饭。

二伯走路像女人，平时为人高傲，但是有个致命的毛病，就是小眼，爱占便宜，到了别人家里碰上饭肯定吃，尤其到了呼德家，他从来不会客气。呼德看到饭碗落在桌子上，就知道这顿饭母亲肯定要挨饿了，她就做了三个人的饭，二伯吃了，就没有母亲的份儿了。呼德不在意，母亲还可以啃冷馍馍的，反正她这辈子就爱啃个冷馍馍。呼德低头钻眼儿，钉子有点秃，怎么也钉不到脖牛的尖头里去。敲打了十几下，一锤子敲偏了，砸在了大拇指头上，疼得他差点跳起来。

呼德没有跳起来，一个白瓷碗先他一步跳到了地上。

伴随着瓷碗落地，还有一句话迸溅而出。

你两口子养的好女子！

碗是怎么跳下来的，是端起了砸下来的，还是一甩袖子从桌面上扫下来的，呼德都没看到，他看到的是那个碗低叫了一声，身子颠簸了几下，在门槛前面停下，身子像发动起来的脖牛一样滴溜溜打转，本来是个粗瓷碗，那瓷就像没有淘洗干净的粉面子，里面掺杂着明显的杂物，但是旋转中的碗白花花的，像一朵白色的花儿嫣然打开了花苞，正在愤怒地绽放。

呼德把挨过锤子的指头含在嘴里，看那个碗在地上开花，他看傻了。从来没有人让一个碗这样开花。吃饭的碗，是母亲锅灶上的值钱家当，母亲怎么会允许谁拿饭碗当耍头呢？呼德也不会糊涂到拿一个饭碗当脖牛转着耍的地步。

二伯的嘴唇在哆嗦，你们就把人当耍头耍着呢！你们不要脸，我还要脸呢！我们的先人在坟坑里睡着也不能安然，叫人戳着脊梁骨骂哩！

他愤愤地站起来，那个碗已经转累了，不甘心就这样结束这一场闹腾，又慢腾腾蹭着转了半圈儿，终于力竭停止了。碗里的馓饭居然没有全部甩出来，还留着半碗，它们像乌鸦叼过的残饭，呼德看一眼忽然觉得有些恶心，好像那是一团被什么动物嘴里反刍后吐出来的东西。

二伯抬腿踢了一脚。踢偏了，但是这点擦边的劲儿也足够大，碗轰的一声，散架了。碎成了片儿。馓饭随着瓦片飞溅出一滩。二伯从呼德的领脖子里一把抓住，呼德顿时被拎起来了，他轻飘飘的，像一片干得发酥的旧菜叶子。

二伯绕过那团馓饭和残碗片，把呼德放在门口外面，谁也不看，说拾掇拾掇，走，我们马上就走哩，叫呼德跟上领个路，叫娃也看看，当面看看他姐姐是个啥货色。

呼德想换身新衣裳，他有一身新衣裳，就压在门背后的那个纸箱子里，深蓝色的裤子，裤缝里特意加了一道银灰色边子，裤兜是斜着扎上去的，显得很洋气。上衣四个兜，而且不是那种随随便便往上一缝就了事的暗兜，他那是明兜，方方正正四个，还都有一个带着半月形花纹的盖子，盖子中间有个纽扣门，装了重要的东西把扣子一扣，跑出去咋翻跟头都不用担心兜里的东西掉出来丢了。那是姐姐缝的。姐姐说叫中山装，白羊岔的娃娃都穿，这衣裳洋气。

姐姐有一双巧手，女子时候就喜欢缝缝补补，随便一疙瘩旧线一片子破布，在她手里剪一下，缝一下，绣个花儿，再戳弄一阵子，就是一个花手绢儿，一个布手套，一个扎头发的花圈圈，要么是一双鞋垫子。姐姐一直想要个缝纫机，嘟囔着让家里买，父母舍不得花那个大价钱。姐姐出嫁的时节，陪嫁要的是缝纫机。那是村庄里第一个华贵的陪嫁，满庄子的人都来看，尤其那些将要出嫁的女子娃，眼神里水汪汪地浮满了热切。姐姐嫁过去很会持家，很快就学会了踩缝纫机，她踩着缝纫机轧衣裳的样子呼德见过，一个手摇着机子头，一个手捉着衣物，脚底下咯吱咯吱响，一个细细的针头嘴里吐着一股细细的线，随着均匀的扎扎扎叫声，一排整齐细密的针脚印梦幻般落在了布片上。有了缝纫机，姐姐姐夫一家人穿衣服再不用买，就连呼德一家人也都跟着沾姐姐的光，扯了新布，姐姐拿回去，过些日子来浪娘家，胳肢窝里夹着包袱，展开了，里面是已经缝出来的衣裳，裤子是裤子，汗衫是汗衫，用一个洋铁缸子装着炭火块儿熨烫得整整齐齐，穿在身上有模有样，不比集市上买的成衣差，甚至感觉更贴身呢。

呼德刚跑到门背后准备翻箱子，母亲拦住了他，母亲显得很疲惫，脸色灰苍苍的，就要脱水了，她跪在地上拾那些碎瓷片，仰着头说呼德你快跟上走，还哪有心劲儿换新衣裳呢，今儿不是穿新衣的火色啊我的瓜儿——母亲站起来搡着他，一直搡出门槛。呼德想要跟母亲争执，每次去白羊岔都要换新衣，只有穿得新新的上路，才是走亲戚的道理，穿得光鲜，自己觉着贵气，姐姐面上也体面。可是今儿怎么啦，难道叫他就这么扯皮闲掉地去？他再次踏进门试图去拿新衣裳，忽然咣的一声爆响在地上炸开，吓得他一哆嗦。是一个碗，连同碗里的糁饭一起飞下来，结结实实砸在地上。是炕上的父亲，他把饭碗砸了。呼德懒得去理躺在地上的碗，他抬高步子从碗上跨过去，在门口忽然冒出一句话，我要找我姐夫寻个珠子去，他常修理车子，啥珠子都有，随便给我胖牛配一个没问题。

母亲哽哽咽咽哭起来。父亲摔下来的碗不像二伯摔碎的那个，那个碎成了一堆片儿，眼看着是彻底报废了，父亲摔下来这个只是齐茬茬破开了三瓣儿，一碗饭软腾腾箍在碗里，竟然是一滴都没有溅出来。母亲跪在地上双手捧起一捧饭，呼德不敢再惦记换衣裳的事儿，赶忙再拿个碗接饭。一团黄灿灿的糁饭落进碗里，母亲的手在淌血，她赶忙擦，还是有

167

一点子血落在了馓饭上。呼德刚要找破布给母亲包手,二伯在大门口喊,他没顾上看母亲的伤口有多深,急匆匆跑出门,母亲在身后低低地叮嘱着什么,他心里乱,一句都没听进去,只记着临出门听到父亲在骂什么,叽里咕噜一串,他看到今儿的天气不太好,日头被模糊的脏云堵住了,乌鸦在云层里呱呱乱叫。

　　人人都带了一件工具。等呼德察觉到这一情况,他们已经远离村庄的山头,踏上了赶赴白羊岔的大路。带头的是一个本家的堂哥,他个子高大、身材魁梧,没穿袜子,一双大布鞋里的脚踝骨露出来,上面还沾着一些干了的牛粪,随着一步一步迈动,呼德看到他的右鞋底子上也沾着很厚的一层子牲口粪。呼德就知道他天刚亮就顶着星星套牛犁地了,刚回来鞋都没来得及换,就被召集来了。呼德的目光移动到另外一个人身上,是一个堂爷爷,他竟然也穿得很随意,裤脚上也沾着牛粪。呼德从五个人的裤脚和鞋底子上看到了牛粪的痕迹。只有二伯明显是经过精心拾掇的,上身那件玄青汗衫正是他走亲戚才舍得穿的,裤子也比别人新一些,鞋是刚上脚的新鞋,鞋帮子上的鞋口子布白生生的。有人扛着铁锨,有人拖把锄头,有人顺脊背靠了条柳木棍子,让呼德差点笑出来的是马德元巴巴的大儿子麻蛋,这个矬个子的罗圈腿男人,他可能走得急没找到铁锨、锄头一类,扛了把掏炕灰的老锄，这种锄的头又大又薄，锄把是一般农用锄的好几倍长，把它塞进炕洞，能从这一头直直地捅到炕里去，把角角落落的灰土都给扒拉出来。

大家就像商量好了，一言不发，大步走着，走得很快，呼德很快就跟不上步子了。麻蛋也跟不上了，他呼哧呼哧喘着粗气，抬头望望遥遥赶在前头的那一伙男人，沮丧地吐一口浊气，说，乏死我了——说着抡起锄把在呼德屁股上打一下，还要打，呼德躲开了，呼德说，日你妈，干啥打老子？呼德不是个顽货，也不会随便动嘴骂人，见了庄里的老人喊巴巴、大爷，见了年轻人喊大哥大姐。但今儿是个例外，这一路跟着走，越走他越觉得气氛不对劲，越有一种不好的预感。这是干啥去？他不知道。为啥要带着铁锨、锄头和棍棒？这哪是走亲戚的样式？走亲戚不是带着礼物有说有笑地去吗？这伙人一个个虎着脸，好像他们刚蒸了一锅馍馍还没熟，就被人一把揭开锅盖漏了气，全部变成生馍馍了，所以他们气得不成样子，要找揭锅的人算账。尤其是二伯，本来一贯就是个严肃刻板的人，这一路那张脸就没有露出过一丝丝笑意。呼德不敢靠近二伯，父亲没病之前他最怕的人是父亲，父亲病了管不了他了，剩下最怕的人就是二伯了。

麻蛋好像没想到呼德这娃会张口骂人，这一声毒骂来得太突然了，把麻蛋镇住了，他仔细看呼德的脸色，呼德的小脸灰突突的，像啥呢？像一张刚没了男人的寡妇脸。麻蛋不知道想到了什么，他忽然改变主意了，将第二次抢过来的锄把猛地刹住，锄头磕在地上，把白光光的路面刮破一道壕，新土翻起来，像路面流出的血。麻蛋紧走几步撵上呼德，说，驴日的走慢点不行吗？为啥都跑那么快？难道前头有一泡热屎等着呢，都要抢着去吃吗？

呼德一听他骂得难听，回头要还嘴，他今儿豁出去了，别人惹他他不敢顶嘴，难道连个嫩鸡公麻蛋也要害怕吗？才不怕呢。别人都是叔叔伯伯辈儿，麻蛋和他平辈，只是大了三岁，他心里有一种冲动，想挑战一下这三岁在两个人之间形成的距离和那种随着年龄差距而产生的尊卑。

麻蛋冲着他嘻嘻地笑，一张像他妈一样布满雀斑的圆脸笑得抽成一团。他的笑容似乎含着些巴结的意味。这让呼德感到很意外。他刹住脚步，那句要和他对骂的脏话卡在脖子里，没有翻涌出来，另外一句话却自己跑出来了，说，你扛着锄头乏吗？要不我帮你扛着？

谁也没注意到是咋回事，等前头的人偶然回头，看到那把又细又长的灰锄已经扛在了两个人的肩头。呼德在前头，锄头就在他前面，明晃晃的半月形锄头，距离他的脸两拃远，这种锄头只能掏炕灰，不能锄地不能挖土，刃口很单薄，等炕洞里的草木灰满得填不进去的时候，用锄头一下一下扒拉出来，刚扒出的灰滚烫滚烫，往里头埋一窝洋芋，过一阵子翻开来，洋芋软得一捏就破，扑哧一股热气喷出来，洋芋的肚子白花花裂开在那里。这样的洋芋一口气吃上一个两个还想吃。也有笨女人，掏炕灰不拿手，磕磕碰碰的，把锄头钩在炕洞里的暗墩上，不是捣塌了支撑炕面子的泥墩墩，就是碰折了锄头。麻蛋妈是个细数女人，这锄头擦得明光明光的，锄把也磨得光溜溜的。看着这剥了皮的榆木锄把，白花花、直溜溜的，呼德忽然就偷偷地笑，世上的事情真是难说，麻蛋妈，那个女人啊，一张麻脸，个子又肥又矬，可是她手里用过的家具，比如这锄头，仅仅是一把掏炕灰的锄，也被她使唤得这么细致。要是能把人也擦擦洗洗、削削砍砍地处理出想要的模样来，那么那个女人还有她的儿子麻蛋都肯定不是现在的嘴脸了。这些年麻蛋越长越像他妈，越长越没样子了，像一个老榆木疙瘩，就知道拧着劲儿往歪里长。

　　过了榆树湾，就是吴家后塄。等吴家后塄过去，迎面是一个叫羊场的小庄子。看到羊场村口那个塌得只剩下半个的老堡子，呼德忽然心里热热的，过了羊场就是白羊岔，一路经过的村庄都是陌生的，只有白羊岔是熟悉的亲切的，姐姐就在白羊岔。这一路上大家走得真快，好像不是走亲戚，而是一伙要去打劫富户的土匪，用那句粗话来说，那就是日急忙慌的。

大家在羊场的老堡子墙根下停下了，这堡子远看上去没觉得有多高，一旦真正到它跟前，得仰起头才能看到堡墙顶上干枯的老草。大家纷纷把工具丢在地上，顺着木棍子落了座。

日他姐，乏死人了——有人抱怨。

呼德没敢抱怨，他和麻蛋从肩头卸下锄头，麻蛋一屁股坐在靠近锄头的那一端，呼德只能趔着屁股向细的那一头坐。这一路真是累，大男人走路，一个个脚底上带着风，一点儿也不照顾后面还跟着孩子呢。呼德从前来白羊岔可不是这样走的，那时候娇贵得很，被母亲牵着手走，走一会儿停下来缓一缓，实在嚷着说脚底疼走不动了，母亲就会背他一会儿，姐姐也背过两回，还有几回骑在姐夫的毛驴背上。姐夫每年都要赶着毛驴来他家，驮荞麦，拉粪，碾麦子。庄里的人都说姐夫是个老实疙瘩。他从说这话的人口气和眼神中看出，老实疙瘩不是夸赞人的意思，相反好像有那么一点不怎么好的用意。可是呼德觉得姐夫这个老实疙瘩很好，对姐姐好，对呼德也好，从来不会拿粗话骂呼德，也不作弄他。老是笑眯眯地看着他。奇怪的是近半年来姐夫一直没有来扇子湾丈人家走动了，那些农活儿忙得母亲腰都弯下了，姐姐也只是来了一回，来转了转，就又走了，没有像往年一样留下来帮母亲干活。呼德看着母亲一个女人家苦着脸扛重活儿的样子，就怀念姐姐姐夫，天天缠着母亲问姐姐姐夫为啥不来，他想他们。

真是奇怪得很，以往提到姐夫，母亲就一脸的笑，如果庄里有人夸母亲找了个好女婿，得济得很，母亲菜色的脸就笑成了一朵被谁狠狠揉搓得变形的花，嘴角流着蜜说真主的拨摆嘛，命里积修来的，比一般人的儿子还顶事儿。母亲真是在高兴里把自己陷得太深，本来是个老实厚道的妇女，那一刻随口说出的那句话，无意中肯定伤害了那些养出不孝子的女人们。什么时候开始呢？是姐夫渐渐减少来往次数的时候，还是干脆半年不露面之后呢？谁要是提起姐夫，母亲的脸色就怪怪的，给人什么味道呢，像闻到了一锅炒煳了的饭，她的神情有些恍惚，有些犹豫，有些难以说出口，至多叹一口气，不多说一句，好像所有的心思都在那一口轻轻淡淡的气息里。呼德脑子里回想着母亲从前的喜悦和后来的变化，没注意屁股上挨了一脚。这一脚太结实了，疼得他捂住屁股直龇牙。麻蛋在嘿嘿坏笑，把锄头抱起来，说真没眼色，我妈的掏灰锄，叫你压折了咋办？跟你姐一路货色，瓷货！

呼德被骂蒙了。瓷货。他重复了一句，想抓起锄头还击麻蛋，可是麻蛋早就抱着他的锄头躲到男人们后面去了。呼德想去追，但是一抬头几张异常的脸把他吓住了，他发现二伯正带着大家商议事情。看样子是大事，不然他们的脸不会

173

这么严肃。二伯的脸色不展脱也就罢了，反正这个人好像一年四季都戳着脸，就没有个开心的时候，所以他今早把呼德妈双手端在桌子上的饭碗摔了，呼德也没有觉得有啥奇怪。摔摔打打是常事儿，自打父亲病在炕上，姐夫慢慢不来帮忙，呼德家那些地，靠呼德妈一个女人不可能种得过来，春耕夏收和碾麦子、拉粪、耕荏地，都和二伯家合在一起，指靠的就是二伯那一把男人家的气力。一家人基本上依靠着人家生活，对于二伯的暴脾气也就只能忍受了。

　　问题是围着二伯的几个人脸色都僵僵的，就连平时最爱耍笑的王家嘎子，这会儿也紧紧绷着脸，他是秤砣脸，只要一不高兴，下巴就下拽得很明显，好像随时会掉下来。这让呼德的心里顿时流过一股寒意。深秋的羊场和一路上经过的村庄没什么两样，家家户户都在赶着最后的秋忙。秋霜来得早，那些没顾得上割倒的高粱被霜一杀，叶子猛然间蔫了，萎缩了。老堡子周围是大片的高粱，秋风扫过，微枯的叶子悉悉索索抖着，这零碎的抖响让呼德忽然心里很烦乱。天气完全阴了，风也比起身时候凉了好多，穿过身体好像从骨头缝里钻进去又窜出来，从里面走了一回。他把一直敞着的最后一个纽扣牢牢扣上，又把裤带松开再绑紧。他想扑上去拧住麻蛋的风扇耳，和他狠狠地斗一架，问他凭什么骂自己，骂自己也就罢了，凭什么把他姐姐捎带上，捎带上也就罢了，随便骂一句什么不好呢，要骂瓷货，还说自己和姐姐一样，都是瓷货。这话里有话啊，啥意思？得叫他说出个五五二十五。

可是麻蛋跟猴子一样机警，远远躲着，他没法靠近。他真是后悔，一路上为什么要帮他抬着灰锄，那是巴结人家呢？巴结的结果是啥，最后被人家照屁股狠狠来了一脚，真是活该啊。他暗暗地咬着牙恨自己。要在平时他是不会这么恨一个人的。挨一脚是常事，被人骂家里的女性亲属也是常事。但是他今儿心里就是有气。这股气是从哪里来的，他不知道。好像他心里笼着一炉火，没有捅开，暗暗地续着，他在等待那个前来捅一火钳的人，他要顺势扑隆隆地腾起一笼火，把自己烧了也把别人烧了。

二伯忽然在招手，对着呼德招手。这让一路上一直受到冷落的呼德感到意外。他陪着小心一点点挨近二伯。磨蹭个啥？二伯脸色不仅仅冷，还竟然黑了。嘴里一股寒气喷到呼德脸上。呼德有些恍惚，他依稀觉得二伯早饭吃的是煮洋芋，而且是蓝色粗皮洋芋，还下了几筷子咸韭菜。煮洋芋味儿绵厚，就算在胃里发酵一会儿，泛上来也不难闻，让呼德想到姐夫给别人下粉条时大锅口的热气里冒出的新粉条的味儿。咸韭菜就不一样了，就算你只吃了一筷子，打饱嗝时冒出来的口气也臭得熏死人。二伯一定吃了好多，这口气离老远就让呼德心里直翻跟头。但是二伯喊他靠近，他就得靠近。说实话他心里很渴望能巴结二伯，讨得他的欢心。尽管他知道这样很难，却还是不由得就这么去做了。二伯的手忽然举起来，一个淡灰的阴影落在呼德脸上。呼德眼睫毛抖抖地颤。这巴掌却没有落下来，而是拧住了他的耳朵，软软地往起提，二伯的声音也软软的，好像他忽然被一种巨大的疲惫席卷，软绵绵地说你个屁大的人，不高高兴兴活着，愁啥呢？一个脸一天到黑戳着，谁把你的生馍馍掰了？

呼德仰起头很费力地笑。二伯不喜欢常常苦着脸的人，这个他知道。二伯说过，人活一辈子，都是不容易，能多活一天都是真主的慈悯，所以要高高兴兴地活，不要动不动戳着一张寡妇脸。呼德从来没有这么近地挨着二伯站过，小小的身子都能感觉到隔着那层薄薄的布衫，二伯的体温传到了自己的身上。半个身子的肉酥酥的，他不敢动。但是眼里忽然噙上了泪花，透过泪花看，脚底下的黄土路面上印着密密叠叠的脚印。夏天拉麦子的车辙印已经模糊，翻茬地的牛蹄印倒是很清晰，像花瓣一样，一枚压着一枚，一枚赶着一枚，匀称而优美地开放着。他盯着其中一枚保留完整的蹄印看，那肯定是一头乳牛，走路邋遢，身子沉重，所以那蹄印很深地刻在土里。后面的蹄跟儿快要磨平了，那个花形的花瓣显得肥厚而阔大。

他眼影里显出一头上了年龄的老牛，老牛拖着大肚子，呼哧呼哧喘着气拖着脖子下松弛得快要耷拉到地面上的那层软肉皮子。他忽然想到了母亲。为啥要由牛想到母亲呢？说不清楚。他的心里乱得很。早在拔豆子的时候，母亲就说快点拔，拔完了要去一趟白羊岔。去白羊岔做啥呢？他有些愤愤的，他在生姐姐姐夫的气，年年农忙他们都要来帮一把，今年咋不来了？两口子顾不上来，来一个也行啊，咋能一个面都不闪呢？母亲好像没察觉儿子在胀气，她滞留在自己的心事里。一边干活儿，一边叹气。母亲就是这么怪，有事情装在心里，从不拿出来叫呼德看到，呼德觉得女人家真是麻烦，心里的那个世界深沉得望不到边沿。呼德也懒得去探究母亲心里那口井有多深。豆子拔完了，拔胡麻，母亲又说了一次去白羊岔的话，前前后后说了好几次，最后都没有结果。一方面，呼德觉得母亲确实太忙了，根本腾不出身；另一方面，呼德有一种隐约的感觉，觉得母亲好像是惧怕去白羊岔，如果真去，就算忙死，也总会挤出一天半天时间来吧？她离开一天半天，呼德和父亲不至于马上就会饿死。她之所以不断地念叨却不变成实际行动，是不是说明她其实心里是有些害怕走这一趟的？心里存着害怕，只能通过口头不断地念叨来给自己的心开解。

呼德就算是个屁事不懂的娃娃，他还是隐隐约约觉得事情有些不对劲儿了。从姐夫不来帮忙，到姐姐逐渐地不来走动，到母亲莫名其妙的叹息,到今早二伯的摔碗,到眼前这一帮人的行动,肯定是有啥事儿发生了,要么是马上就要发生。天气阴着,大家的脸都阴着。他感觉这一起走来的人,心里都和头顶上的云彩一样,蓄积着一场寒凉的雨,就连二伯忽然显出来的温柔也让人感到那么不踏实。

二伯叹了口气。几片子榆树叶子从高处落下,打在了二伯的头上。落叶太轻了,几乎没什么重量,只是那淡黄色的树叶从耳根后滑下,呼德觉得落叶把二伯的脸上衬出了一抹淡淡的忧伤。他一向刚硬的脸部,因为这一抹忧伤变得软和多了,好像有一个女人悄悄拿着一片粉扑擦在了他的脸部,把一些东西遮盖起来,营造出另外的一些内容。他又叹了口气。

二巴,快点啊,早行动早回家,我后晌还去山上拉洋芋呢。

王家嘎子忽然冒出来一句。

就是就是,我家二亩半高粱一镰刀都没割呢,天天早上有青霜,耽搁不起啊——

有人应和。

大家围住了二伯。

二伯忽然摸摸衣襟,右手顺着左边的衣襟摸进去,掏出来一个眼镜盒子。硬光光的盒子翘起来,里头是石头眼镜。呼德看见二伯的动作很慢,他有些优雅地掰开眼镜腿,先把一根细长的麻绳子绕到脑子后头,挂稳了,再把眼镜腿钩在两个耳朵壳上，眼睛和眼睛里的光一起被乌云一样的镜片遮起来了。通过镜片看不到眼白，只能依稀辨别出黑眼仁在盯着你看。呼德在这种盯视下低下了头，这是父亲的眼镜，他病倒后还要眼镜干啥用呢，某一个春播的日子里母亲做主连盒子一起送给了二伯。

不知什么时候云层低低地压下来了，呼德看见落在二伯镜片上的云彩灰乎乎的。二伯把眼镜扶一扶，忽然提起一口气，吐出来，喷在呼德耳朵上，二伯手一挥，说，走，加紧走。

大家顿时踢踢踏踏加大了步子。杂沓的步子惊起了堡子墙头的麻雀，麻雀们抗议似的跳着脚骂着。骂的什么，没人听得懂，也没人在意。羊场和白羊岔紧挨着，过了几道田埂，顺着大路走，遇上白羊岔的娃娃正赶着羊走出庄口。

呼德忽然有一个很强烈的担忧，姐姐这会儿在干啥？起来了没有？不会还在睡觉吧？他知道这是完全有可能的。姐姐当姑娘时节自然不会这么懒，是很勤快的。嫁到白羊岔以后，慢慢的，她就变懒了。但是这个懒他还没有看到，是母亲说的，母亲没事儿就念叨，说女人不能叫男人惯着，一定会惯出事儿来的，能惯到头上去，能上房揭瓦去——姐姐上房揭瓦会是个什么样子？他偷偷笑了。他曾经觉得都是母亲在危言耸听，他很小就见惯的姐姐，那是多么勤快的女子，咋能说变懒就变懒呢？人又不是一个洋芋，说烂就烂了。关

179

于姐姐，母亲好像心里还藏着一些话，奇怪的是她不愿意说。要么就是不愿意当着呼德的面说。她在有意地避着呼德，只说给父亲一个人听。不是太忙的时候，她会给父亲喂饭，她一勺子一勺子喂，也把一些零零碎碎的闲话拌着饭喂给父亲。她东一榔头，西一棒槌拉拉扯扯说着，那样的话呼德才没有兴趣去听呢，都是东家长西家短的破事儿，呼德听了就头疼。他有时候对母亲这样的女人又佩服又厌烦，真是个女人啊，他会在心里表达自己的感叹。就在这零碎的话语间，呼德依稀听得母亲说姐姐现在懒得很，半后晌了还睡懒觉，啥都叫男人干，担水、喂牛、扫院子也就罢了，连扫家里、做饭、洗锅这些活儿也让男人干。这就让人吃惊了，觉得不能接受，这违背日常规则了，这里的女人谁不是操持着一家人的吃吃喝喝、洗洗涮涮呢？谁家的男人提着抹布洗锅，举着面手做饭，是传出去让大家拿屁眼笑话的大事儿。好像那些活儿天然就属于女人，男人干了，女人干啥？女人病了？坐月子了？还是浪亲戚去了？女人好端端在炕上睡着呢，只能说明这个男人是绵羊头，不管他是舍不得让女人干活儿还是使唤不动女人，他干了女人的活儿他就是个怕老婆的绵羊头。

  姐姐也变得好吃懒做了。这怎么可能？这念头以前在呼德的脑子里盘旋过，不过他很快就忘掉了。和大人的事儿比，他更愿意把精力投注在一把车轮辐条拧成的火枪上面，一个养在袖筒里吃喝睡觉、窜上窜下的松鼠上面，去沟里的河水中脱光身子学习打浇嬉，还有最近在男孩子们中间流行的打脖牛。就在他陷在自己的小世界里，傻乎乎消耗着时间的日子里，他会在某一个时刻脑子里偶尔想起姐姐，姐姐好久不来了，自己是不是应该去看看她去？他目前还没有一个人独自去过白羊岔。一个人去行不行呢？路途他是认识的，跟着姐姐姐夫走了几趟，走熟了。问题是沿途有几家人养的狗很恶，还常常不拴，见了生人撵着扑。想起恶狗，他就暂时放弃了独自去白羊岔的念头。还是等自己再长大一点吧，长大了啥时候想姐姐就啥时候去看看。

一个念头像虫子一样在呼德心里蠕动起来，那是很早就萌生的念头，现在活了，不停地爬，越来越活跃。心也惴惴地跳动起来。万一，传言是真的呢？万一姐姐这会儿还睡着呢？一个蓬头垢面的女人刚从被窝里爬起来，家里肯定也脏乱得没法说，叫她以什么面目迎接远道而来的娘家人呢？叫娘家人的脸面往哪儿放呢？他扭头看看天上，云头更低了，看不到太阳，他就不能判断这会儿是什么时间。肚子饿了，早晨吃的一碗黄米馓饭已经消化了。他多么渴望姐姐还是和从前一样勤快能干，已经早早起来，把家里家外打扫得干干净净，笑眯眯地把一帮娘家人迎进门，赶紧给烙油旋饼、打荷包蛋，临走再手脚麻利地擀一顿酸汤长面端上来，亲热地摸着呼德的头，把碟子里的花生和葵花子塞满他浑身所有的衣兜。

姐姐的家一步步近了，呼德的双腿越来越沉重，他看见麻蛋像电影里穿黄色军服的日军，撅着瘦拐拐的屁股，故意把灰锄扛得直夯夯的。他多想追上去抓住那灰锄，借助麻蛋的力气让自己缓一缓。麻蛋走得太快了，大人们的脚步一个比一个快，他远远落在了后面。

长了这么大，他就看过一场电影，还是在白羊岔看的，是姐夫带他看的。呼德至今脑子里保留着浓黑的夜色里一片高挂在两棵树之间的白布上的那些乱嚷嚷的小人儿，日军和八路。铺天盖地穿着黄军服的日军。日军有盒子枪、机关枪，还有大炮，日军走路大皮鞋咔嚓咔嚓响，掀得尘土直冒。但是蓝色衣服的八路一来日军就土坷垃一样满山满地翻跟头，像被挥舞着的大镰刀砍翻的秋高粱。

呼德望见姐姐家的门紧闭着。顿时心头一阵高兴，姐姐可能跟着姐夫出门去了，去哪里了呢？去地里干活儿了。家里没人，这些娘家人只能是吃个闭门羹吧，那时候就会转身离开，哪里来的，回到哪里去吧。这样就最好了。呼德心里的一个念头前所未有地明朗，他不希望这些人到姐姐家去。尽管娘家人来浪亲戚是好事儿，作为嫁出去的女儿，看到这么多娘家人来，真的是脸上很光彩很高兴的事儿。可呼德今天真的很不希望这些人进到姐姐家去。他越来越觉得这些人今天的阵势不像是走亲戚该有的，气氛就不对，还带了工具。走亲戚最多有人手里拿一根棍子，防止路上窜出来的恶狗拦路。这几个人一个个扛着铁锨、锄头，那些铁器的边角上还残留着昨天在地里劳作的黄土，大家仓促地扛起就来了，这是浪亲戚吗？浪亲戚不是应该背着包包带着礼品吗？

他们是有另外的目的的。

这个念头一明晰，呼德的腿软得都迈不开步子了。

有人在打门。嘭嘭嘭，啪啪啪，声响很大，大得夸张，有一种故意的成分在里面。这动静让呼德想起每年的正月初一，附近的汉族人过年，也会闹出这样夸张的响动的。只不过汉族人过年显得很热闹，有一种非得热闹起来才好的闹腾，眼前的气氛有些奇异，严肃，紧张，仿佛一场大事就要来临了一样。

一声闷雷在头顶上滚过。

呼德望着雾沉沉的云头失了神，这都啥时候了，夏天早跑得没影儿了，还打雷啊。

大门像个脸上堆满了风雨痕迹的成熟女人，一脸笃定地看着这一伙不速之客，门里始终没有一丝响动。

没人？干活儿去了？

嘎子扭头看着二伯。

出了名的懒货，能给你干活？肯定在家里睡觉！我敢肯定嫖客也在家里！

说这话的是马宏，这个闷嘴葫芦一路上极少说话。

风本来站在树梢子上看热闹，站着站着累了，挂不住了，簌簌地往下落，带起一阵黑压压的鸟儿在空气里飞，飞到大门口累了，叭叭地落下来，却不是鸟儿，是大片大片的杨树叶子。

王家嘎子搓搓手，往手心里吐了口唾沫，忽然窜起来，他像猴子，很快就攀着墙头跳进去了，门闩响动，门从里面打开了。

大家有些急迫地冲进门。

局面接近失控，呼德看到二伯被一个身子扛了一下，他一个趔趄才站稳没有栽倒。

姐姐家院子里落满了树叶子。

晚秋是树叶子纷纷凋落的时候。呼德最近除了帮母亲饮牛、放羊、喂鸡，给父亲端屎尿盆子，另外一个重要的活儿就是扫树叶子。杨树叶、榆树叶、柳树叶、杏树叶，见到啥叶子扫啥叶子，反正扫回来晒干了都是好东西，烧火做饭、填炕取暖，帮助大家过一个暖烘烘的冬。秋风干燥，成天忙着扫树叶子，老扫帚把他的裤腿子挂得破破烂烂，一双手也被风吹干了，十个指头缝儿里都是细细的裂口。母亲说抹了棒棒油就好了,他才懒得早晚抹呢,儿子娃娃嘛,哪有那么金贵,他对自己不在意。

姐姐家的院子里除了几棵梨树一棵杏树,南墙根下齐刷刷栽着一排杨树。这些杨树不是那种常见的圆叶老杨,这种杨树的叶子肉质厚,阔大,拿在手心里比画,就像一个人张开的五指,正面碧油油的绿,反面却泛着一层白白的细茸毛。姐姐说这就叫新疆杨,是姐夫不知道从哪里弄来的。姐夫是个好男人,顾家的男人,过日子很细致,家里家外,哪一样都处理得很妥帖,就算另家的时候老人没有给他们什么财产,仅仅是一个黄土院子,起了一道墙,墙上装了一扇低矮的小门,顺着黄土崖挖了两孔窑洞。但是姐夫把这么一个简陋的家硬是经营得亮亮堂堂、干干净净。就连胡基垒的鸡窝也用泥巴抹得光溜溜、明灿灿的,有女人看了跟姐姐说笑,说你家的鸡窝简直比我家的上房都干净,你家的鸡命真大。

呼德看着满院子的树叶傻了。脚底下厚厚一层,踩着软囊囊的。他试着走了走,好像踩在了一片松软缥缈的梦上。青杨的叶子落下来也还保持着绿色,随着干枯,反面翻卷,慢慢地形成一个个半圆的白色软壳倒扣在地上。呼德在踩碎这些梦,一步一声清脆的碎裂,他觉得自己的担忧正在变成现实,姐姐不是个懒女人,她才不会允许这么多树叶子在院子里铺这么厚一层,她喜欢抱着扫帚扫,扫成一个个尖尖的小山，然后晒干了，堆进窑里。那些干透的树叶子带着秋后阳光的温热，把一个灰沉沉的黄土窑洞也装得暖烘烘了。姑娘时候的姐姐就是这么一个好女子啊。她勤恳地扫树叶，和同伴们争着扫，她太麻利了，那些女子娃都没有她扫得多。

那些大脚可没有呼德这么小心，他们才不怕踩碎树叶子呢，一双双带着泥土的大鞋很不客气地踩过，分工迅速而明确。姐姐家三口窑洞，一口住人，一口养着牲口，一口装柴草干粪。人群分作三路，同时靠近三个门。然后开始踏门。住人的是最中间那口。门帘还是夏天时候的薄帘子，被风吹日晒了几个月，显出破旧不堪的面目来。呼德的目光首先跳跃在门关上。他很失望地看到门穗子垂着，没有扣上，没有上锁。说明家里有人，姐姐没有外出。既然在家里，为什么不拾掇家里呢？难道能眼看着一院子落叶将这个家快要淹没？是不是发生啥事了？难道姐姐和姐夫闹了别扭？窗帘也垂着。有人扒着玻璃望了望，啥都看不清。有人试着推门，纹丝不动，从里头顶上了。

嘎子的鼻子里飞出一声冷笑，这大天白日的，关着门窗睡觉，能是啥好觉呢？肯定不干好事儿！

马宏飞快扫一眼二伯，说看来你的主意对，这个点来正好，恰好能把嫖客堵在家里。

二伯的脸本来黑着，这句话好像一马勺热油泼了上去，唰一下那张脸黑成了锅底。

叫门。

这两个字是从二伯的牙缝里挤出来的。

谁来叫门呢？

大家的目光落在了呼德身上。

这一路上，大家还没有这么集中地关注过这个孩子。

呼德感觉大伙儿的目光热辣辣的，那股辣劲儿不光在他裸露在外的皮肤上流淌，还顺着他嗓子一直溜下去，钻进了心肺肠肚，肚子里火辣辣的。

他轻轻扣动门穗子，生铁铸成的椭圆形铁环，一环套着一环，套成了一个灵动的门穗子。铁环磕在刷了一层黄色清漆的门帮上，发出小心翼翼的清响。

姐，姐，是我啊，呼德，还有二伯伯，还有嘎子哥哥，还有马宏，我们好多人来了你快开门——他听到自己的声音不是从身体深处发出来，而是被一种看不见的力气推动挤压，不由自主从腹腔深处冒出来的。挤压的过程里滤尽了水分，他的声音干巴巴的。听上去不像是从一个八九岁男孩的嫩嗓子里发出的，而是一个八九十岁枯木一样干朽的老人在发声。

雨滴慢腾腾落下来，呼德脸上接住了几滴，他觉得秋天的雨水特别凉，他深深吸了一口气。

他忽然有点明白这群人急匆匆赶来白羊岔的原因了，是来捉奸来了。这念头让他的心脏差点儿停止了跳动。但就算心脏真的停止跳动，也难以阻止这念头在他心里滋长。它们像毒液一样在蔓延，在扩散，在滋养着一个固执的念头，他们是来捉奸的。只有捉奸，才能这么急匆匆，气哼哼，才能扛着工具，才能自作主张跳墙开门，才能分散开来堵住几个门口，那分明是在防止有人逃走。

门里终于传来一阵响动。窸窸窣窣的，好像在穿衣。在找鞋子，在叠被子，在整理家具，甚至碰翻了一个盆子还是别的什么，搪瓷撞击发出的声响悠长又动听，在寂静的空气里轰鸣出一个长长的尾音。

大家齐刷刷看向二伯。

二伯咳嗽一声，目光坚定，等下吧，叫把衣服穿上——不然我们都难看。

大家继续等。

接着又撞到了什么，嗡一声巨响，然后又是沉沉的一声咳嗽。咳嗽压得很低，更像是一声抑制不住的闷哼。可是大家都听到了，是一个男人的声音。

呼德心头豁然一亮，赶忙说是我姐夫，我听到他咳嗽了，原来我姐夫在家呢！

没人理睬呼德的高兴，大家冷冷等待。其他窗口的人不用巡逻了，围拢过来集中防范这个门。

有人暗暗地准备工具。

小心狗急跳墙。

不知道是谁冒出了这句话。

呼德看到刚进门时候青杨树上还残留着一些叶子,这半天工夫,叶子们纷纷全落了,树枝光秃秃地戳在那里。风消失在树梢末尾,雨丝淡淡地洒下来,缠绕在树丛间,顺着树干斜着往上看,头顶上的天沉沉的,凉凉的。

巴巴,我家里晌午还等着我担水饮牛呢——再耽搁我家牛得渴死了。

嘎子说。说着和二伯深情地对视了一眼。

呼德不知道一老一少两个男人在对视时从彼此目光里汲取了什么,嘎子忽然踏上前一步,哗啦——对着门就是狠狠一脚。

开始踹门了。

姐夫自己学习木工活儿做出的单扇门,以前看着样子粗糙难看,没想到挺结实的,这一脚踹上去,它竟然纹丝没动,沉闷地哼了一声,把踢它的人给弹了回去。嘎子喊了一声妈,提起脚在地上跳。他的表情太夸张了,马宏看不惯这咋咋呼呼女人一样的反应,他闷着头冲上去,扑通一声——门还是那个样子,以不变迎接着轮番攻击。嘎子又来了一下,这一回动作柔软得像女人,气势也减了一半。呼德望着那门有些幸灾乐祸，他再次在心里感叹姐夫的高明，那个看着蔫头蔫脑的人，干活就是扎实，简直扎实到了愚笨的地步。记得当时姐姐推拉着门，脸上有一丝不屑，说防狼啊，你做这么结实？还是不放心你媳妇儿，用来防人哩？姐夫嘿嘿笑。他就知道笑，被姐姐骂一顿也是笑，夸几句疼爱一下，也是笑。以不变的憨笑应付着姐姐不断变幻的喜怒哀乐。

看来姐姐说对了，这门还真是具备着防人的功效，至少眼前这会儿它就发挥了这样的作用。呼德心头穿梭着回放出姐夫那个老实人抡着斧子、刨子、凿子、锤子吭哧吭哧忙碌的情景。姐夫这会儿干啥呢？为什么躲在屋里不出来？大家喊了这半天，都惊天动地了，就差把门抬起来掀掉了，为什么还不露面？难道姐夫不在？不在，那窑里刚才咳嗽的男人是谁？呼德的手捏着兜里的脬牛。脬牛上面安装的珠子不好找，只有车子的轴承窝里才有，他翻遍了家里的大小抽匣，连母亲的针线笸子也没放过，就翻出一颗大的。他试着找同伴换，问了一圈儿，才发现要在村庄里找到自行车轴承上的那种小号珠子，并不像想当然的那么容易。村子里有自行车的人不多，骑坏了拆下来把珠子送人的人，更是寥寥。这一回无论如何都要让姐夫给自己配一颗珠子。

雨丝像被谁的手柔柔地拉扯着，拉长面一样，扯头发丝一样，变得很细很细，凉凉的，冷冷的，落下来，黏黏的，肩头很快就潮了一片，头发湿答答地塌在头皮上。脖牛硬硬的，冷冷的。他握在手心里捏了捏，试图暖热它。

门终于开了。不是某个人踹开的。它自己开了。等大家回过神，那门像一张大开的口，安安静静地等待着大家的光临。姐姐站在门口，她一手扶着门帮，腰软软地弯下去一点儿，一条腿搭在门槛上。呼德迅速用目光把姐姐整个人扫视了一遍，像电影里鬼子用机关枪扫射藏在高粱丛里的八路一样凌厉而密集。

呼德刹那间攥得就要冒出汗来的心终于放松下来了，姐姐没有赤裸着身子衣衫不整，也没有头发毛乱，就连袜子也穿上了。说到袜子，呼德觉得有什么狠狠地刺了一下他的眼珠子。那一对凸鼓的球面体一瞬间锐痛无比，他差点喊了一声。姐姐的袜子出了问题，右脚上是女人的红色尼龙袜，左脚，那个搁在门槛上的左脚上竟然穿着一只麻色的大袜子。只有瞎子才看不出那是男人的袜子，这里的男人都穿这样的袜子。一块钱三双，街道的地摊上到处摆着，要是你嘴巴巧善于讲价，那么一块钱也能买到四双的。

姐姐究竟心里想什么呢，咋能闹出这样的事儿来？她一向不是这么没分寸的人啊，今儿这是咋啦？难道屋里真不是姐夫而是另外的男人？幸好门刚一打开大人们就目光齐刷刷盯着屋内，没有人注意到姐姐的脚面。姐姐的头发有些乱，这是呼德发现的第二处问题。姐姐一贯是个干练利索人，不会头面不整齐就出来见人。今儿的姐姐尽量地稳定着自己的内心，但是呼德从袜子和散乱的头发上看出了姐姐内心的慌乱。她松松地将一个包巾勒在头上，仅仅苫住了盘在脑后的毛辫子，前额的细发乱乱地冒出来，像一些居心叵测的小手，扎着舞着，那么着急地要泄露这个女人的秘密。

二伯咳嗽了一声。

姐姐慢慢弯下腰去，给二伯说了个赛俩目。

二伯把一口痰吐在了门槛上，他伸了那个赛俩目没有，呼德没有看清。

呼德感觉自己的心直接蹦出来，要砸在脚面上了。

姐姐怕烫似的把左脚缩回去了，躲在了右脚的背后。

呼德不知道二伯看没看到姐姐左脚上丑陋的麻袜子。

呼德想给姐姐说一个赛俩目。母亲早就在教导他学习说赛俩目了，母亲说你是儿子娃，儿子就得趁碎学着说赛俩目，现在羞脸儿大，等长大了咋办哩？难道瞅媳妇的时候也不准备说？去你丈人家浪亲戚也不说？母亲和庄里那些女人一个样，就爱逮住娃娃的某一个缺点半真半假地教训，他才多大呢，就一步跨到娶媳妇的年代去了，这让他又脸烧又害羞。不过还是学着说了，这是每一个儿子娃八九岁就开始要学习的，逃不过去。

给我姐不说能行吗？她是我姐嘛，给她说赛俩目我羞得很。

呼德这样问过母亲。

母亲哈哈大笑，拍打着衣襟上的尘土，说去去去，快到大门口喝几口凉风了再来问这话，给你姐说赛俩目你羞哩？你说你羞得怪不怪？她是你姐你就更应该给她说了。

那一刻开始呼德就有个心愿，等见到姐姐的第一眼就给她说一个赛俩目，从姐姐这里开了头，把胆子练一练，以后就要给所有见到的亲戚们说赛俩目了。

呼德还是觉得难为情，如果没有旁人多好，就他和姐姐两人，他就大着胆子给姐姐说一声。可是这么多人，乱哄哄的，那一声问候在嗓子门上打旋儿，像一股热热的水，就是欠缺那么一点力量把它推出来，让它变成声音奔向姐姐。

实际上也没人给他留这个说的机会，马宏一把推开姐姐冲了进去，大家呼啦啦进门。

屋子里有些暗，窗帘子绾起来了，绾得很勉强，有些婉转，只是松松地从下摆收了一束，款款地挂在靠里的一个钉子上。只有小半个窗户露出来，屋子里黑乎乎的，和落着窗帘差不多。呼德看到炕上的被子拉得展展的，把整个炕苫住了。这种暖炕的方式很常见，尤其冬寒或者秋凉的时候，把炕烧得热热的，再暖一床被子，人趴在被窝里犯懒、发困、睡觉，是一种无比舒服的享受。尤其大雪封门的天气里，母亲守在父亲炕头，犯懒的时候，顺口就支使呼德穿上大窝窝去给牛倒草。呼德冒着劈面拍打的风，心里就有一个愿望，想一辈子拥有一个热炕，啥也不干，一直躲在被窝里把寒冷的冬天给舒舒服服打发过去。

两个枕头叠放在炕里，上面苫了一片白缥布绣花巾。苫得有点歪斜。呼德发现大人们根本就没有注意细节，他们一进来，这屋子顿时小得转不过身子了，门口站不下，只能往窑里走，连锅台边都站了人。嘎子胳膊长，将门帘子搭了起来，身子在炕沿边稍微一欠，就一把顺手扯掉了低垂的窗帘子，这下屋子里亮堂多了。借着那一束亮光，呼德偷偷瞄，他发现姐姐的脸上浮着一层淡淡的笑。这样的笑，呼德看着熟悉，他是姐姐帮忙带大的，母亲忙碌的时候姐姐就是他心目中依靠的第二个母亲。不过，呼德感觉姐姐的笑容还是有一点不一样的地方，好像有点矜持，有点战战兢兢，也有一丝冷淡。她没有看呼德，她就像没有发现弟弟来了。她只是低着头看她自己的两个手。两个手有啥好看的？但是姐姐看得很认真，认真得都有些失神了。

几个男人刚一进门就迅速打量了屋子，这会儿借着门口的光又到处看。有人还揭开水缸看了一眼，有人过去拍拍摞在炕墙外面的几袋子粮食。就这么大一个家，空间和装在空间里的东西，一眼都能看到头。大家看完了屋子，互相看彼此。呼德发现和刚冲进门相比，大家共同营造的那种喧腾腾的气势，好像骤然降了降。大家交换完眼神，好像用眼神商量好了一样，齐刷刷投向二伯。二伯的脸稳稳的，咳嗽了半声，把后半声压住了，说，胡子呢？咋不见胡子？

姐姐终于抬起头来，她的目光虚虚地在大家的脸上划拉一圈儿，却偏偏把呼德绕过去了。她神色间的笑还是淡淡的，说胡子出去了，磨粉去了，洋芋一挖下来他就闲不住了，到处都是叫着磨粉的人。姐姐的嘴唇软软的，红艳艳的，有些干，却不影响那种鲜艳的红。呼德看在眼里忍不住心头一阵迷茫，一个在家里睡大觉的女人，嘴唇为啥会这么红呢？在他有限的见识里，好像只有那些害羞了或者高兴了的人，才能双唇泛出这样喜悦醒目的艳红。难道姐姐一个人睡觉，还能把自己睡得那么高兴？姐姐对姐夫不咋样满意，凑合着跟了，所以就连姐夫娶姐姐的时候，姐姐的嘴唇都没有这样喜悦灿烂地红过。呼德记得姐姐回门的时节，和庄里几个要好的女子咬耳朵，说了些啥，那帮猴女子才不愿意叫他一个儿子娃听到，但是有一句是落进呼德耳缝里，因为姐姐压根儿就没有藏着掖着的意思，她神色淡淡地叹一口气，说，命苦啊，我就是个命苦人。

呼德却没有看到姐姐命苦的证据，不光呼德看不到，母亲和庄里的很多人都看不到，大家看到的是姐姐这个女子的好命，跟了姐夫那样的男人，还有啥不称心的呢？那真的是世上难遇的好男人，庄稼行里一把好手，还能在种地的业余时间捣鼓别的活儿，很快就买了台手摇磨粉机，每年洋芋挖下来，整整一个冬天他都在方圆的村庄给大家磨粉，吊粉面子，下粉条，挣手工费。他还对女人好，用白羊岔那些女人的话来形容，就是娶了个媳妇像娶了个妈，啥也舍不得让干，放在家里定吃定坐地养着呢。这样的命还不算好吗？

呼德的目光在各个角落摩挲，这是他熟悉的，他喜欢这个家，喜欢姐夫做出的那些小小的木头玩具，喜欢他带着自己用绷子打雀儿，用大网套兔子，还喜欢和他钻一个被窝儿，姐夫用一对瘦拐拐的腿夹着呼德的两个小嫩腿，一个劲儿夹，夹得呼德嘿嘿笑，笑疼了，呜呜哭。姐夫像疼亲弟弟一样疼着呼德。呼德从内心里喜欢姐夫这个人。可惜姐夫今儿不在，看样子找他配个珠子的打算不一定能实现了。呼德听到遗憾得像一个脾气不好的女人，伏在自己耳边湿乎乎笑了一声。

冷笑的是马宏。他拖着笑声离开大家，直直往窑里走去。姐姐家这口窑很深，为了住着暖和、温馨点，姐夫将后半截窑洞用胡基扎了起来，垒了一道墙，在墙上开了一道门，一个小小的木门安在那里。姐夫用泥坯将窑洞的墙抹得光溜溜的，连一根粗一点的麦衣都看不到。要是换了别的男人谁能做到这么细心？大家目送着马宏往里走。呼德有些气恼。一般人来了都只是在门口的炕沿边坐坐，说说话，没有姐姐的同意，怎么能往人家的后窑里闯呢？马宏太不懂规矩了，也太欺负人了。连姐姐都生气了，她微微抬起头，红艳艳的嘴唇上泛起一层灰，都青了，她颤抖着，眼底闪着泪光，死死盯着二伯，说，二伯，你今儿来是浪亲戚看侄女儿哩，还是逼侄女儿往死路上走哩？

捉贼捉赃，你先不要嘴硬。

二伯不看姐姐，他盯着屋门口那团虚白里密密飘下来的雨丝儿。

呼德感觉二伯的目光里也有一些虚白的东西在袅袅地飘。

我们马家祖辈没做过啥干歹背亏的事儿，更不能出丢底卖害不要脸面的东西。只要我们还活着，我们就不能眼看着家风败落，叫人拿指头戳我们的脊梁骨，拿鞋底子扇我们的脸面——二伯的口气像这雨天的温度，凉吞吞的，拉长了，有些悠远。

马宏伸手要推门了，几个人紧跟过去，分开来守在门口，好像在防备着有什么猛兽会从里面忽然窜出来。嘎子的手里紧紧攥着铁锨把。麻蛋的灰锄太长了，他试图拿进来，可是窑里空间狭小，拿进来明显不够施展，他只能又很不情愿地拿出去。他肯定急于参与到围堵门口的活动里，所以神情和动作都急慌慌的。呼德感觉拿着灰锄舍不得丢下的麻蛋看着像一只被雨淋得精湿的瘦狗。来的路上自己怎么就鬼迷心窍了，居然帮这个瘦狗扛过灰锄呢，呼德真是后悔得肠子都搅在了一起。

姐姐哀哀地哭起来。

她这一哭，屋外的雨顿时大了起来，雨滴落在满地树叶子上发出啪啪啪的声响，声音清冷，悠长，带着一股难以说清的落寞，让人不由得感觉那雨幕中正在交织着一片密密的凄凉。

姐姐盯着马宏的手，说，马宏，你是我兄弟，一个爷爷的孙子，你要做啥？

马宏掉过头来看姐姐，他的神色出现了一刹那的迷茫，好像一个走入迷途的孩子，他也不知道自己这是要去哪里。

但马宏是个很有主见的人，他谁也不看，把一丝冷笑从脖领子后头挤出来，他狠着声音说搜，把狗日的搜出来一顿打得趴在地上磕头，叫他跪着爬出这门槛去——我看他还有几个胆子再敢来勾引败坏良家妇女的名声。

门慢慢推开，几个人手里举着家伙冲了进去。

呼德心里的气呼呼直冒，他暗暗地搓了搓手，有些遗憾的是他的手那么单薄，明显不是那几个人的对手。要是动手，估计马宏一个巴掌，呼德就跟上风飘了。忍，只能忍，忍着等姐夫快点回来。姐夫在的话，谁敢这么明目张胆欺负姐姐，还都是娘家人呢，啥娘家人，成群结伙来欺负人来了吗。他又捏了捏脖牛，它傻头傻脑躺在兜里。姐夫不在，向谁找一个合适的珠子呢？

有人出来找手电筒，姐姐家桌子上倒扣着一个，那是姐夫怕姐姐夜里起夜出去黑，专门给姐姐买的。其实姐姐每次起夜都是姐夫陪着出去的，姐夫也很愿意出去，问题是姐姐不愿意让姐夫陪着，她宁可不声不响一个人摸着黑出去。所以姐夫就买了手电筒。现在马宏捏着手电筒进去了。呼德知道那里头啥布局，就是半截窑，一边堆放萝卜，一边是洋芋。洋芋又分了两堆，一堆大的，看着整刷的，是留给家里吃的；另一堆小，还有晒绿的，挖烂的，就用来留种，也煮了喂鸡喂牛。往年都是这格局，今年肯定还是一样。不是姐姐劳作的结果，是姐夫。姐夫在很多事情上比一个女人还心细。这些活儿都是他带头做的。

一般人没有权利随随便便闯进人家的那么深的地方去呀，看来这马宏真是昏头了。他以为他是谁呀？好几个人呼啦啦跟进去，好像那里面堆满了珠宝钱财，他们这是赶着发混财去呢。呼德有些失望地看着这场面，他盼望姐夫忽然从那窑里跳出来，笑嘻嘻地看着大家，说，你们好啊，我在里头拾洋芋呢，你们来了也不喊我一声！姐夫顶着一头土，脸上也落满土，但是笑嘻嘻的，是那种见了谁都绽开的笑容，他好像一年三百多天里就没有不开心的一天，总是翘着嘴巴笑。这笑容让人心里踏实，觉得亲切，可是姐姐说她最看不上的就是胡子这个没出息的笑，那是瓜笑，只有脑子有问题的人才会那么笑。

姐夫没有从窑洞深处冒出来，马宏他们出来了。每张脸上没有挂着姐夫一样的笑，而是紧紧板着。马宏咣的一声把手电筒蹾回桌上。一个小闹钟受了惊吓一样嚓嚓嚓地响起来。呼德对它再熟悉不过，有一次姐夫还鼓动他拆开了后盖子，将里头乱纷纷套成一团的螺丝看了个遍。用姐姐的话来说那闹钟就是个神经病，有时候不走，有时候忽然就走几步，走还是不走，完全由着它自己的性子，谁也拿它没办法，姐夫那么能捣鼓的人，也说它不能修了。

姐姐的身子顺着炕边软软地滑下去，蜷缩成一团，低低地啜泣着。这样的哭状正是姐姐的性格，她学不来那些泼辣女人的大哭大闹、打滚撒泼，她揉着自己的一个衣襟，揉皱了，推开，再揉，展开一张胆怯的脸，二伯，你们这敲锣打鼓地来了，是干啥来了？你们今儿从这窑里找不出个啥来，我没法给婆家人一个交代，我还咋么在白羊岔活人呢？你们是把侄女儿往死路上逼呢！

声音不大，但是语气压得很稳，有一股压迫人的力量含在其中。

二伯的脖子红了。

都是那些烂了舌头的货,吃饱了到处给人胡造谣,他们造谣也就罢了,二哥你不该耳根子那么软,听个啥就是啥啊——你也得有你的考虑嘛!

一个稍微比二伯小几岁的堂巴巴梗着脖子,直接对着二伯的脸说。说完他拧头望着几个年轻人,口气更不客气了,都是你们年轻人冲动,吆三喝四地把老汉家撺掇上了——做出的这叫啥事嘛!

姐姐的哭声忽然大了起来。

雨点子打得崖面上的黄土啪啪响。

马宏忽然窜出去,把粮食袋子一个挨一个捏一遍,然后又把看过的水缸看了一遍,又去里头窑里转了一圈,最后连风匣箱子也搬过来看了看。

姐姐抹一把泪,说就这么大一个地方,你们好好寻寻,把地皮子拔起来寻吧,除了老鼠你要是能在这屋里寻出个出气儿的,咱马家就没有我这么个女子!

马宏连头顶上的哨眼都扫了一眼,哨眼只有一页瓦那么大,一束光透过洞口映进来,有麻雀在那里避雨,肯定是一对麻雀夫妻,它们两口子才不管人间的悲欢呢,正为自己的家务事儿恶狠狠吵架呢。

还不走？等着丢人现眼呢？唉呀——你们这些没眼色的货——有人狠狠跺脚，带头冲进雨里，往门口跑。大家从梦里惊醒过来一样，纷纷拔腿跟上。

二伯伸手拉一把姐姐，但是姐姐很不客气地甩了一下。正是这一甩，让呼德看清楚二伯其实没有真心拉姐姐。那只是一个虚虚的姿势而已。他连这个虚动作都没有做到底，半路上忽然刹住，一掉头也冲进了雨里。

呼德傻傻站着。

没有人喊他走，也没有人说你留下。他不知道自己该跟上走呢还是留下来。

有一个强烈的愿望草一样在心里滋长，他想留下来，陪着姐姐，在姐姐的热炕上抱着姐姐的胳膊撒娇，吃姐姐做的油泼辣子擀长面，有可能的话缠着姐夫叫他带自己也去磨粉的人家看看，那时候就能吃到热腾腾香喷喷的清油辣子醋水拌粉条了，那个香啊——另外再叫姐夫帮他找一个小号珠子。

他听到有风在簌簌刮。不是从门口刮进来的，门口风平浪静，远处的树梢子静静垂着。只有雨丝儿像哪个懒女人乱蓬蓬的白发，漫天漫地地扯着飘着，呼德觉得视线迷离，风声是从窑里的某一个地方发出来的。呼德原地站着，姐姐倚在门口，那么窑里再也没有第二个人，这是刚才马宏等人搜过的，刮风的感觉从哪里来？呼德眼前慢慢显出电影里的场景，日军搜村来了，明晃晃的刺刀从每一个玉米垛子上戳过去，肥大的狼狗吊着血淋淋的舌头在人群里跳跃。有一个身子蜷缩在玉米丛里。眼看就要被刺刀扎上了，身子在难以抑制地颤抖……呼德忽然回过头，目光定定盯住锅台后面那个扣碗的木架子。木架子后面是被柴烟熏得灰乎乎的墙面，墙面上挂着一片切菜板大小的帘子，帘子是从麻袋上拆下的一片。帘子是姐夫缝的，那个巧手的男人竟然将一片破旧的麻袋片缝出了一个好看的造型，挂在那里给人感觉就是一个不错的背景。要不是姐姐带着讥诮的口气阻拦，真难以预料姐夫会不会给麻袋帘子绣几朵花儿上去呢。

呼德的耳朵直愣愣立起来，顺着那个碗架子拧过去。他像一只守夜的狗捕捉到了寂静深夜里的一丝异动，感觉心在噗噗噗跳动。碗架子上一共倒扣着九个碗。每三个摞一摞子。码放得整整齐齐。他的目光穿过三摞碗，看着碗后面的帘子。他看到它在抖动，虽然很轻微，但确实在动。又没风，帘子为什么会动呢？呼德忽然喊了一声姐姐。喊完他不看姐姐，盯着碗架子看。姐姐慢慢地走过来，摸了摸他的头。呼德忽然很想哭。姐姐的手多凉啊，好像凉透了，凉意是从骨头缝里渗出来的。姐姐的神情一团模糊，她的表情究竟是什么样的呢？呼德走在回家路上的时候一直费力地回忆姐姐那一时刻的表情，然而他竟然再也想不起来。

有人在外头喊，声音恶狠狠的，很不耐烦，把雨幕震荡得颤抖，呼德冲出姐姐家窑洞的时候感觉雨打在脸上有一种疼痛。

他们走得很快，基本上是小跑着一口气穿过羊坊、穿过很多的村子，上山下沟，然后一头栽进扇子湾的村口。一路上呼德跌跌撞撞跑着。他看到麻蛋的灰锄像一条干瘦的尾巴一样拖在麻蛋身后，麻蛋没有兴致再将它旗杆一样高高地擎着了，呼德从麻蛋的脸上看到了沮丧，也从一行人所有的脸上看到了沮丧。大家像电影里被八路打败的日军，带着溃不成军的沮丧灰溜溜地返回来了。

远远能看到自家门口那棵大柳树的时候，呼德忽然听到了呱呱声。抬头看，扇子湾的天空依然是淡淡的晴朗，空气里飞来飞去的都是乌鸦，很多很多的乌鸦，好像那些空间不够它们飞舞盘旋了，就撞来撞去，撞得空气哗哗响，像有人挥舞着纯黑的铁器在碰撞，都是乌鸦，黑压压的，乌泱泱的，把辽阔高远的白云和蓝天都变黑了。

当村子里最大的分岔路出现在面前时，二伯收住脚步，他好像猝然间苍老了好多，他的口气里喷出的气息带出老年人才有的气味来，他用灰沉沉的目光把大家扫一眼，说回去了家里人问起里，不要乱说，就说我们是去白羊岔走亲戚了。

马宏嘴里咬了一根冰草根,他一边嚼着草根一边慢腾腾地说,我就是不明白了,明明外头听着有男人在里头咳嗽,而且大白天顶上门睡大觉,明明是能捉住奸夫淫妇的,为啥进去就找不着了呢?难道我们听错了?难道一个大活人能土遁了?

二伯摇摇头,说,走吧,都回去吧,该犁地的套牛犁地去,该挖洋芋的挖洋芋去,还叫我再能说啥呢?

呼德站在一个土坎儿上,他看到低处的二伯连眉毛丛里都泛出一层毛森森的白,他真是老了。

等人群散了,呼德看着那些肩上扛着工具的魁梧身子一个个走远,忽然觉得自己可能做错了什么。做错了什么,他不愿意去多想。他低着头慢慢往家里走。他心里盘亘着一个念头,那是一个方形的小洞,通过这个洞口爬进去,里面是一个早年废弃的烟洞眼儿,盘新锅台的时候,姐姐要用泥巴堵死,姐夫不同意,姐夫说有个啥好吃的金贵的东西,可以藏进去,外面挂上帘子,除了你我外人谁能发现呢?谁也梦想不到。这是姐姐和姐夫共同的秘密。幸运的是呼德也知道了这个秘密,不是他自己察觉出来的,而是姐姐告诉他的,在姐姐面前,呼德不是外人。呼德还曾经掀起帘子钻进去藏着玩过,里头确实别有洞天,藏一个人应该不成问题。

我做错啥了吗？

他一边走，一边问自己，他看到脚底下一个影子紧跟着自己，影子的脑袋低低耷拉着，低得不能再低了，再低就能掉下来在地面上骨碌碌滚动了。他试着把头再低下去，他有一个渴望，让自己这会儿就变成一个圆球吧，像一颗珠子，小号的珠子，骨碌碌在空荡荡的山路上滚，一直滚进自己的家门。黄土路面被风刮过，除了那些还存留着活气的野草，枯死的干草被风刮得干干净净，死去的秋虫尸体倒是随处都是，尤其秋蚂蚱，秋风一凉，它们就把大路当作自己的坟墓，直接躺在路面上长眠了。

一点亮色在眼球上刺了一下，他懒懒地迈起步子，走了两步，又收住脚步，退回去，找到了那个镶嵌在路牙子上的亮点。呼德觉得这亮色有点熟悉，蹲下来伸手抠，那是一颗珠子。它深陷在泥里，只露出那么一点点痕迹。还好这点痕迹让呼德发现了。呼德用衣襟仔细擦了擦，泥土脱落，露出一个光溜溜、亮灿灿的小圆珠子。呼德掏出脬牛往上比画，没想到很轻松就按进去了，不松不紧，刚合适，正是那种严丝合缝的合适。呼德听到狂喜的子弹在自己体内飕飕地流窜，就像电影里穿黄衣服的日军对着潜藏在高粱丛中的八路打机关枪一样。他的心被子弹击穿，啪啪啪，啪啪啪，打成了筛子。只不过一点都不疼痛，这子弹是喜悦的，这击穿是喜悦的。他望着渐渐露出清朗气象的天空，心里生出豪迈的念头，等回到家，马上在自家宽阔的麦场里打胖牛，甩开了鞭子，给它好好地打一场。直打得漫天的乌鸦都被吸引，纷纷落下来做观众，场面肯定会像放映一场电影一样壮观。

这壮丽恢宏的设想让呼德心头的欢愉慢慢膨胀起来，那些脚底板磨出的钝疼，那些一路受到的惊吓，那被白羊岔阴雨淋湿的肩膀和头发，还有麻蛋的辱骂，甚至连父亲躺在炕上半死不活地熬着的样子，他和母亲苦巴巴的生活，他都给忘了，像日本鬼子说的那个词儿，统统地，对，统统地，统统地忘到脑子后头去了，然后，八嘎八嘎地快乐。

快乐是实实在在的，呼德心里装着快乐，就把另外的事情都忘掉了，包括一路上的奔波和揣测。他只记着大家的脚步很快，离开的脚步远比来时的脚步还快还仓皇，似乎有一万匹狼或者豹子在后面追赶，大家甚至有些狼狈地撒着脚步。他还记着姐姐家院子里的那些青杨树叶子，他们刚进门的时候它们的身子一个个卷成空心半圆趴在地上，等到匆匆离开时他留意到经过雨水的浸润，它们一个个彻底舒展开了，软塌塌趴在地上，像落了一地死蝴蝶。

呼德悄悄溜进家门，家里静得出奇，没有听到父亲含混不清的骂人声，没有听到母亲吧嗒吧嗒拉风匣的声音，他挨过去趴在炕沿边凑近了看，他发现父亲直挺挺躺着，目光和身子一样，也直直的，透过了脏乎乎的巴掌大的窗玻璃，在出神地望着远处。远处是天空，天彻底晴了，天空是湛蓝的。有多蓝呢，在这种蓝色的映衬下，那些白云不是白云了，而是黑云，一团团，一堆堆，翻着黑色的跟头。白云下方，天空和地面之间的空隙间，那一片渺远的虚白里，白色的乌鸦在翻飞。乌鸦肯定是倾巢而出了，将家园抛弃了，要集体出去流浪了，一对对一群群，哇哇叫着，呱呱吵着，把半个天空吵得发昏。呼德都觉得自己的脑瓢子要被吵成一团馓饭了，奇怪的是父亲没有嚷嚷说吵得他脑瓢子疼，他直愣愣望着窗玻璃外那巴掌大的一片天，好像要从那一点亮色里看到一大群乌鸦在蓝天下盘旋的全景。他能看到吗？呼德不知道，他一直看着。他的目光空荡荡的，那种空无一物里又分明浮满了潮乎乎的沉重。

呼德用长长的鞭梢子发动了脬牛，平展展的麦场，软软的鞭梢子，一下一下摔在空气里，空气好像具备了形状，一绺一绺的，轻灵，清薄，颤颤地缠绕在鞭梢子上，哗啦哗啦，甩出去，啪啪，啪啪，搅乱了空气，炸得空气丝丝叫，空气要燃烧了，空气在碰撞，一鞭子下去一道清风，一鞭子下去一道火光，一鞭子，一鞭子，又一鞭子，呼德就这样风风火火不断地打着，打呀打呀，打得乌鸦在高空里乱纷纷翻跟头，打得日头在远处打冷颤，只有这个镶嵌了小号珠子的脬牛像一个快乐的精灵,它无忧无虑地在黄土地面上转啊转,转啊转,看样子不把自己转死它就不准备罢休。

《朔方》2016 年第 3 期

名家点评

马金莲近年来持续"年代学"还原场景的努力：《1987年的浆水和酸菜》《1988年的风流韵事》《1990年的亲戚》《1992年的春乏》等。马金莲站立于风景/风物之中，将"怨"与"兴"结合在一起，于是抒情主体笔下的风景绝非纯粹自然创造，而是更多地回应了历史，这回应里显然包含了不安和沉重的叹息。在第一人称叙事中，以天真童趣的视角为主导，但偶尔也会有时间流逝的叹惋："就像我有一天终将会长成奶奶一样的衰老。时间是一把刀子，悬在头顶上，一直一直地削切着我们的生命，虽然这刀子隐藏得很深，可是它削砍的结果确确实实摆在每一个人面前。"（《1987年的浆水和酸菜》）

文学评论家　刘芳坤 ++++++++++++++++++

《1988年的风流韵事》写的就是儿童历经的一场成人世界的风波。呼德的姐姐传出风流韵事的流言，代行父责的二伯为维护门面，气势汹汹地带着一群亲戚赶去捉奸。呼德带路，以为是去浪亲戚，行前想的是换上姐姐缝的新衣服，一件上衣有四个口袋的中山装。还要找姐夫寻个珠子嵌到脬牛的底部。他跟在大人的后面，急急地行走，一双眼睛摄入周遭的纷扰，成人的形色以及他们由于过于激动而漠视的细节，悉数被他收入眼中。姐姐误穿了一只男士的袜子，姐姐淡淡的笑容透出一股故作的矜持和漠然，锅台帘子的后面就是一处可以隐藏的秘密空间……他比所有人知道得更多，然而并不言语。捉奸之行以失败告终，呼德不知道自己的沉默是否做错了什么。这个小小的困扰被偶然得到的弹珠冲散，于是"心里装着快乐，就把另外的事情都忘掉了，包括一路上的奔波和揣测"。小说在脬牛无忧无虑的旋转中戛然而止，就像电影《盗梦空间》最后一个镜头。脬牛终究会停下，呼德也终究会成为一个大人。但至少在这个时刻，儿童的纯真与善良被定格了下来。

青年评论家　邵部 ++++++++++++++++++

创作谈

有时候，写着写着就发现不会写了，茫然四顾，无比困惑，甚至看着自己写下的文字有种面目可憎的反感。便停滞，在原地打转，困兽一样，懊恼，苦闷，无助，灰心，甚至想放弃。像一种暗伤，过不久，时光自己就弥合了伤口，阅读补充了新的营养，带来闪现着光泽的启迪和灵感；对现实生活的关注，那些人间的苦难和温暖震撼着内心，想写，想表达，一种冲动又开始在内心奔突。

时光难留，童年在无忧无虑中流走了，少年在懵懵懂懂中流走了，青年在无数苦涩或者甜蜜的苦恼中也流走了，如今站在中年的路途上，如果说还有什么可以困扰我，那就是时不时涌上心头的恍惚。有时候能清晰地看见时间，时间有形，在我生命的底盘上刻下四十多道印痕。一道一道都是无法从头再来的铁证。我迷恋这种恍惚，纵容它像梦境一样在心头徘徊，将我包围。俗世的柴米油盐一天天一年年不知疲倦地重复，如果我们还能找到什么可以抵抗，抵抗青春年华的逝去，抵抗身体和精力的同时日渐衰败，抵抗中年呼啸而来席卷蓬勃向上的意志和梦想，那么，我觉得是浸透在文字中的那份安宁和静好。

我觉得自己现在最切合实际的愿望是，停驻在时光缝隙间，目光平静、心态恬然地看着这个世界，在繁杂沉重的生活重役下偶尔抬头向往一下诗与远方，敞开胸怀热爱这凡俗的人间烟火和万丈红尘，就在这寻常生活的烟火味道当中，与喜欢的文字世界两相珍重，不慌不忙地，顽强地，坚持自己一辈子选定的这份挚爱。

马金莲《寻常人间烟火里，愿与挚爱相珍重》
《时代文学》2022年第6期

母亲和她的第一个连手

一

　　如果我以自己比较清晰的童年记忆为起点，来细数我母亲在羊圈门所结交的好朋友们，第一个应该是马东的女人。那时候的羊圈门人还不知道"闺蜜"这个说法，更不会用"好朋友"这种洋气但拗口的词儿，我们有着更土气更实用的称呼，叫"连手"。连手，连手，试着喊一喊吧，是不是挺顺口的？再细想一下里头的味儿吧，感觉这含有土腥味的称呼挺得劲儿的对不对？试想一下，两个人，你的手，我的手，手和手相拉，勾连，便是连手，手既然连起来了，关系还会远吗？自然是不远了，是亲近的密切的关系了，用如今的时髦话来说，那就是闺蜜。

　　男人和男人很容易成为连手。而那时候村庄里的女人似乎更含蓄一些，也总是被生计捆绑在比较狭窄的日常范围里，她们交朋友的圈子要比男人小，成功概率也比男人低。经常跑去赶集的是男人，办大事的是男人，出远门的是男人，攒赌博摊子的是男人，凑一堆儿打牌、下方的也是男人，商量各种重大事务的更是男人，男人和男人间很方便结交。女人就要困难一些。除了偶尔走个亲戚，赶一趟集，她们大多数时间都困在村庄里，守在土地上，日子本分到枯燥的程度，除了本村庄的几百号人，又能去哪里认识更多的人呢？好在她们自有排解的方式，一日三餐也能忙个不停，生儿育女也有很大的乐趣。除了操持好自己一家老老少少的吃喝穿戴，在日常生活中偶尔也会结交到连手。

母亲怎么和马东的女人就拉近了关系，今天无从追考——生活里有很多事情就是这样，等你注意到的时候，已经进行到了一定程度，要追查起缘，往往是困难的。我记得有一天阳光暖烘烘的，把院子晒白了，我在墙根下看蚂蚁在春风里乱跑——在刚刚过去的那个漫长单调的寒冬里，好像连蚂蚁也冻得消失了，现在看到还挺亲切的。一阵清脆的鞋底响传进耳朵。我慢慢抬起头，看到了一对红色平绒干板鞋，再往上，一个中等略宽的身躯，一张国字脸。我认得她，马东的女人。姑舅嫂子！我喊。那时候我们姊妹在羊圈门没别的美誉，能拿得出手的就是懂礼了，见了庄里男女老少都要打招呼，该喊啥喊啥。这也得益于羊圈门那时候良好的庄风，几百号人，分几个门户，各门各户有前辈们传下来的约定俗成的辈数划分，谁家辈分大，谁家又小，都清清楚楚，小辈们会主动承接前辈留传的这笔人伦财富。稳定的秩序在一辈一辈之间传递。早在我们牙牙学语、睁眼认人的时候，父母就开始教给我们，这是谁谁谁，该叫啥，那是谁谁谁，又该叫个啥，都是有理有据、有头有尾的。

马东的女人身边站着我妈，她们只草草扫我一眼，注意力就转移了。在议论下院的一棵梨树。我们老大家那棵长得咋那么快,年时一茬梨儿结得繁,我吃谋能卸一大笼子。马东女人望着我家的梨树,对我妈说。她们背对着我。一高一矮,一肥一瘦,两个身影并肩而立。穿戴是大同小异的,头戴白圆帽,身上是棉袄,腿上裹着棉裤,脚上的鞋不一样,我妈是家常布鞋,马东女人是干板鞋。后者的那双鞋显示了她的郑重,她是到别人家串门子的,所以出门前特意换了新鞋。只是一双鞋,也能让一个人有了不一样的气息。作为马东女人的话,我觉得这双鞋让她变得洋气了。她不是邋里邋遢、随随便便到我家来的,她做了准备。从头到脚都换新的话,太显眼了,也没有必要,所以就只是换了鞋。

我歪着头一直看她的鞋。这样的鞋我妈也有一双,就藏在我们大房地下的那个柜子下面。平时她舍不得上脚,只有出门的时候才拿出来。这时候的羊圈门,妇女们中间大概正流行这样的鞋。马东女人穿这双鞋不好看,反而衬托出了她的一个缺陷,我一眼就看出来了,她的脚拐子太大。右脚的拐子尤其大,就在大拇指和脚心之间的那个交界处,一个肉骨头坚硬突兀,隔着鞋也能看到,鞋被撑得有点走形。这种鞋轻便,柔软,最容易走形。我为这双鞋可惜。两个女人不知道我一个小屁孩的注意方向,她们还在议论梨树。我听明白了,几年前我爷爷从集市上拿回来的三棵梨树苗,一棵被马东哥哥拿走，如今他家那棵树长得远比我家这棵高大，还开始结果子了，去年那一季果子尤其多，卸载了一笼子。而我家这棵才开始开花，去年开了一茬，最后一个果子都没坐，原来开的是谎花。

就没给你几个尝一下？我妈问。

我皮嘴没洗干净！马东女人干脆利落地回答。

谈论出现一瞬间的中断。有一种微妙停顿在里头，更有一种情绪在中间酝酿，交换，碰撞，裂变，融合。

我慢慢转过去，望马东女人的嘴。她嘴唇干干的，有一抹愤慨和委屈在唇线间紧紧绷着。我大概能领会她此刻的心情。她在诉苦，更在鄙夷，在表达长期积压的委屈，也在发泄她的愤怒，更在表露一种内心的孤单，也在寻求可能的同盟。她抛出的是心底不轻易外露的秘密，一旦抛出来，预示着她的真诚，还有恳切，她要用这些换取一种东西，那就是友情。

人和人结识，深交，产生友谊，稳固友谊，有个奇怪的过程。当时我们庄的女人们结交、深化友谊的办法是，以秘密换秘密，以好换好。好，是后来漫长的日子里，巩固和彰显友谊的办法，而交换秘密，往往用在开头。名著《百年孤独》里有这样的片段，吉普赛人梅尔迪亚得斯帮何塞·阿尔卡蒂奥·布恩迪亚搭建实验室的时候说他在世界各地流浪时沾染上的流行性疾病毁掉了他的健康，这个情景被布恩迪亚当作一段伟大友情的开端。吉普赛人敞开了胸怀，道出了自己的秘密，换取了布恩迪亚的信任。那是远在世界南半球的故事，甚至可能是虚构的。但，这里头的那个核，放到我们羊圈门也是贴切的。那时候我们羊圈门的女人们目不识丁，但在人生和生活里的智慧，丝毫不亚于乌尔苏拉、蕾梅黛丝、梅梅她们。

马东女人吐露了她的秘密。

当然，秘密被吐露之前我妈肯定做出过暗示、诱导和试探。

马东弟兄不合，这是羊圈门人尽皆知的秘密。哥俩原来都在下庄子那里住，墙挨着墙，后来大闹了一场，马东把家搬到了羊圈门的最南端，在一片庄稼地里起了新家。当时羊圈门的南边还没有一户人家，马东新起的家显得分外孤独。孤零零一个房子，房子旁边是挨着墙掏出来的一个浅窑。应该有个院子的，用土墙把房屋围起来，再装个大门，这样才是有里有外有门有户的一个完整的家。但是要置办齐全这么一个家，何其不易！老父亲当年给儿子们依次娶了媳妇，又分别给他们另了家，一旦另出去，就预示着这个儿子的日子和老父亲再也没有关系了，亲情当然还在，但为人父的那份责任已经卸掉了。父亲给马东另了家，他不能和大哥和睦比邻而居，要另外安家，这就得完全依靠他们两口子的能力了。而这个过程中，我们听得出他老父亲是明显偏向大儿子的。所以，孤立无援的马东两口子，要另外开辟一个家，活出一份像样的光阴，是需要背负很多重压的。

既然不合，经常闹事，老大家院子里的梨儿，就算烂掉，就算填沟，也不会轮到马东女人。我母亲的故意一问，有着激将的意味。马东女人的回答，看似自我贬低，其实爆发了她的愤慨。

初春的梨树，杆梢都黑黢黢的，显得固执而冷硬，没有苏醒过来迎接春天的迹象，还在酣睡当中。

马东女人抬手掰住一枝树杈，慢慢往下拽，她用的劲不小，我真担心会咔嚓一声掰断。冻了一冬，树木硬邦邦的，柔韧性正差。我母亲无动于衷，她没有我这样的担心。就算真断了，她看样子也能坦然接受，因为不是别人掰断的，是她刚结交上的连手。我不知道她们之前有过怎样的努力，怎么忽然搭上了线，擦出了火花，我只看到母亲的脸颊红扑扑的，眼里有一抹亮晶晶的光，她欢喜得很，她忽然拉一把马东女人的胳膊，两个人进屋里去了。

她们进去后，厨房那座沉默的房子顿时就活过来了。好像本来是一炉蓄着的热灰，她们俩是新投的干柴，柴一进去火就哗啦啦燃起来了。两个女人也能成一台戏，还是一台挺热闹的戏。不用刻意备脚本，羊圈门的生活本身就是最好的戏本子。这一刻突然迸发的投契感，让她们相见恨晚。我不看蚂蚁找食，骑上小花园的矮墙墙子，隔着窗玻璃，远远看这两个女人把自己燃烧成两盆火。窗玻璃其实脏兮兮的,窗缝隙里,我妈在初冬时节塞进去防备寒风乱钻的棉花疙瘩、破布条条,都还没有扯掉。那时候我们的窗户也不大,要透过玻璃看到屋里的情形,是困难的。我干脆听。声音是脏玻璃挡不住的。我妈这个女人容易兴奋,她今儿显然兴奋起来了,她一兴奋,嗓门就高,还尖细,她欢快地嘎嘎笑着,忽然就把头探出门帘外来,"扑哧"擤一大把鼻涕,摔在门外,手在墙上抹一把,大概抹掉了大部分,残留了一点痕迹还在手指间,她又很顺溜地在衣角上一抹。大人有时候跟我们孩子何其相似,尽管他们动不动就训斥我们在身上乱抹鼻涕。

屋里飘出香味来了。空气变得寒凉。虽说是春天了,早晚还是很冷。我从她们说笑声的诱惑里挣脱出来,好像挣破了一个梦,然后我摆脱了夕阳的残光走进厨房。要是可以,我还真舍不得打破这暖烘烘的热闹气氛。她们在做什么?我看到案板上已经晾着几张泛着金黄色泽的饼,我妈坐在灶前烧火,马东女人腰里系着我家的围裙,正弯腰往锅里刷油。

多放点油,不要给我省!我妈笑着提醒她。我的心颤抖了一下,这老婆子疯了吗?好在我看见马东女人没有听这疯女人的胡话。她稳稳抓着油瓶,右手里的油抹布在锅底里擦了一圈儿,麻利地放回油瓶,没有再蘸一抹布油。就这已经很奢侈了。你看案板上那五张饼,那亮灿灿黄澄澄的颜色,分明是清油和火候共同配合的结果。香味就是从它们发出来的。我踮起脚尖望，口水早就蓄了满满一口。但我不敢扑上去拿一块犒劳自己。我妈的家教有时候很严，比如这时候家里有外人，在她不发话的情况下，绝对不许我们哪个孩子私自做主抢在大人前头吃东西。别看她现在笑呵呵的，这马东女人又不会长在我家里，等她走了有我肉疼的时候。

妈。我试着喊。提醒她，有个孩子在这里，正被美食诱惑得要吞掉自己的舌头。没人理睬我。我妈似乎被一种亢奋的东西给控制着，她从来没有这样高兴。她兴奋得脸蛋泛出粉色，鼻子尖都红了。她正和马东女人说话。我也算个耶题木啊——她摇着头，一副感慨万端的样子，声音里有一抹哀痛般的喜悦。火灭了，她拉一下风闸，呱嗒，风板的舌头鼓出一股风，通过风道传到灶眼上，暗下去的煤渣再次明亮，刚塞进去的一把麦柴燃起来了。她不再拉风闸，一个手拄着膝盖，一个手软软地抓着那束麦柴，通过一股轻微的力量掌控着火，让火势尽可能地绵长、均匀。烙饼就需要这种不硬不猛的绵火。

火光映亮了她的脸。好像她体内原本有什么沉睡着，现在被唤醒了，她整个人也被点亮了，她熠熠地闪着光芒。她忽然起身扯下半片饼，毫无征兆地递给我，说，快吃，看你姑舅嫂子做的莜荞麦面摊馍馍好吃吗。

幸福来得这样突然。我被这豪爽吓着了，两个手惶然捧住饼，好烫啊，锅底的热气扑人。我妈已经又坐回去了，往灶眼里续柴。我确定我走狗屎运了。和马东女人相谈甚欢，深感投契，可能让我妈有些兴奋过头，昏头昏脑中把我也当客人了吧。管它三七二十一呢，我坐在炕沿边就吃。摊馍馍是用莜麦面掺和上荞麦面做出来的，里头还撒了一些用擦子磨得很细的洋芋丝儿，又撒了葱花，还放了油、盐、花椒和味精，难怪香得天下无敌。我听见牙齿和舌头欢快地配合着，味蕾大声赞美着，好吃，真好吃！我要是此刻一头栽倒死了，你不用寻找死因，就是香死的。

又一个大摊饼出锅。马东女人右手用锅铲，左手捉筷子搭了一下，飞快地将一张黄亮的大圆饼落到了案板上。接着又往锅底刷油，又开始摊下一张。

我慢慢咀嚼，分辨着饼子的组成成分。荞麦面酥软，但缺乏韧劲，莜麦面柔韧、劲道，却黏性极差，让它们结合，就互补了彼此，完全变成了优势组合，而洋芋丝儿改变了纯面食的现状，洋芋里含有淀粉，烙熟后绵软又有嚼劲。这些食材是我们生活里最平常不过的，这些年我们几乎天天吃，煮洋芋、炒洋芋、洋芋面早把我们吃腻了，莜麦面做的饭和饼子也吃得不爱吃了，荞麦面搅团和面条也难吃得很……食材还是那些食材，现在改变了组合方式，就是完全不一样的美味，这惊喜是马东女人带来的。真没看出来这个女人能有这样好的厨艺。

饼子终于烙完了。我看见我家的半瓶油见底了。

那我再倒一瓶儿去！我妈麻利地接过玻璃罐头瓶，拧身往后院跑去。她的口气是那么豪爽，好像我们家的清油存储量很大，就应该被这样大方地挥霍。

后院的窑洞里装着洋芋，也放着一个瓦坛子，那是我家的总油库。我追撵上去，表达着自己一直没敢问出口的疑惑：妈呀，她是不是放油太重了？那半瓶子油够我们吃七八天呀！叫她一顿就给使唤光了！

也就是说，马东女人的一顿饼子，生生烙掉了我家一周的用油量。我妈一把拉住我，把我扯进窑洞，声气压得变了音，你吵个啥？她瞪着我，不就是半瓶油吗，你叫她听着笑话！

这话里头的道理我懂一点儿。谁都不愿意让外人看破自己家日子里的一些内幕，比如我们家的节俭，磨一壶油能吃大半年。每次做饭就往锅底里刷那么一油抹布，用我妈的话说，油要比眼泪还稀罕。我家的日子全靠了我妈的精打细算。话说回来，羊圈门谁家的日子不是精打细算过下来的啊！屎肚子百姓嘛，日子不这样过，你还能咋样过！

话说油多放点那饼子就是香，我吃了半片这会儿舌头上还香着呢。我不是不能接受这个女人浪费我家的油，我是不能接受我妈忽然表现出来的大方。她忽然变了一个人一样，简直让人难以接受。

我妈给瓶子里灌了一瓶油，仰起头对着窑门口透进来的光瞅了瞅，改了主意，又倒回去半瓶，然后盖好油坛，端着多半瓶油出去。多年后我才能明白我妈当时的举动。这个一贯节俭的女人，今天忽然迸发的豪爽，这一刻还是败给了多年养成的节俭习惯。她终究没有勇气端一满瓶油去见马东女人，她怕接下来这瓶油又被挥霍掉。突然升级的友谊确实让人欢喜，甚至欢喜到晕头转向，但日子是一天一天过出来的，一时的大手大脚，需要后面无数时日的更加俭省去弥补。

接下来两个女人打了荷包蛋。整个过程我坐在门槛上看着。马东女人不建议打那么多。她甚至不建议做荷包蛋。她把所有的饼子切成了菱形的箭头，重新回锅炒了。她一边往一个盆子里铲炒热的馍馍丁儿，一边说算了，不年不月的，吃啥鸡蛋哩，这摊馍馍就好得很！再说家里又没来亲戚。肯定是最后一句话激发了我妈心里的豪情，她撅着屁股从案板底下的一个树皮壳子里掏出一堆鸡蛋，说都打上，每个人都有份儿，你就是亲戚，头一回上门的贵客！

鸡蛋摆在案板上，一共二十三个，白灿灿的一堆。我妈在锅里烧了开水，水开了，马东女人掀开半边锅盖，我妈将火撤了，看着马东女人忙碌。我也望着她忙碌的身影。想想真离奇，做梦也难想得到吧，有一天这个女人会跑到我家的锅台上做起饭来。事实就在眼前上演，女人的友情就是这么奇幻吧，它把不可能变成了可能。在这以前，这个马东女人对于我来说是遥远的，跟村庄里大多数妇女一样，她们忙碌着自家的日子，具体过着怎样的生活我一点都不清楚。只有谁家过红白事的时候，寺里过圣纪的时候，沟里担水的时候，上地干活儿的时候，会碰到，碰到了可能会打招呼，就是这些了，没法更多。她家住得离我们本来就远，而人和人交朋友，更大程度上会受地缘因素的影响。她让我们第一次高度关注到，是她家和马东大哥的矛盾白热化，大闹那一场，然后她两口子赌气搬了新家。不过整个事件中，都是马东在和他父亲、大哥吵架，这个女人没有多显眼，她不像那些泼妇跳出来撒泼，她默默跟在男人身后，给人印象最深刻的一幕是，她只是一个劲儿地抹着眼泪。

一个就知道哭鼻子的女人，现在忽然和我母亲亲近了起来，无论如何，事情来得有点突然。她在打鸡蛋，鸡蛋抓在手里，飞快地在锅边上磕一下，然后两个手一分，蛋液就滑进锅里，蛋皮她头一低丢进了灶火眼。我妈嘎的一声大笑起来，说他姑舅嫂子你晓得吗，有些女人连个荷包蛋也不会打，水滚了还不撒火，大火烧着，鸡蛋都给冲化了，做出来半锅鸡蛋汤，连一个囫囵蛋也见不着，看你信吗？马东女人已经打完了，二十三个蛋，光磕撞就得好一阵子，亏得她麻利。她在围裙上擦着手，把锅盖盖上，也嘎地笑出声来，调门忽然提高，说信哩么姑舅阿姨，咋能不信哩！我家老大的女人，那么能的人，不会刺豁鸡，说手不敢往鸡肚子里塞，热烘烘的，一塞进去手就抽筋了。早些日子宰了鸡都是我婆婆刺豁，等我进了马家门，拾掇鸡的活儿就全靠我了。

她语速不快，嗓门比较粗，不看她本人只是听这语声，会让人误以为这是个嗓门稍细的男人在说话。

我妈开始烧火，火哗啦啦响，她也笑，好像她这辈子从来没有这样欢快过。这时候的鸡蛋已经在温开水里坐住了形，可以用大火烧了。她就一边用大火烧着，一边不停地笑。我感觉我妈像个刚下完蛋的母鸡。她兴奋，欢快，轻薄，要飞起来一样。这是一个让我感觉陌生的母亲，是什么让她这样高兴，高兴到失掉了惯有的稳重和分寸？

天擦黑马东女人才走。我妈亲自送她出门，看着她走进前方的暮色里，我们才转身回家。临转身，我妈还给满眼的暮色抛出去一句话：明儿闲了再来啊，他姑舅嫂子！黑沉沉的前路上回应过来一句：闲了就来了，姑舅阿姨！

一段伟大的友情就此拉开了序幕。从这以后，大概有三四年的时间吧，我妈和马东女人成了最好的连手。后来我回头追忆往事，替母亲梳理这段友情，有些地方让我迷茫，我不知道是什么让她们友谊的开头给我留下了这么深刻的印象。

我妈很喜欢马东女人，对她的评价特别高。记得那晚送她离去后，我们一家人坐在煤油灯下回味过一阵。主要是刚刚装进肚皮的这顿晚饭太丰盛了，摊馍馍，油汪汪的，还又炒了一遍，炒的时候还把腌白菜切碎放了一些，馍的柔韧，菜的清脆，酸中带咸，风味独特。还有荷包蛋，每人三颗。这晚的荷包蛋打得真好，没有一颗残破的，都珠圆玉润，饱满可爱，汤液清亮，鸡蛋雪白，你能想象这美好吗？我妈忽然变温柔了，对我们每个人都那么和气，她把碗送到我们每个人面前，把马东女人拉到炕头坐下，她给我们介绍这个女人，好像我们第一次认识她。她又指着我们一一给马东女人介绍，先说到了我们的父亲，父亲这会儿不在家，我妈却不想放过他：你姑舅巴，经常不在家，你晓得，当着个破大队长，忙得没个日月！你可千万别以为她在贬损我们父亲，鬼都知道她在夸！羊圈门几百口子人，当大队长的就他一个！她指着我大姐，金女，我大女子，九岁了！又指我，银女，老二，七岁了！指头轮到我家老三身上，老三自己先开了口，说：三窝子，花女，五岁。说完她指着趴在被窝里啃脚指头的那个婴儿，说落屎嘎嘎子，也是个赔钱货，叫赛赛子。

说完，过了几秒钟，我们大家都笑了。

都说疼大的，惯小的，中间夹个受气的。意思是一奶同胞的孩子们当中，最受委屈的往往是不大不小中不溜儿的那个。可你看到了，我家老三哪里有一丝受欺负的迹象，她生来就有张八哥巧嘴，谁也不怕。

马东女人郑重地看我们，用目光一一跟我们对接，算是正式认识，预示着从此以后她就是我妈的连手了，她们会常来常往，不是姊妹亲似姊妹，没有血缘，胜过血缘。羊圈门的连手情意就是这么神奇。

姑舅嫂子。

姑舅嫂子。

姑舅嫂子。

我们依次给她打招呼，郑重而热情。

我说过了，羊圈门人老五辈就是这么个礼性，长幼有序，辈数分明。马东的爷爷跟我们爷爷互道弟兄，马东父亲跟我们父亲以姑舅称呼，到了马东这一辈，跟我们姊妹平辈了。马东女人是娶进来的，这之前她跟羊圈门没关系，现在她按马东的身份和庄里每一个人排大小。

她走后我姐金女问过我妈，干脆你和她结拜算了，认她当干妹子！

其实这是可以的。不结干亲之前她是马东的女人，如果真的一旦结了干亲，她就是我妈的妹子了，她可以和干姐姐平辈，以姊妹相称，等于她们的关系已经超过了从前的固有关系。

我妈的眼睛亮了一下。好像金女的话往她眼睛里投了一把火星，点燃了她的某种隐藏的心思。连空气也忽然被增温了一样，有了一丝让人不知所措的灼热感。

要多一门亲戚了！我心里飞快地运转着这个信息。真认了，马东女人就是我们的干姨娘。我们还没有一个距离这么近的亲戚。以后常来常往要多方便有多方便！

不成。大队长走进门来，出声打断了我们。羊圈门唯一当官的人（大队长算是官吗？反正当时我们羊圈门的人都认定这是官），话语是不多的，本来就不多，自从最近当上了大队长，就更少了。贵人语迟，我妈这样夸赞过。话说多了比屎都臭！她这样表达对爱说话者的鄙视。她肯定是忘了，我们家除了这个当官的，其余人都随了她，一个比一个话多。现在我们家里话语表达是不均衡的，所有的女性都叽叽喳喳，合起来就是一窝麻雀。唯一的男性，我们的父亲，他轻易不说话，这让他偶尔说出来的话具备了奇异的功效，他往往四两拨千斤，一个人就能平衡我们这一窝的喧闹。他说不成，就两个字，平息了空气里蒸腾的热度，好像有人兜头泼了两马勺凉水。

为啥不成？我妈第一个反应过来，情不自禁地反问。她的腔调里还残留着热,她还没有从一个高度上及时降落回地面。她口气有点撒娇的意味。今儿她高兴,高兴让她有些轻狂,轻狂让她忘了自己是谁,是四个娃的妈,她肯定以为她还没有长大,她还是个小姑娘,小姑娘总归是拥有撒娇的权利的吧。

是啊,为啥不成?除了四妹太小,不谙人事,我们姊妹三个齐刷刷地望向父亲。就算我们都也还不太懂大人的事,但香和臭我们能区分。马东女人一出现,就大大改善了我们的伙食,今晚这一顿美食啊,你敢说你没差点香破了头?这样好的女人,如果真的亲密起来,以后常来常往,亲如一家,我们的口福就到了,当然清油是不敢再由着她这样挥霍了,鸡蛋也不可能这样一人一碗地吃,那就隔三岔五让她做个摊馍馍吧,哪怕少放油,也肯定比我妈做的好吃。我们都是馋嘴巴,我们的味蕾已经牢牢记住并将不断怀念这顿美餐。

她比你堂深,你交不住她。

这是羊圈门的新晋大队长,在马东女人这件事上头,唯一送给我妈的建议。后来的三四年当中,我妈将会验证这句话,并且佩服大队长目光深远,能看穿人心。当然,这是以后的事,眼下这个夜晚我妈难以接受这个评价。

你就是眼红,看我有了个连手!这是我妈的抗辩词。奇异的是,软绵绵吐出这句话,我妈就没那么亢奋了,她甚至很快就懊恼起来,她举起油瓶子在灯下瞅了瞅,说使唤起油手还真个重哦，差不多费了我一瓶子！父亲用舌头舔着嘴唇，好像刚吃过的美味还黏附在嘴唇上，需要他认真舔舔才不至于浪费。他打了一个大哈欠，说摊馍馍这么做好吃！荷包蛋多放点油也好吃！

这一晚的摊馍馍和荷包蛋，给我们每个人都留下了难忘的记忆。主要是太香了。柴火烧铁锅，莜麦面用开水烫熟了，再和荞麦面揉到一起，洋芋丝儿细细的，这些平时不搭界的食材愣是被放到了一起，还酝酿出了这样柔软又嫩脆的香。荷包蛋我们偶尔也吃，可马东女人打出的荷包蛋怎么就那么嫩呢，入口后你都来不及发动牙齿咬，蛋已经欢呼着拥裹了你的口腔。我们多么贪恋这口腹之欲，我们已经在怀念马东女人带来的美味。

难道心不实在？母亲忽然问。目光炯炯，望着父亲。队长大人拿手背抹去哈欠带出来的眼泪，哈哈一笑，说算了算了，说到底是妇道人家，心思再大，还能有多大？他坐起来，神色严肃，显然是在说正事了，你和她做个连手嘛，成吗？要结拜吗？我看还是缓一缓，说不定过上一两年，你就不想结这个拜了。

看来人还是要当官儿啊，父亲当上大队长才多久呢，话能说得这么讲究，充满了艺术味道。态度也好，语重心长，春风化雨，抚慰人心。

母亲把油瓶子放回到架板上,说,算了,听你的,日久见人心,日子长了再说。

我们不得不承认,这一搁置,就把事情拖进了遥遥无期当中。

好在马东女人从来没有催促过我母亲,我印象里都没有听到过她再提及这件事。几天后她又来了,还是穿着家常衣服,脚上还是平绒鞋。我一眼就看出来鞋很新,肯定上次从我家回去后,她就脱下收起来了,今儿才又上脚。羊圈门的生活我还不清楚吗,抱柴、烧火、喂牛、背粪、担水……干板平绒鞋太娇了,哪里经得起这样高强度的踩躏。她胳膊上挎个笼子,笼子用一片白包巾苫着。她走路不急,缓缓地迎面走着。西北风从她身后吹过,掀动了她的罩衣襟子,也掀得苫笼子的包巾四个角儿此起彼落,她伸手压着包巾,因为使劲,腰身微微地前倾,这让她好像负载了某种重压,她就在重压下一步一步走近我家大门。后来这样的情景经常出现。

二

在对待连手方面,我妈一直都很大方,同时不会随便占对方的便宜。马东女人要是带了什么来,我妈肯定要想法子也备些什么给她带回去。有时实在找不出可以相赠的,第二天或者稍后几天，她就会想出办法来，打发我们姊妹给马东家送去。因为结拜的事迟迟没有实现，马东女人没能变成我们的干姨娘，我们还喊她姑舅嫂子。

有一天我妈把一个草编小篮交给金女，又叫我护送，快送给马东女人去。一定抱稳了啊，不敢跑，不敢磕碰，不要揭开看，不能受冷。母亲再三地吩咐。里头是一堆麦衣，麦衣里埋着几枚鹅蛋。

为啥要把鹅蛋给她？金女不情愿，质疑母亲。谁不知道现在鹅蛋稀缺，正是用鹅蛋抱鹅娃的春季，羊圈门的妇女们一个个疯了一样恨不能满世界找受过精的鹅蛋呢。甚至有人出五枚鸡蛋来换取一个鹅蛋。母亲白白将鹅蛋送给马东女人。金女可以容忍她把一辫子蒜全送给马东女人，把一包菜籽给了她，把窖里最后一背筐大萝卜叫她背走……唯有这件事她不乐意，她早就盼着母亲准备一窝蛋，一旦有母鸡造窝，就马上抱起来。她太喜欢鹅娃了，她渴望我们家能抱出羊圈门的头一窝鹅娃。可母亲这样慷慨，要把好不容易攒起来的几个鹅蛋都送给马东女人。这是疯了吗？

金女子！母亲喊了一声。

就这一句，把大姐镇压下去了，她乖乖接过小篮，抱在肚子上方，出发去马东家。记不得我们这是多少次来马东家了。她家的狗都认得了我们，见了面不咬，还给我们摇尾巴。

马东女人接过蛋篮子，掀开看看，笑得露出牙花子，拉着我们进屋坐，又用一个碟子装了玉米面碗坨来让我们吃。金女早就警告过我了，这回要给马东女人一点脸色看看，叫她知道她有多可恶，正是因为有她，我妈就事事处处把她想在前头，啥好的都要给她留一份，害得我家不能抱头一窝鹅娃了。马东女人把碗坨子用切刀切成薄片儿，往我们手里递。我看见她做的玉米面碗坨子黄灿灿的，鲜亮又蓬松。我忍不住伸手去接。我姐没接，她忽然一把打掉了我手里的，拽着我，说：走！

连篮子也不要了，我们噔噔噔地冲出马东家的大门——他家大门是啥时装起来的，我竟没一点印象。

再见面的时候，马东女人把那天我们姊妹的表现告诉了我妈，她不是告状，是连说带比画，当笑话讲给我妈听的。在我们印象里，这个马东女人就没有生气的时候。除非说起马东的大哥一家欺负他们的事情，她才有一副气愤的嘴脸。她笑呵呵拍着我妈的腿面子，说娃娃灵得很，心疼着么嗷，就那么跑走了，我心里过意不去得很吗，没有眼看着叫娃娃吃上我家的碗坨子！我妈也嘎嘎笑，说管她哩，屁大点儿人儿，还毛病多得很，你有给她吃的碗坨子，你喂狗去，狗吃了还给咱们摇尾巴哩！

听听，在她老人家嘴里，好像我和金女连狗都不如。当然我们知道大人嘴里的话往往没个真假，现在不是有那么句流行语嘛，说宁可相信世上有鬼，也不要信大人的嘴。可见大人的嘴里不说真话是多么普遍，到了哪个时代都具备普遍性。

接着两个女人嘎嘎嘎笑了。就在这笑声里我找到了相通的感觉。对，就是我妈和马东女人之间有一个地方相通了。她们俩像一个人，嘎嘎声是从我妈嘴里发出来的，同时又是从马东女人嘴里发出来的，不一样的两个身体，不一样的嘴巴，发出了一模一样的声音，这一刻她们俩是两个一模一样的瓦罐，形体一样，盖子一样，捏造的泥巴一样，烧制时候的火候也一模一样。她们是双胞胎？不，是一个人，裂成了两半，一模一样没有任何区别的两半。我妈满脸都是欢快，马东女人鼻子窟窿里都蕴含着欢乐，她们嘎嘎嘎，咯咯咯，下了蛋的母鹅一样，下了蛋的鸡婆一样，偷人得逞了的贼娃子一样。她们脱了鞋坐在炕上，被窝盖着她们的腿，她们手里开始做冬天残留下的一点针线活儿，春种马上要开始了，她们相约好这两天在一起给这些针线活儿收尾。

这一天我妈和马东女人坐了整一天。马东女人来的时候，我家早饭刚吃完，等她离去的时候，我和花女骑在门槛上催我妈做晚饭，我们一直催啊催，扭来扭去地催，把裤裆都要磨破了。她们说话说得太忘我了，一高兴就忘了人间还有鸡

237

零狗碎的俗事需要她们抽出身来处理。这一天这两个女人好像完全忘掉了各自是女人,身后还有着一个家,还有娃娃要吃要喝,她们成了两个没出阁的大姑娘,只有自我,不管别的,啥男人啊、娃娃啊、老人啊、鸡狗啊,她们都摒弃了,再也不能烦扰到她们了。她们让我第一次明白了什么叫扯磨、拉闲,还有个后来我走出羊圈门才能知道的词儿,聊天。这一天,这对羊圈门的乡村妇女,把中国汉语里有关用语言面对面交流含义的词儿,都活生生演绎了一遍。从天上聊到地下,从地下扯到天上,从今世拉到后世,从袜子跑到长面,从拔草牵连到坐月子。那一天我才发现我们羊圈门原来有这么多可以说道说道的事情:人物,趣闻,正传,八卦……两个女人舌灿莲花,两个女人让万物复苏又枯死,两个女人的笑声把在屋顶哨眼里瓦格间歇脚的麻雀吓得一愣一愣。

关于马东和他大哥一家的纠纷,起缘和过程,我这天第一次亲耳听到。有全貌,更有细节。说到艰难处,马东女人哭了。她哭起来像一头牛,被草疙瘩噎住了,呜,呜,哽咽几下。头甩着,好像不愿意要这颗脑袋了,这头颅沉甸甸的,扛得她太累了,她要甩掉了它。情势有些骇人。我从门槛上抬起头看,确定她不是噎住了,她在哭。哭泣突兀而短暂,很快画上了句号。如果不是近在眼前,我可能都难以察觉这突然发生的变化。地下炕头边,摆着马东女人的鞋。不是平绒干板鞋，那双经常登我家门的洋气的鞋，已经被替换掉了。不知从何时起，马东女人和我妈一样，也穿着布鞋来串门。她的鞋比我妈的肥，前头尤其宽，脚拐拐总会顶宽鞋的前帮子，顶出一个明显的包。这个包现在显得这样忧伤。我望着这个包，我的心里也在滋长着忧伤。这忧伤里混杂着惶惑，担忧，悲戚，和一丝细细的害怕。马东女人已经不哭了。她这样迅速地结束了她的悲伤。她就是这样，有时候是个像男人一样干脆利落的女人。可是她把某些东西传递给了我妈，现在我妈变成了悲伤者。她拿手背抹着眼睛，她脖子咕噜扯一下，咕噜再扯一下，她说，妹子啊，你今儿把心给姐交了底儿，你不把姐当外人，姐就也不把你当外人。

如今想起来那时候，我们心思真是比清水还纯净，纯净到一整天也不起一丝波澜，对世界不抱有任何奢侈的欲念，所以随便坐在哪里都能有滋有味地打发掉一天的时间。我和花女骑在门槛上，我们耍一串纽扣。用一根长线把它们一枚一枚串起来，然后抽了线，看着一串纽扣欢快地掉落，然后我们再重新穿。这次把大纽扣放到一起，下次把小纽扣放到一起，下下次按照颜色分类，下下下次根据纽扣的形状穿，再下次，一颗大，一颗小，一颗圆，一颗扁，这样轮流变换着穿。三四十枚纽扣，可以变换出很多组合，足够我们从早玩到晚。我玩一次，花女玩一次，我们轮流着来，我和她都

239

是乖娃娃，总是能安安静静地坐着，一玩一天。金女就不是这样，龙生九子哩，她就是个长虫！我妈常这样自嘲般比喻她的大女儿。在我妈的心目中，我和两个妹妹是龙，金女姐就是一条不听话的蛇。也不是我妈对金女有多厌弃，我觉得我妈之所以这么说，是为了给她自己找个台阶下罢了，毕竟这条虫是她生出来的。尤其金女敢公然跟生她的这个女人顶嘴的时候，在我妈眼里她就是一条舌头上有毒的长虫。

我们的安静和对游戏的沉迷，让两个女人完全忽略了我们的存在。我们是一个世界，她们俩是另一个世界。大世界和小世界没有交集，互不干扰。春风透过门帘一股一股地送进薄冷来，好在春毕竟不是冬，就算春风也是刀子，这刀子不剔骨也不割肉，至多划破点儿细皮儿。我们就在门槛上一边感受着屋里暖烘烘的炕气的抚慰，一边吹着凉飕飕的春风，在冰火两重天中玩到忘记身外的世界。两个女人也忘记了身外的世界一样，不停地说着，你一句，我一句，嗓门忽高忽低，情绪一会儿激动一会儿愤恨，话题的跳跃度也很大，恍惚间我记得马东女人是在哭来着，可不知不觉间她又在笑，我妈前面刚在骂什么人，后面又一脸贤良地说要饭的上门了一定要多多少少给上一点，不敢叫空手离开，有罪哩！马东女人就举了个例子，说马东大嫂不给叫花子舍散吃的，还隔着门把人家骂走了。说完两个女人再次达到了一个高度一致的认可，一起摇着头，咂着嘴，唏嘘感叹着。有一次我妈忽然拍手打了马东女人一巴掌。啪，寂静的空气也抖动了一下。我和妹妹一起抬头望。我妈好像自己也没想到忽然会对人动手，她噗噗地吹自己的手，又在自己膝盖上拍了一巴掌，说，哎哟，我这爪子，打娃娃打惯了，你疼吗？马东女人今天好像比过去这几年里的任何时候都温和，她有些慈祥地望着我母亲。她扑哧笑了，轻轻一巴掌拍还给了我妈，说疼着哩，姐你手重，以后可不敢这么打娃娃了，娃娃碎嘛，那点嫩肉肉咋吃得住你这重手。我妈嘎嘎地笑了，说碎狗日的都不听话吗，就得巴掌伺候。

关于这一天的时间，后来我回忆过，这一天好像比任何一个初春的一天都长。打春后昼夜开始增和减，昼慢慢比夜长，但也不至于长过1991年的这个春天里的这一天。大概是中午时分吧，我妈跳下炕，麻利地调了一疙瘩面，裹上清油和苦豆子，她把面卷成花卷，又把花卷挤进一个圆圆的小铝锅里，然后搂紧了，抱出去埋进了我家的炕眼里。炕用牛粪填的，中午时分往往最热，炕里睡着的赛赛小脸蛋红得能浸出血来，就是给热的。过了两个钟头吧，我妈又跳下炕，麻利地捞一碟子咸菜，从炕眼里掏出那个铝锅，锅盖打开，一股滚烫的热气升腾，锅里一个圆鼓鼓的花形馍馍熟了。

这个叫聚锅子。白面、苦豆和清油，本来是最佳搭档，

241

加上埋在火里烧的方式，让食材变魔法一样绽放出了最诱人的形态。七个小花卷已经紧紧涨成一个整体，众星拱月般形成了一个大大的花的形状。花的最外一层瓣儿被烘烤得黄澄澄的，不要说吃，就是看，也能让眼睛流馋水。我妈把聚锅子轻轻掰开，一分好多瓣儿，摆在一个碟子里，端到炕桌上，让马东女人吃。金女、我和花女在地下就被打发了，每人手里分到厚厚的一个花瓣儿。她们的话题就自然而然又转移到了聚锅子上。马东女人由衷地表达了她的赞叹，说，这个铝锅锅子真好用，哪哒买的？多少钱？咋烧才能把馍馍烧好？我妈就轻狂起来了，把一泡稠鼻涕擤出来抹到炕头边，欢快地介绍她在葫芦镇集市上用一堆废铜烂铁换这个铝锅锅子的经过。

两个女人笑成一团。注意的焦点早就偏离了今天好吃的聚锅子馍馍，包括那个圆溜溜的瓦盆形状的铝锅，话题跑到葫芦镇街头那个专门用废铁烂铜倒锅锅的光头身上去了。说来那光头还真日能，平时破破烂烂的废旧金属，什么水壶啊，盆子啊，勺子啊，炉盖子啊，折胳膊的，断腿儿的，漏气的，渗水的，总之都根本没法使唤了，丢了却又可惜，这些东西被那光头收集起来就成了宝，他有变废为宝的本事，能从破烂里挑拣出哪些可以炼铝水，然后就灰头土脸臭味扑街地烧炼。现在两个女人讨论着那个光头，叽叽咕咕笑着，一边笑

242

一边消灭着咸菜和光头烧制的铝锅里煲出的馍馍。好像把光头变成了下饭菜，正一口一口脆嫩地嚼着。

马东女人的要求是什么时候提出来的，我没留意到。我是个孩子，孩子有着孩子的兴趣。炕上两个女人的世界，和我的世界只是偶尔碰撞一下，然后会分离。我只注意到她们一直都很高兴，太阳都落山了，马东女人还不走，我们肚子饿了，开始催我妈做饭。我甚至有一丝隐约的期待，希望马东女人能像第一次来我家那样上锅做饭，再给我们来一顿摊馍馍和荷包蛋，那个香这几年我就没舍得忘记。可那好像真是个千古难求的事情，自从我妈和这个女人交往以来，也就发生了那么一次。后面的交往变成了你来我往，人和人隔三岔五走动走动，要么她来我家，要么我妈去她家里，同时互相赠送东西，她来的时候带着，或者我妈去的时候带上，有时候打发娃娃专门送去。两个人成了连手，关系就比一般人深厚起来，特殊起来，往往没有亲缘关系，却比亲缘还亲密，互相来往和牵挂，成为常事，别人见了，要么心生羡慕，要么习以为常。马东女人是个很大方的女人，她的馈赠不是天天有，隔上一段日子才会有一次，但她一次出手，能抵得上别人的三五次。有一次她提来一个布袋子，里头是一些扁豆，还是生的。拿些生扁豆做啥哩？我们看了觉得失望。我们觉得有用的馈赠都是马上能吃进嘴里的东西。马东女人亲自把扁豆淘洗了，装进一个瓦盆，还捂到了我家炕上。然后我们就忘了关注。偶尔看见我妈在给瓦盆换水，用清水把扁豆洗一遍，又捂回去。几天后我们吃到了扁豆菜。居然发出来一大盆菜。我家哪吃得完这么多？我妈说再长就坏了。于是我们给奶奶家送，给前后左右的邻居送，也给马东女人留了一大碟子。多少扁豆发出了这么多菜？我们才记起来追究这个问题。八九碗哩。我妈眉眼里渗出笑影儿，说，马东女人还真是不抠啊，你看她哪回给我的东西小里小气了？还剩下几碗呢，我准备明年种一片扁豆。羊圈门的大队长往嘴里夹一筷子凉拌豆芽菜，响亮地嚼着，打出一个冒着豆腥味的嗝儿，说就怕是太大方了，里头有谋头哩。

说得我妈的脸绿了一霎。

她很快调整好了，挑剔出豆芽菜里长坏的，说，嘁，你就是心眼儿多，是当官儿当坏了吧，看谁都有花花肠子！她翻拣一阵，挑出一小撮坏扁豆，拿筷子指着给我们看，说，看着了吗，好的多还是不好的多？当然是好的占绝大多数，世上人心还是好的多！这是她的结论。不知道她为啥就认定了这一结论。她摇着头，显得有些固执，也有些累，说：她这个人啊，话语迟点，话总是爱说半截，咽半截，不过心好着哩，我试了几回，都好着哩。

母亲什么时候，用什么样的方式试探了她的连手？我们竟然一点都不知道，也没兴趣去注意这些事，我们有我们的乐趣。大人的事情枯燥，没啥值得留心的。我只记得这天马东女人离开的时候脸色不大好。她本来是皮肤偏黄的那种人，这个傍晚脸上隐隐挂着黑气，她下炕穿上鞋，回头看了我妈一眼，掉头就走了。我妈赶着下炕，嘴里说你吃了饭再回去吗——大门已经被从外头闭上了。我没有觉出这里头有什么异常，一个黄脸女人在黄昏脸色泛黑，没什么不对劲吧。况且这两个女人今天说得那么投机，整整高兴了一天呢，能有啥不对劲！

人已经走了，我妈把金女堵在墙旮旯里，清算没吃马东家碗坨子的旧账。她一会儿气得眼睛比平时大出半圈，一会儿又心口疼一样揉着，她说马东家的碗坨子得吃，不吃不成！哪怕是只尝上一口，也要比纯粹不吃的强。

金女气愤得眼睛变了颜色，说，我明明饱得很嘛，还能硬塞着叫人吃？你们大人太假了！

母亲哆嗦了一下，接着她一把揪住了金女的辫子，疼得金女也一哆嗦。母女俩眼对眼瞪着。金女忽然就哭起来，说你啥心病你清楚，她叫你帮她家要救济，你不敢跟我大张嘴，你就拿我出气！有本事你跟大队长说去啊。

她挨了我妈的一个嘴巴子。

我妈打了，又后悔了，好像这个嘴巴子把她的手打疼了，她拿手摸着我姐的脸,语气加重了,说,娃娃呀,你咋不听话哩,吃了,说明你心里没有啥,你愿意吃她家的五谷,我家和她家之间是不生分的!可你尝也不尝,还把你妹妹手里的打掉了,这是啥意思,难道人家的馍馍有毒哩!人家会咋想?是你个人不吃的,还是你父母叫你不要吃的?这里头事情复杂着哩!

母亲显得有些忧心。

我姐拿鼻子冷笑,说,复杂啥哩,那个脚疙瘩女人一开始就没抱好心,你就是不信。看看,她的野狐精尾巴夹不住了吧,露出来了吧,她要是你的真连手,今儿就不可能跟你翻脸!

我妈被气得呵呵笑起来。她笑着把事情跟大队长提了出来。本来这件事,按过去的旧套路走,她可能需要揣在心里掂好多个个儿,翻来覆去寻找跟大队长开口的机会。嘴不是好开的,一旦开了,事情就得有个差不多的结果,她需要酝酿,找准那个最合适的机会。过去这些年里的那几件事就是这么办成的。今儿这件事叫金女揭了盖子,馍馍没熟哩,气溜了。我妈肯定是临时有的灵感,她干脆破罐子破摔了,气既然溜了,那就给大队长上一笼夹生馍馍。她把事情光明正大摆到了桌子上,她说马东女人开口了,叫大队长帮个忙,是个大忙。

大忙?除了金女,和被窝里吃奶不谙人事的老四赛赛,我们所有人都张大了嘴巴。大队长的嘴张得最大，嘴里刚扒拉进去的一口饭全露了出来。

大忙？啥忙？有多大？我妹花女的舌头还没发育好，总给人感觉嘴巴小，舌头大，舌头太占地方，一说话就满嘴都是肉，话被搅碎了，需要你拼凑才能听得清。听上去她发的不是大，是介于大和啊之间的一个模糊的音，带着一股嫩嫩的奶腥味，好像她在一个混沌的空间当中走迷了路，在费劲地寻找出口。

没人理睬她。

大队长重新吃饭。

队长夫人不按常理出牌，试图四两拨千斤，用轻巧办法把难题撬起来推给男人。对于她来说，往往最难的不是开了口以后的路，而是开口前的这个过程。因为她是女人，她脑子里有女人的行事逻辑。不开口前，她输理，属于多揽闲事，一旦真的开了口，她就变被动为主动了，理重新回到了她的手中。就像一个人要处理一泡屎一样，甩出去前他前怕狼后怕虎，很不好意思，只要一旦甩到了别人的身上，他就不怕了，他会反过来催逼着别人尽快处理那泡丢人现眼的排泄物。你不接招，那就是你的错了。她可以抓住这个错，天天敲打你，不给你好好做饭，不给你铺炕暖被，不给你双手递茶，不给你笑脸……一个女人要整治她的男人，可以想出千百种办法。

247

你只要是个想好好过日子的男人，最后屈服的肯定是你。因为女人能把她带给这个家的气氛都搅黄，变凉，改味儿，她就有这个本事。

大队长心情不好，饭量大增，一口气吃掉两大碗黄米馓饭。等米粒咽净，饭在肚子里坐稳，他脊背靠住墙，懒洋洋地说，老婆子啊，我是吃馓饭的，你也是吃馓饭的，我们一天吃的是一样的饭菜，这心思咋就不往一搭里想哩？我往左想，你偏偏往右边拧，你掰着指头数数，自打你交往了这个脚疙瘩女人——我们姊妹几个哗啦啦笑起来，脚疙瘩是金女给马东女人起的外号，起因是她脚面上那又宽又大的疙瘩，想不到大队长在这里也引用了。

金女笑得尤其亮，有一种暂时在精神上取得了胜利的欢欣。

笑场打断了大队长抒怀，他干脆将身子躺平，看我们笑得差不多了，才又续上说下去：那个女人不简单哪，她头一回来，我就看出来了，羊圈门老老少少上百号女人，我都能一眼给看个差不多，就这个女人，我没看透！他举起手来，三个指头撮成一团，在半空中摩擦着，说：就差这么一粒粒，就一粒粒啊，我死活看不透这个女人。

夜早来了，屋里的煤油灯点起来了，大队长的脸在灯影下肥了一圈儿，有些虚幻，让人觉得我们正在梦里夜谈。真不是个简单女人！他把手收了，目光逮住我妈，说你是个没脑子的女人，脑子比人家碎了一疙瘩也就算了，还像犟槽上拴的那个家伙——

哪个家伙？我抢先问。我姐发明的"脚疙瘩"说辞受到了大人的肯定，我羡慕得很，也想在父母面前展露一下我的聪明。

犟驴。大队长一本正经回答。

嘴夹紧！

随着女人的断喝，我结结实实挨了我妈一巴掌。

这是属于挨了打也不敢哭出来的那种哑巴亏。

我劝你多少回了，你听不进去，你真是个犟板筋！你从头到尾好好细想一下，你们交往这几年，她通过你在我这里办成了多少事？大队长说完，微微笑着，等着一个答案那样，静静看着。

我妈的脸上显出认真来，眉头慢慢皱出三道竖纹，说，好像还真个不少啊——她肯定在脑子里摆出了一个时间图谱，然后从这个图谱里往出提取比较准确的答案。

那年给她要了一个大羯羊！她喊。为自己的好记性惊喜。

对啊，那羊本来轮不到马东家的。大队长很简洁。

我妈很快又想起来了：还有那三袋子白面，一袋大米，一壶油。

大队长像老师看着健忘的学生：米，面，油，不止一回吧？你再好好想想。

那是最多的一回，五六袋子，她两口子背不回去，还是我给借了架子车拉回去的哩！那回好像是啥单位给的扶贫对吗？

大队长不说话，等着笨学生自己启发她自己。

我妈眉宇间的川字像刀刻了进去。她嚷了起来：那是最多的一回！除过那回，另外零零碎碎给的，怕一共有十几回了吧？每一回不是一袋米就是一袋面，春里给了，夏里还给，冬天不光给面粉，还给炭。

炭是另外一回事。大队长提醒她。那年为了一车炭，我把人家支书都给惹了。本来是他准备给他姑舅妹子的一车炭，愣是叫我送给了马东。马东两口子在门外装炭哩，大队部里头支书在地上转圈圈，来来回回转了上百个圈，差点把砖头都给踏出脚印来。

大队长的神情有些迟缓，不知道是往事让他难受哩，还是在怀旧。

唉，我妈吁了一口气。

还有那个红乳牛哩，你记着吗？大队长的语调柔和下来了，可能他意识到这样咄咄逼人一路紧追并不是最好的办法。

忘不了哎。我妈感叹。为那个牛，她给我说了两回，我给你寻了半个月的闲气,把你逼急了,才算把问题解决了。哎,那个大乳牛真俊啊,胎气也好,一年多就能下一个牛娃,牛娃也是长身子,红毛色,模样子打眼,哎唉,说起来那乳牛真是甜和马东家了。

大家沉默了。

牛如今还养在马东家里,我们都见过它,确实是母牛当中难得的好牛,牙口好,肯上膘,耕地拉车都是好手,还好生养,马东家一两年就有一头牛娃能卖钱,那乳牛简直就是个小型银行。

说起那头牛啊,还真是没少给我家惹麻烦。为这个牛,大队长得罪了柯万金。据说按贫穷程度,牛应该扶贫给柯万金家。不知道柯万金在哪里扫了一缕耳风,就疯了一样天天往葫芦镇跑,找镇长告状。还扬言要拦书记的摩托,说红乳牛的事不给个结果他就告到北京去。现在你可以设想当时我家的气氛了,每天空气都紧绷着,好像头顶上悬着一个炸药桶,谁也说不准啥时候轰隆一声,那桶就炸了,把我们这个家给轰出个大坑。大队长嘴上说不怕不怕,柯万金爱上哪告就上哪告去,反正北京的大门又没上锁子锁住,谁都可以去逛一逛的,反正那牛又不是拴在了我家的槽头上,给了和柯万金一样穷的人,又能错到哪儿去哩。

最后事情咋落地的,我竟然没一点印象。可见当时那个年龄段的小孩子有多不靠谱，注意力和记忆力都十分随意，说断片儿就毫无商量地断了。这件事是我父母的一个伤疤。过去也就过去了。这几年他们俩从来没有再提起过。好像根本就没发生过一样。有几回金女提起来，她只要看了马东家新添的牛娃，回来就有意见，问那么好的牛，为啥不扶贫给我们家？难道我们家真比马东家富有？凭着家里有个大队长，不能给自家弄一头牛？谁还能把你给吃了？第一次，我妈发出警告，叫金女夹紧她的嘴，少胡说。第二次，我妈用一只鞋砸金女，金女逃掉了。第四次或者第五次的时候，我姐瓦罐难离井口破——只要来的回数多，被我妈狠狠打了个嘴巴子。现在大队长主动提了起来。他已经很平静了。

倒是我妈，有了明显的悔意，叹了一口气。

大队长可能觉得这个圈子兜得差不多大了，开始单刀直入，问，这回又是啥事？你先不要说，叫我猜一下。接着他笑笑地看着我妈的眼睛，说：救济款，想套这回上头刚拨下来的救济款对不对？

我妈人在梦里一样，软软地点了一下头，她的声音瘦瘦的，薄薄的，好久没吃饭那样，她说，对啊，救济款，她说她家要是能弄上这个救济款，就盖个厨房，这几年困难盖不起厨房，就在牛圈跟前那个草棚棚子里凑合着哩，冬天能冻死，夏里一下雨锅灶就泡在水里头，那苦日子她过够了。

大队长叹了一口气。大队长自从当了这个官儿，变成了一个意气风发的人，好像每一天的日子里都有着让他高兴的事，他很少像我妈这样愁眉苦脸，也绝少这样无奈地叹息。

她这回给你下了个大绊子！他忽然坐直身子，正视着面前的女人，声音里有着少见的坚决：这事儿不成。你明儿就挑明了跟她说，救济款本来就不多，是给那些没房的、还住在塌窑里的真正的困难户的。这笔款咋分配，书记、镇长都盯着哩，我要是帮了马东家，我这个大队长……

我妈的脸本来是苍白的，现在干脆透出黑来。她起身把所有碗筷拾掇起来，撤掉饭桌，哗啦哗啦洗刷起来，碗碟在铁锅里撞出惊心动魄的声响。

第二天的太阳和平时一样，慢腾腾赶它自己的路程，阳光温暖，明亮。日子又是原来的模样。大队长吃完饭就去大队部了。我妈忙了家里忙家外。过了三天，马东女人来了，我妈这回没停手里的活儿，一边掏炕眼里的灰，一边腾出嘴跟连手扯磨。她好像干活儿干上瘾了，把本来计划明天干的一些活儿也在今天干完了。又过了几天，马东女人抱着个大瓠子来了。两个女人坐着说话，我妈把瓠子开了膛，拔出肚里的瓤，揉搓出小半盆儿乳白色的籽。我妈要蒸瓠子包子吃，说这么大一个瓠子，放一冬还没烂，太难得了。等她蒸出包子给马东爷儿几个端上些让尝尝。马东女人坚决不要，说昨儿她已经做给他们吃了。

她走后我妈蒸了两锅包子,放凉了装进一个大蒲篮,等大队长回来了随时能热给他吃。她把圆形包子装了一碟子,又把羊尾巴形的扁包子另装了一碟子,然后望着两个碟子看。看一会儿,动手把一个圆包子放到扁包子上头,看看,再取一个羊尾巴包子放到圆包子上头。包子们被搬来搬去,次序乱了,最后又变成了一碟纯圆形,一碟羊尾巴扁形。

是要我们去送吗?我给金女努嘴,示意她看案板前失魂落魄的那个女人。

嘘。金女给我挤眼睛,说,这包子不用送,以后咱们也不用跑那个腿子了。

啊,日头要打西边出来了吗?

两个女人要臭!金女从牙缝里挤出金玉般珍贵稀少的几个字。

三

救济款是做啥的?任凭我们想破了小脑袋,也还是想象不出来,也许那根本就不是我们这些小屁孩应该关注的东西。大人比我们强了太多,他们也能被折腾得风云迭起,是非横飞,更何况我们呢。据说羊圈门有两户人家得到了救济款。马东女人再没到我家来过。大概过了一个月吧，春种忙，都没时间串门子，她不来正常。忽然一天我妈想去，说等明儿种豆子的时候她想在地边儿上加种几行大豌豆，大豌豆种子马东女人有。她曾建议我妈种，还说种子她从娘家背来了，给我们两家收着呢。我妈要去拿大豌豆种子。她把自己打扮了一下。换了新外衫，旧裤子外头套了新裤子。走到院里，低头一看，又退回来，从门匣里翻出新鞋，是一双平绒的干板鞋，她换上鞋，上下打量，自己把自己惹笑了，说这叫做啥哩？太扎眼了吧？金女在边上看，鼻子里嗤地喷出一股气。我妈脱掉了新衣新裤，只穿着那双新鞋走了。

我妈长着一对细长脚，那双 37 码半的鞋她穿着不给人感觉脚大，反倒显得好看。她只有去跟集、走亲戚的时候才会这样穿。现在她到村庄南面的马东家去了。

看着，肯定呛一鼻子灰回来！

金女和我扒在南边的矮墙豁口上，目送母亲远去。金女冷笑着下结论。这个结论母亲听不到，即便已经听不到，金女还是带着嘲讽说。我妈说过，这个大女子不是她贴心的碎裹肚儿，是一件光板羊皮外衣，挨着肉就扎你，比刀子刃还利，好像她生出的是个仇人。金女是不是豆腐心我不确定，反正嘴绝对是刀子嘴，刀刀扎肉，刀刀见血。我早就习惯了她的毒舌，她要是忽然不毒舌那才叫人不踏实呢。

我深感遗憾，这一趟我应该跟着母亲去的。她穿了新鞋，显得隆重而认真。这和马东女人第一次来我们家的打扮有点像，几年前那女人也是穿着一双干板鞋上门来的。今日和当年的区别只在于颜色。我妈穿的是浅紫色绒面鞋，马东女人当时脚上的干板鞋是干红的。那时候她们都还年轻，这几年过去了，山里女人老得快，青春已经在她们身上加倍地溜走了好大一截子。我有些幼稚地幻想了一种可能，会不会我妈这一去，马东女人将和她烙几锅莜荞面的油摊馍馍，再打几碗荷包蛋，摊馍馍用腌得脆黄的白菜一炒，荷包蛋舀在白瓷碗里，大家面对面坐在炕桌前，亲亲热热地享用一顿美餐。

口水顿时涌上来，吞咽一口，又涌上来一口。金女纹丝不动，我就不敢擅自做主。我们只能长在墙豁口里。我幻想着对面的烟囱里马上升腾起柴烟，那是母亲和她的连手开始生火做饭了。

童年唯一的好处就是注意力不持久。那个晚春的下午，我们很快就忘掉了最初扒墙头的用意，一个从墙下路过的男孩冲我们扔了土块，激怒了金女，她带着我和他展开了游击战。土块扔上扔下，打来打去，他忘了回家，我俩忘了盯妈。我们从墙豁口处掰下土块，伴随着脏话一起砸下去。他用同样的办法还击我们。直到门口一个人出现，才让这场莫名其妙打起来的战斗戛然终止。

我妈回来了。

这天的晚饭很丰盛。大队长出门没回来，就我们几个人。我妈把洋芋丝儿用开水煮一下，拿凉水激了，然后用滚烫的清油拌了。原来洋芋还可以这么吃，我发现我们过去这些年的洋芋白吃了，完全是闭着眼睛填肚子呢。今儿我妈让我们见识了洋芋的灵魂。醋是从马东大哥家倒来的。马东大嫂这两年醋做得越来越好，全羊圈门出了名。麻椒面，味精，油泼辣子，洋芋丝儿被拌得黄中有白，闻着香，吃到嘴里脆生生响，香味直往嗓子门里窜。还有炒鸡蛋呢，鸡蛋里稍微打一把面纤，撒一大把葱花，油盐调味品也放上，慢火摊在锅里，起出来一大张子鸡蛋饼。用切刀划成碗口大的片儿，每个人分了半碟子。现在我们知道世界上有比莜荞面摊馍馍更好吃的饼。我妈还示范给我们一个新吃法，把洋芋丝卷在鸡蛋饼里，裹着吃，一口下去有蛋有丝儿，舌头和牙齿惊喜得一起打颤。

我们吃得欢天喜地，直到花女喊，妈，你咋不吃？我们才发现母亲真的一口都没吃。

饱着哩，吃不下。她揉着心口窝说。心口窝里究竟装着饱还是饿，我们拿不准。

难道是马东女人给你做好吃的了？

没见马东家冒烟啊。

那大豌豆种子哩？咋没见你背回来？

我们两个臭了。母亲望着我们的脸，眼里的神色是我们从来没有见过的。至今我都忘不了那种眼神，瞳孔里蒙了一层什么，让她的眼睛比平时浑浊了一些。我仔细留意过，那不是眼泪，是一种别的东西，这东西厚厚的，黏糊糊的，好像要把这女人的一双眼睛都给糊起来，让她再也看不清人间。而她和马东女人最好的那些日子，她的眼睛总是亮晶晶的，有光在闪。

金女的乌鸦嘴又一次取得胜利。我说得准不？她得意地炫耀，我就晓得会是这么个结果！

这一回母亲没有给她一个嘴巴子。母亲似乎很累，只有些悲凉地看了她一眼，然后草草洗了锅，爬上炕喊我们去顶大门，去拿尿罐，快吹灯睡觉。

母亲得眼病了，这病害了很长时间。先是流泪，喊痒，就一个劲儿挤眼睛，拿手背擦，擦得脏乎乎的液体不停地淌。很快就红肿起来，眼仁也红了，瞳孔上空蒙了一层网一样的血丝。她不敢见光，躲在屋里流泪。大队长专门去集上问了大夫，买回来一管眼药膏。大夫还有话带了回来，大队长传达上级会议精神一样传达给老婆。大意是我妈在害眼，害眼是大事，最容易落下病根，害眼的人得好好缓着，不敢叫风吹日晒，也不要累着。一句话，在家里好好待着。母亲像个乖孩子一样听话，乖乖地点上眼药，闭着眼睡在枕头上。

我和金女都害过眼病的，害眼确实很难受，可真的有这样难受吗？母亲还是个大人呢。再说她脾气急，还爱操劳，这个家没有她一刻不停地操持，是无法运转的。现在她好像忽然看开了，把世事看透了，也就全部放下了，她静静地躺着，一个冷水里拧出的手巾搭在额头上，她不看我们，不看眼睛之外的任何事物。

大队长留下来关顾家里，他把洋芋剁成锤头大的疙瘩，开水锅里煮烂了，把面条投进去，煮出半锅稀烂的洋芋面给我们吃。我们吃得龇牙咧嘴，像在咽刀刃。大队长笑呵呵的，自己吃一碗，端一碗给炕上的人，说，老婆子啊，人能害几天病其实是个好事情，身子缓一缓，心也缓一缓，尤其这闭上眼睛缓啊，它还有个好处——我妈摸索着端起碗往嘴里刨饭，说，灯不点亮黑得很，话不说透不耽搁啥事吧？亏你还是个大队长，话还是那么多。

大队长伸手摸了摸他自己的嘴，噗了声，从此他们再没有议论过害病和休息的关系。

过了半个月吧，也许是一个月，反正我妈已经下炕正常生活了，她歇息的这段时间，家里家外都积攒了太多的活计，她忙得不亦乐乎。这些日子病着，她养胖了，羊圈门的妇女们见了都说她白了，脸圆了。我妈用手摸着脸，有些茫然，也有些没来由的羞赧，好像她不能确定自己真的胖了并且白了,好像胖了白了是一件令人困惑的事。

四月豆花盛开的时节,一个西天飘浮着豆花紫色云朵的傍晚,一对男女走进了我们的家门。他们穿戴一新,脚步坚定,神态更坚定,不用主人邀请就主动走进我家上房,将正在上房桌前算一笔旧账的大队长堵在了屋里。男人迎头给大队长作揖——我们羊圈门的这个问候方式很特别,先弯腰双手作揖,规矩板正,像古人一样,嘴里说的是赛俩目一坤。后来我专门查询过这一现象,这是西北地区回民中的一部分人所保留的一种见面方式,中外合璧,古色古香,别有特色。

大队长作揖还礼。

来的是马东,身后还跟着他的女人。

不等大队长说话,马东站直了身板,说姑舅巴,我要走了,搬到玉泉营去住家,临走前跟大家说一声。

大队长吓了一跳,赶紧让座。

不了不了——马东抬起一只手摆着,我们这就走,还有好几十家子没去哩,得挨家挨户说一下。

大队长借着残阳的余晖打量马东,他第一次有机会这么近距离地接触这个人。他和马东年龄差不多,奇怪的是从小到大竟然都没好好打过交道。小时候都干啥去了?大队长在脑子里搜寻着。隐约记起来了,这个人其实是存在的,只是被他大哥遮蔽住了。青少年时代的大队长,和马东大哥是一波,放羊，放牛，斗狗，打群架，拔烟洞眼，掏兔子窝……身后应该跟着个拖着鼻涕的小弟弟，哭哭啼啼要融入大家，大哥哥们都嫌弃这样的小尾巴。

马东的女人和马东个子一般高，她的身材要宽大一点，显得比马东更突出。大队长看到她马上想到了自己的女人，男人跟男人告别，女人跟女人更应该有个告别。尤其这两个女人是羊圈门人尽皆知的连手。也许有一刹那大队长想到过别的，比如两个女人交往这几年来，马东女人那些暗藏着的用意和目的。现在都要结束了，明天这两口子就走了，所以两个女人的友情，不应该再有杂质掺在里头。他一边让马东在椅子上坐，一边给马东女人伸手指隔壁，示意她自己去厨房见她的连手。

马东好像想坐，屁股来不及落到椅子上，他身后女人说话了，姑舅巴，我们就不坐了，还有半庄子人家没去哩，天要黑了。

这一说，马东就不坐了，退出门，说：一个庄子里长了这么大，这些年有啥亏欠你们的地方，都原谅着，给个口唤。弯腰又作一个揖，转身走了。他的女人也匆匆作了一个揖，紧跟着男人一起离去。

大队长站在院门口看呆了，他发现那两口子脚底下踩着风。

黑夜如期降临。羊圈门的所有人家都知道了一个消息：马东要走了，连家带舍搬走，去一个叫玉泉营的地方。也就是说，这一去，有可能再也不回来了。这是一个让人没法接受的消息。一种蕴含着悲伤的气息在村庄上空悄然弥散。很多人家为此推迟了进入睡眠的时间。

我们家的空气从来没有这样压抑过。先是我妈和大队长狠狠吵了一架，我妈责怪大队长没有及时喊她出来，以至于她错过了和马东见面的机会。她抱怨着就哽咽了，抹着眼泪，说她在厨房里忙着做饭哩，风闸拉得吧嗒吧嗒响，满心里就想着早点让饭出锅，给我们这一家子饭桶都吃上，她哪能晓得是马东来了，马东那个人是多好的人，这些年就没见过他跟谁吵嘴，见了谁都和气，该叫巴的叫巴，该叫阿姨的叫阿姨，将小得很，从不拿架子，也没听过他偷鸡摸狗，使坏行歹，就算和他大哥家不睦，那也是大哥一家子欺负他们，如今忽然要搬走，肯定是受不了他老子他大哥合伙欺负，才要离了故土的，那么一个良善人，如今要走了，无论如何该好好送送嘛。

说着她又抹了一把眼泪。

谁都看得出来，这个女人今晚有些胡搅蛮缠。奇怪的是，大队长今儿脾气好得离奇，他接受了女人的抱怨，他像哄娃娃一样拍了拍女人的肩膀，说，哎哟，我今儿头有点疼，可能叫风给吹了,偏头痛犯了,哎哟,你晓得我偏头痛一犯,人就瓜了,你跟个老半瓜子计较啥哩嘛,你就高抬贵手放过他嘛。

我妈哭得更伤心了,一屁股坐在灶火门跟前,眼神蓝幽幽的,说,我就想着大家做了几十年邻居,种着一个山洼上的地,吃着一眼泉里的水,有事没事三五天都能碰个面,这说走就走吗?这老家的摊摊子舍得下吗?外头就那么好扎根?怕是跑出去要受罪哩。

说完她可能觉得有必要再往深处挖掘一下,说,你记得吗,爷爷口唤的那阵子,马东帮咱们上了多少回坟哩?只要阿訇不在,你就得请他。你们一窝孝子贤孙,顶不上他一个人尽的力。

这个我们知道。前年我太爷爷去世了,确实经常请马东早晚去走坟。

他还帮我们宰鸡,不管他有多忙,只要我把鸡抱到他跟前,他都放下活计给我们宰牲,要是身上没水,就赶紧进屋洗一个,洗上再给别人宰这个牲。

金女和我蹲在炕梢,她忽然捅我一拳,悄声说:真没出息!

是骂我吗?我看她。她拉我一把,低声解释:她,你看她这没出息的嘴脸!

她的嘴努向地下，指的是我们共同的母亲。

说实话，此刻我也觉得那女人鼻涕、眼泪两汪汪的样子确实有点损害一个大人的形象，可我不苟同金女的看法。我妈罗列的马东的善良行为，原来这么多，要不是她今晚说出来，我们根本都不知道，或者早就习以为常，不觉得这也是难得的好品性。细想马东那个人，确实是个老好人，这些年就没见过他和谁交恶，当然他哥除外。

要不我们连夜去看看？大队长忽然提议。把你的鸡蛋拿上些，看还有啥心意吗，一并带上。

油灯的光闪了一下。可能是门缝里钻进来的风招惹了它。

那个抹泪的女人愣了一下，扭头看窗外，此刻窗外已经是黑漆漆一片。不过真要去的话行得通，我家有手电筒。

不去！她分明想起了什么，脖子忽然扭回来，跟人吵架一样，从地上站起来了，给我们下命令：都上炕，吹灯睡觉！

她是长官，我们都是小兵，军令如山，大家乖乖脱衣进被窝，紧跟着进入梦乡。

别看大队长白天在人前挺有威望的，其实回到家里他也是我妈的兵，尤其吹灯睡觉这件事上头，他没有发言权，只有服从权。

四月的夜静谧而温柔。我们开始有热瞌睡了，能一觉睡到天大亮。等我们醒来，发现案板上摆着一堆鸡蛋，我妈站在鸡蛋旁边发呆。

谁下的?

花女傻愣愣地问。她被鸡蛋的阵容吓住了。

不是我,我才睡起来!

聪明的金女才不会给别人背黑锅哩,马上替自己辩解。

三秒钟后,我们一起哈哈大笑。

金女在笑声中脸红了,跳着蹦子辩解:不是那意思!我不是那个意思!

下蛋、生孩子,乃至世间一切的生殖行为,在我们这个年龄的小孩子看来是耻辱的,尤其和小女孩挂钩的话,那就预示着她不知廉耻,这是当年羊圈门人们意识当中的一种奇怪的共识。

母亲笑得最响,她嗨嗨嗨嗨嗨嗨笑着,把鸡蛋分给我们。鸡蛋是热的,从锅里出来不久。每个人分到了六个,除了被窝里的赛赛还不会吃,我们大家瓜分了三十个鸡蛋。

花女用小衣襟撩着她的六个蛋,隔夜的小脏脸被惊喜撑大了,像个热乎乎的玉米饼,她用牙齿漏风的嘴巴说,我能一顿都吃了吗?

我妈笑累了,摆手,吃去吧,由着你吃,反正都是你的。

我妈把放在枕边的一匹毛蓝色新布抖开,瞅了瞅,又折叠起来,打开箱子重新放回去,然后坐在窗子边,一边给赛赛喂奶，一边看玻璃外墙头外更远的天地。其实墙头外是大片灰蓝的天，其余的风景都被黄土墙挡掉了。她的眼睛总是腾起一片泪蒙蒙的东西，她就擦，我们羊圈门的人都习惯用随手抓起的什么东西擦眼泪擦鼻涕，我妈一会儿用手背擦，一会儿用手心擦，一会儿用被角擦，还有一次她干脆抓起赛赛的尿布子擦了两下。

  大队长今天没去大队部公干。他先在羊圈门溜达了一圈——自从当上大队长以后，他就变得爱溜达了。早起第一件事就是背搭手溜达一圈。步伐悠闲又有力，低调而威严，从我家门口一直走到上庄子，转身往下走，走到下庄子尽头，这才回家来吃早干粮。遇到的人都和他打招呼，人家要是没有看见他或者故意看不见他，眼看着可能错过一个招呼，他就会咳嗽一声，大声喊人家，主动打一个温和的招呼。羊圈门有人送他一个很诛心的外号，牙狗，就是公狗的意思。他们的意思是，公狗早晚巡视，无非为树立自己威风，维护自己的地盘。从这一角度去看，这外号也不算太亏了大队长。我妈为此劝过他，叫他稳着点，怂着点，不要惹得猪嫌狗不爱的。大队长坚持不让步，他有自己的理由，这理由是妇道人家和我们这些碎屁子儿不能理解的。他说要压稳沟子下这个位子，就得忍受一些东西，遭人嫌恶怕啥，人还不都是眼红，换个人坐大队长的位子上你试试看，说不定比我还会二哩。大队长是官儿，操着大心，干着大事，我妈就不敢干涉了。再说我妈作为队长女人，也确实感受到了身份带来的好处——大队长溜达回来就坐在炕沿边生气，大骂马东的老父和大哥，说他们不是人，合伙逼得马东背井离乡了。

骂完他看着摆到面前的一碗鸡蛋，拿起一个，磕破了剥皮，剥光了送进嘴里，大口吃下去，说，嗯，好吃，一顿吃这么多鸡蛋，享福了！

接着剥下一个，眼睛不看我妈，低着头自顾自地说着话，嗯，我们是沾了马东两口子的光，嗯，有人鸡叫了就爬起来拾掇煮鸡蛋，把一筒子鸡蛋都给煮了，咋又没给马东家送去哩，还有那块子布，也送给马东女人吗，毕竟两连手好了一场，谁都不是坏人，只要拿着东西赶去送，她还能冷着吗，唉唉，你说你咋就低不下这个头哩，是迈不过心里的那道坎儿吧——

吃你的蛋！

我妈忽然吼。

多亏是大队长，这个吃着蛋还饶舌的人要是换了金女，我妈肯定用的是"皮嘴夹紧"这类猛词。

等太阳出来，世界又暖洋洋了，今天和昨天没什么区别，豌豆花儿还是一片紫一片白地开着，孩子们照旧凑成堆儿在风里乱跑，我们撵蝴蝶，追蜜蜂，从北边跑到南边，把世界跑小了。我们转悠到马东家门口了。大门开着，屋门开着，牲口圈门开着，茅房门开着，马东家变成了一个洞开的世界。马东两口子，他们的两个娃，一头牛，一头驴，一只狗，几只鸡，还有应该早就出世的鹅娃，都不见了，好像他们从来都没有在这个家里生活过。

　　后来据羊圈门那些爱搬弄是非的人们传播，说马东一家是在东方刚放亮就起身离开的。马东放开悲声哭了一嗓子，他女人没哭。娃娃们估计还在梦里挣扎，被安置在架子车上的铺盖卷里，就那么做着残梦离开了故土。

　　　　《长江文艺》2022年第3期

编者点评 /

不得不说,马金莲最擅长的还是她最熟悉的西海固乡村世界里的人情世故和家长里短。这些看似平常的日常俗事,却能在马金莲的笔下幻化出妯娌乡邻间交辉的光泽。《母亲和她的第一个连手》写的是母亲和她的连手马东女人由好转恶再重新互相理解的故事。

马金莲用丰富的细节串联起两位女性忘乎所以的日常交往,并给予这种光景以超脱日常之外的某种神性,仿佛两人在你来我往中得到了心灵的抚慰和升华。而恰恰是这些看上去略显奇特的"友情",随着马东因兄弟失和而另起炉灶背负重压并最终离开的故事,似乎得到了某种合理的解释。后者作为小说的支线,交代了马东女人何以在母亲这里屡次收受接济,并致使母亲与其交恶。然而最终,马东全家的离开才使母亲想起马东女人的善良,却也无法改变他们被排挤的命运。整篇小说在平缓而有层次的叙事节奏中,讲述两位女性的平常往事,既有乡村熟人社会里的生存状态,也间接反映了悄然发生在乡村里的社会变革。马金莲在延续以往写作风格的同时,对人物心理细微处的捕捉更加敏锐,行文间看似闲笔的插入实则显示出她技艺的纯熟。

本书主编杨毅 ++++++++++++++++++++++

创作年表

2001 年

* 1月,散文《车辙下的人生》发表于《三角洲》第1期。
* 3月,小小说《凤愿》发表于《六盘山》第2期。
* 5月,散文《孤独心语》发表于《六盘山》第3期。

2002 年

* 3月,散文诗《走进西部》发表于《三角洲》第2期。
* 5月,短篇小说《阳光照彻院子》《昔年的隐者》发表于《六盘山》第3期。
* 11月,小小说《山的女儿》发表于《三角洲》第6期。短篇小说《早年的收藏》发表于《六盘山》第6期。

2003 年

* 5月,短篇小说《女人在远方》《冬闲时节》发表于《六盘山》第3期。

2004 年

* 7月,短篇小说《赛麦娘的春天》发表于《六盘山》第4期。

2005 年

* 1月，短篇小说《远处的马戏》发表于《六盘山》第1期。
* 3月，短篇小说《五月散记》发表于《六盘山》第2期。
* 7月，短篇小说《六月开花》发表于《黄河文学》第4期。
* 11月，短篇小说《掌灯猴》发表于《回族文学》第6期。

2006 年

* 1月，短篇小说《花开的日子》《满园清风》发表于《黄河文学》第1期。
* 7月，创作谈《故乡在我的光阴里》发表于《回族文学》第4期。

短篇小说《墨斗》发表于《十月》第4期。

2007 年

* 3月，短篇小说《丑丑》发表于《回族文学》第2期。

短篇小说《富汉》发表于《朔方》第3期。

* 5月，散文诗《红楼小调》发表于《散文诗》第5期。
* 6月，短篇小说《拾粪》发表于《朔方》第5—6期。
* 7月，短篇小说《小说二题》发表于《六盘山》第4期。

※ 9月，短篇小说《结发》发表于《回族文学》第5期。

※ 11月，短篇小说《糜子》、中篇小说《方四娘》、创作谈《左手心女儿　右手心小说》发表于《朔方》第11期。

2008年

※ 3月，中篇小说《春风》发表于《黄河文学》第2—3期。

※ 5月，短篇小说《四月进城》《五月》发表于《六盘山》第3期。

※ 7月，短篇小说《碎媳妇》发表于《回族文学》第4期。

短篇小说《永远的农事》发表于《朔方》第7期。

※ 9月，短篇小说《细瓷》发表于《黄河文学》第9期。

短篇小说《窑年纪事》发表于《朔方》第9期。

※ 11月，短篇小说《发芽》发表于《回族文学》第6期。

2009年

※ 1月，中篇小说《父亲的雪》发表于《朔方》第1期。

※ 3月，短篇小说《哑巴巴的爱情白杨》发表于《回族文学》第2期。

短篇小说《庄风》发表于《民族文学》第3期。

※ 4月，短篇小说《巨鸟》发表于《朔方》第4期。

※ 5月，短篇小说《搬迁点的女人》发表于《六盘山》

第 3 期。

* 8 月，短篇小说《流年》发表于《民族文学》第 8 期。
* 9 月，短篇小说《风痕》发表于《朔方》第 9 期。

短篇小说《少年》发表于《回族文学》第 5 期。

* 11 月，短篇小说《老两口》发表于《回族文学》第 6 期。
* 12 月，散文《西海固生存手记》发表于《黄河文学》专刊。

2010 年

* 1 月，散文《洋芋》发表于《回族文学》第 1 期。

短篇小说《一壶清水》发表于《作品》第 1 期。

* 2 月，小说集《父亲的雪》由阳光出版社出版。
* 3 月，中篇小说《坚硬的月光》发表于《朔方》第 3 期。

中篇小说《尕师兄》发表于《民族文学》第 3 期。

* 5 月，短篇小说《舍舍》发表于《回族文学》第 3 期。

短篇小说《疯牙》发表于《六盘山》第 3 期。

短篇小说《蝴蝶瓦片》、创作谈《在西海固大地上》发表于《作品》第 5 期。

* 6 月，中篇小说《山歌儿》发表于《朔方》第 5—6 期。
* 7 月，创作谈《母亲的嫁妆》发表于《北京文学·中篇小说月报》第 7 期。

* 9月，中篇小说《赛麦的院子》发表于《民族文学》第9期。

　　短篇小说《梨花雪》发表于《回族文学》第5期。

　　短篇小说《瓦罐里的星斗》发表于《六盘山》第5期。

* 10月，短篇小说《吃油香》《扛土枪的男人》、创作谈《露出自己该有的面目》发表于《朔方》第10期。

* 11月，短篇小说《远水》发表于《回族文学》第6期。

　　中篇小说《念书》发表于《芒种》第11期。

2011年

* 1月，短篇小说《河边》发表于《六盘山》第1期。

　　随笔《我与朔方之间的点点滴滴》发表于《朔方》第1期。

* 2月，短篇小说《利刃》发表于《黄河文学》第2期。

　　短篇小说《远水》发表于《民族文学》第2期。

* 3月，短篇小说《鲜花与蛇》发表于《回族文学》第2期。

* 4月，短篇小说《风筝鱼（外一题）》发表于《飞天》第4期。

* 5月，中篇小说《老人与窑》发表于《花城》第3期。

* 6月，中篇小说《柳叶哨》发表于《朔方》第5—6期。

⁑ 8月，短篇小说《蔫蛋马五》发表于《民族文学》第8期。

⁑ 9月，短篇小说《夏日的细节与秘密》发表于《六盘山》第5期。

⁑ 11月，短篇小说《孔雀菜》发表于《回族文学》第6期。

中篇小说《追赶幸福的女人》发表于《飞天》第11期。

中篇小说《老井》发表于《芒种》第11期。

短篇小说《暗伤》发表于《朔方》第11期。

2012年

⁑ 1月，短篇小说《兄弟》发表于《民族文学》第1期。

⁑ 3月，短篇小说《夜空》发表于《回族文学》第2期。

短篇小说《四月进城》发表于《朔方》第3期。

短篇小说《河边》发表于《天涯》第3期。

⁑ 5月，短篇小说《夏日的细节与秘密》发表于《飞天》第5期。

小说集《碎媳妇》由宁夏人民出版社出版。

⁑ 6月，短篇小说《旧风景》发表于《朔方》第5—6期。

⁑ 9月，短篇小说《难肠》发表于《回族文学》第4期。

短篇小说《风筝》发表于《六盘山》第4期。

短篇小说《手心里的阳光》发表于《作品》第9期。

散文《这之前的时光》发表于《中国民族》第9期。

※ 11月,短篇小说《荞花的月亮》发表于《回族文学》第6期。

创作谈《涂抹小说的缘由》发表于《六盘山》第6期。

短篇小说《风筝》发表于《飞天》第11期。

2013年

※ 1月,短篇小说《蔫蛋马五》《兄弟》发表于《民族文学》第1期。

随笔《西海固文学离莫言有多远》发表于《六盘山》第1期。

※ 2月,短篇小说《小人物速记》发表于《朔方》第2期。

※ 3月,中篇小说《一个人的地老天荒》发表于《飞天》第3期。

中篇小说《淡妆》发表于《芒种》第3期(上半月刊)。

※ 4月,短篇小说《早春》发表于《延河》第4期。

※ 6月,散文《我的村庄》发表于《民族文学》第6期。

※ 9月,短篇小说《大拇指与小拇尕》发表于《回族文学》第4期。

中篇小说《长河》发表于《民族文学》第9期。

创作谈《让文字像花朵一样绚烂》发表于《文艺报》9

月18日。

＊ 11月，短篇小说《项链》发表于《回族文学》第5期。

中篇小说《醉春烟》发表于《创作与评论》第11期（上半月刊）。

2014年

＊ 1月，短篇小说《口唤》发表于《飞天》第1期。

＊ 3月，短篇小说《短歌》发表于《回族文学》第2期。

中篇小说《绣鸳鸯》发表于《芒种》第3期（上半月刊）。

长篇小说《马兰花开》由宁夏人民教育出版社出版。

＊ 4月，短篇小说《河南女人》发表于《回族文学》第4期。

＊ 7月，随笔《马金莲随笔》发表于《延河》第7期（下半月刊）。

散文《与洋芋有关的记忆》发表于《焦作日报》7月23日。

＊ 8月，短篇小说《1987年的浆水和酸菜（外一篇）》《1985年的干粮》发表于《长江文艺》第8期。

散文《流浪者与达吾德（二题）》发表于《青岛文学》第8期。

＊ 9月，中篇小说《小渡》发表于《清明》第5期。

散文《我所留恋的岁月》发表于《文艺报》9月5日。

散文《老去的岁月》发表于《文艺报》9月26日。

小说《马兰花开》获中宣部第十三届精神文明建设"五个一工程"奖。

* 10月,随笔《守住文学这片净土》发表于《宁夏日报》10月20日。

中篇小说《长河》获郁达夫小说奖。

* 11月,短篇小说《头戴刺玫花的男人》发表于《回族文学》第6期。

中篇小说《离娘水》发表于《民族文学》第11期。

小说集《长河》由作家出版社出版。

* 12月,随笔《用文字表达对生活的爱》发表于《朔方》第12期。

2015年

* 1月,中篇小说《杏花梁》、创作谈《明白幸福的方式》发表于《北京文学》第1期。

短篇小说《小说二题》发表于《回族文学》第1期。

中篇小说《金花大姐》发表于《朔方》第1期。

短篇小说《满儿》发表于《六盘山》第1期。

随笔《我所珍惜的时光》发表于《文艺报》1月9日。

散文《温暖的节》发表于《中国民族》第1期。

❋ 2月，散文《清洁的日常美味》发表于《中国民族》第2期。

随笔《一个人的阅读史》发表于《名作欣赏》第2期（上旬刊）。

❋ 3月，中篇小说《四儿妹子》发表于《花城》第2期。

随笔《我的文学梦》发表于《共产党人》第3期。

散文《浆水酸菜的日子》发表于《朔方》第3期。

短篇小说《一抹晚霞》发表于《飞天》第3期。

散文《人间烟火》发表于《文艺报》3月25日。

❋ 4月，短篇小说《摘星星的人》发表于《青年文学》第4期。

❋ 5月，短篇小说《1990年的亲戚》发表于《广州文艺》第5期。

❋ 7月，短篇小说《1992年的春乏》发表于《回族文学》第4期。

❋ 8月，散文《行走的锅》发表于《民族文学》第8期。

短篇小说《1986年的自行车》发表于《青岛文学》第8期。

❋ 9月，短篇小说《金色童年》发表于《山花》第5期。

随笔《困境、坚守与突破的可能》发表于《文艺报》9月14日。

※ 11月，短篇小说《老年团》发表于《回族文学》第6期。

※ 12月，随笔《豪迈其人　脱洒其人——同学薛晓燕印象》发表于《文艺报》12月18日。

2016年

※ 1月，中篇小说《1988年的风流韵事》发表于《朔方》第1期。

散文《行走的锅》发表于《朔方》第1期。

散文《半叶清风吹故乡》发表于《黄河文学》第1期。

※ 2月，随笔《百里滩的文学守望者》发表于《文艺报》2月22日。

短篇小说《暖光》发表于《回族文学》第2期。

※ 3月，中篇小说《贴着城市的地皮》发表于《民族文学》第3期。

※ 5月，随笔《一枝梅花静静开》发表于《文艺报》5月9日。

小说集《1987年的浆水和酸菜》由花城出版社出版。

※ 6月，随笔《时光缝隙里的几个人》发表于《朔方》第6期。

※ 7月，短篇小说《镜子里的脸》发表于《回族文学》第4期。

随笔《杨永康印象》发表于《文艺报》7月8日。

随笔《安守宁静的美好》发表于《文艺报》7月24日，

获首届茅盾文学新人奖。

※ 8月，小说集《长河》获第十一届全国少数民族文学创作骏马奖。

※ 11月，中篇小说《旁观者》发表于《花城》第6期。

中篇小说《白衣秀士》发表于《回族文学》第6期。

随笔《草木般向上生长》发表于《文艺报》11月29日。

2017年

※ 1月，随笔《你像一双温暖有力的手》发表于《回族文学》第1期。

随笔《且哭且歌话忧伤》发表于《人民日报》（海外版）1月21日。

※ 小说集《绣鸳鸯》由中国言实出版社出版。

※ 2月，中篇小说《平安夜的苹果》发表于《湖南文学》第2期。

※ 3月，中篇小说《梅花桩》发表于《朔方》第3期。

※ 4月，随笔《执着梦想让"马兰花开"》发表于《中国妇女》第4期。

※ 5月，中篇小说《三个月亮》发表于《芒种》第5期（上半月刊）。

小说集《难肠》由宁夏人民教育出版社出版。

* 9月，短篇小说《凉的雪》发表于《芙蓉》第5期。

   短篇小说《烟四花》发表于《回族文学》第5期。

   短篇小说《一顿浆水面》发表于《湖南文学》第9期。
* 11月，短篇小说《山中行》发表于《清明》第6期。

   创作谈《难忘的记忆》发表于《回族文学》第6期。

   中篇小说《听见》发表于《民族文学》第11期。
* 12月，创作谈《听见心被叩响的声音》发表于《北京文学·中篇小说月报》第12期。

2018年

* 3月，短篇小说《花姨娘》发表于《六盘山》第2期。

   随笔《寻常人间烟火里》发表于《青年报》3月4日。

   长篇小说《数星星的孩子》由辽宁少儿出版社出版。
* 4月，中篇小说《底色》发表于《朔方》第4期。
* 5月，中篇小说《伴暖》发表于《回族文学》第3期。
* 7月，中篇小说《追风记》、创作谈《这些年小说生活的酸甜苦辣以及追着风奔跑》发表于《大家》第4期。

   中篇小说《低处的父亲》发表于《长江文艺》第7期。
* 8月，中篇小说《我的姑姑纳兰花》发表于《民族文学》第8期。

   短篇小说《1987年的浆水和酸菜》获第七届鲁迅文学奖。

※ 9月，创作谈《另一种苦》发表于《北京文学·中篇小说月报》第9期。

中篇小说《人妻》发表于《红豆》第9期。

随笔《我枕边的两本书》发表于《黄河文学》第8—9期。

随笔《用真挚的情感书写时代故事》发表于《文艺报》9月22日。

小说集《头戴刺玫花的男人》由作家出版社出版。

※ 10月，随笔《认真虔诚地对待生活赠予的一切考验》发表于《文汇报》10月23日。

小说集《河南女人》由作家出版社出版。

长篇小说《小穆萨的飞翔》由北京少儿出版社出版。

※ 11月，创作谈《在生活深处潜伏》发表于《北京文学·中篇小说月报》第11期。

随笔《书香润泽的小草》发表于《今晚报》11月13日。

2019年

※ 1月，随笔《在新的生活里留存并且生生不息》发表于《青年文学》第1期。

※ 2月，小说集《伴暖》由北京十月文艺出版社出版。

※ 4月，创作谈《愿每个童年，都拥有想飞的翅膀》发表

于《文学报》4月11日。

随笔《读书是温暖心灵的最好路径》发表于《银川日报》4月16日。

* 5月，长篇小说《孤独树》发表于《花城》第3期。

中篇小说《我的母亲喜进花》发表于《朔方》第5期。

* 6月，随笔《我记忆里的李进祥老师》发表于《吴忠日报》6月27日。

* 7月，短篇小说《冯家堡子》发表于《清明》第4期。

短篇小说《义诊》发表于《安徽文学》第7期。

随笔《我认识的那些作协人》发表于《文艺报》7月12日。

* 8月，短篇小说《同居》发表于《青年文学》第8期。

中篇小说《局外》发表于《飞天》第8期。

随笔《这悲欢交织的人间再也看不见他的笑脸》发表于《中国穆斯林》第4期。

创作谈《无法回归与深情守望——〈孤独树〉之外想说的话》发表于《文学报》8月15日。

* 9月，短篇小说《主角》发表于《芒种》第9期。

短篇小说《自助火锅》发表于《湘江文艺》第5期。

散文《与麻雀比邻的日子》发表于《六盘山》第5期。

* 10月，短篇小说《盛开》发表于《雨花》第10期。

※ 11月,随笔《我们都是织梦者》发表于《民族文学》第11期。

2020年

※ 1月,随笔《故乡是一种疼痛》发表于《广西文学》第1期。

短篇小说《雾》发表于《芙蓉》第1期。

※ 3月,短篇小说《通勤车》发表于《长江文艺》第3期。

※ 5月,中篇小说《蒜》发表于《江南》第3期。

短篇小说《公交车》发表于《黄河文学》第5期。

※ 7月,短篇小说《午后来访的女孩》发表于《山西文学》第7期。

随笔《乡土写作要深入到乡村生活现场和内部去》发表于《文艺报》7月20日。

※ 8月,短篇小说《良家妇女》发表于《草原》第8期。

※ 9月,短篇小说《听众》发表于《北京文学》第9期。

短篇小说《拐角》发表于《作品》第9期。

短篇小说《化骨绵掌》发表于《雨花》第9期。

※ 10月,随笔《〈飞天〉给我的温暖记忆》发表于《飞天》第10期。

※ 11月,随笔《犹记鲁院时光》发表于《文艺报》11月20日。

❋ 12月，随笔《小说的好与难》发表于《文艺报》12月4日。

小说集《我的母亲喜进花》由安徽文艺出版社出版。

2021年

❋ 1月，短篇小说《绝境》、创作谈《路尽头，万仞壁立抑或繁华匝地》发表于《小说林》第1期。

中篇小说《榆碑》发表于《红豆》第1期。

随笔《小说好读不好写》发表于《太原日报》1月13日。

❋ 2月，小说集《白衣秀士》由作家出版社出版。

❋ 3月，短篇小说《眩晕》发表于《满族文学》第2期。

❋ 4月，短篇小说《众筹》发表于《人民文学》第4期。

❋ 5月，短篇小说《韩式平眉》发表于《雨花》第5期。

❋ 7月，中篇小说《相撞》发表于《大家》第4期。

小说集《午后来访的女孩》由中国言实出版社出版。

❋ 8月，短篇小说《友谊万岁》发表于《广州文艺》第8期。

短篇小说《落花胡同》发表于《长江文艺》第8期。

短篇小说《时间花环》发表于《朔方》第8期。

长篇小说《孤独树》由人民文学出版社出版。

❋ 9月，短篇小说《牛蹄窝纪事》发表于《作品》第9期。

随笔《自我的变迁》发表于《新文学评论》第3期。

* 10月，短篇小说《爱情蓬勃如春》发表于《民族文学》第10期。

  创作谈《一棵树所坚守的孤独——长篇小说〈孤独树〉的创作谈》发表于《文学艺术周刊》第10期。

* 11月，短篇小说《亲爱的》发表于《江南》第6期。

  短篇小说《老蔫别传》发表于《长城》第6期。

  小说集《化骨绵掌》由长江文艺出版社出版。

* 12月，随笔《生花的文字——我喜欢的诺贝尔文学奖获得者及其作品》发表于《广州文艺》第12期。

2022年

* 1月，随笔《去生活现场寻求创作深度》发表于《中国民族报》1月14日。

* 3月，中篇小说《母亲和她的第一个连手》发表于《长江文艺》第3期。

  短篇小说《年关》发表于《花城》第2期。

* 3月，随笔《〈红豆〉印象记》发表于《红豆》第3期。

* 4月，短篇小说《暂借》发表于《北京文学》第4期。

  中篇小说《雄性的江湖》发表于《朔方》第4期。

* 5月，短篇小说《我们时代的传说》发表于《十月》第3期。

※ 7月，随笔《〈红楼梦〉慢读随感之一》发表于《朔方》第7期。

※ 8月，随笔《〈红楼梦〉慢读随感之二》发表于《朔方》第8期。

※ 9月，随笔《〈红楼梦〉慢读随感之三》发表于《朔方》第9期。

※ 10月，短篇小说《爱情蓬勃如春》获第七届华语青年作家奖短篇小说奖。

小说集《雄性的江湖》由河北教育出版社出版。

※ 12月，中篇小说《学步车》、创作谈《寻常人间烟火里，愿与挚爱相珍重》发表于《时代文学》第6期。

2023年

※ 1月，小说集《爱情蓬勃如春》由花城出版社出版。

中篇小说《苏小河》发表于《江南》第1期。

中篇小说《西窗看云的傍晚》发表于《大家》第1期。

中篇小说《日夜之间》、创作谈《天花乱坠及片刻沉默》发表于《青年作家》第1期。

※ 3月，创作谈《我的文学缘起与细节备忘》发表于《传记文学》第3期。

※ 7月，散文《千古乡愁系原点》发表于《宁夏日报》7

月 11 日。

※ 11 月,中篇小说《父亲和他的第一个连手》发表于《长江文艺》第 11 期。